自然・人間・ミニマム ㊦

～テクノロジーを超えて

松本 新

自然・人間・ミニマム

――テクノロジーを超えて

〈下巻〉

下巻　目次

上巻　目次

第二章

第三章　ミニマム

——自然はつねにマックスである。ミニマムであることによって。
（人間はつねにマックスではない、ミニマムではないことによって）

㈠ ミニマムということ

1 自然の原理

全体であれ、部分であれ、自然という存在は何をもって〝自ずから然り〞なるものであるのか。同じことになるが、どのようにしてその調和を保持しえているのか。

答え——ミニマムであることによって。何も足さない、何も引かない、その必要がない、それが〝自ずから然り〞ということである。それは、全てのものたちがミニマム（最小限）裡に存在しているからである。ミニマムは自然の必要十分条件である。そして何かが自然から差し引かれたり、加えられたりすれば、直ちに自然性は喪《うしな》われ、調和ではないものになってしまうのである。それを知るがゆえに自然は、ダイナミックかつオートマチックにそれらを調整し、すみやかに調和を回復しつつ存在している。完全に自助努力である。

するとミニマムであると言うことは、平和（対立抗争がない）の条件でもあるだろう。なぜなら、ミニマムをほんの少しでも乖離した者はそこで、直ちに不足感や過剰感を覚えずにはいられないので、その解決を自ら以外のところに求めだすからである。ミニマムにとどまることができないのは「私」であるので、そうならざるを得ないのだ。その結果、社会問題が発生することになる。社会問題というのは、人が自分を主張するのあまり、自分に生じた問題（過剰か不足かの）を他人との関係のうちに解消しようとするところに生ずるものである。他人に生じた問題を解決しようとするのも社会問題といえなくはないが、概してそれはおせっかいというものである。問題をますます解決し難いものとしてしまうのがオチというものだ。不足や過剰に由来する問題は、元来自分のところでのみ解決するべきで、それは単にミニマムに戻ればいいだけのことなのだが、それができ難い。それゆえ、常に生じつつある過剰や不足が問題化してしまうのである。しかし自然は「私」ならざる存在であるので、そうした問題化は生じようがないのである。

ともかく、自然はミニマムのうちにマックスであるものとして存在している。シャボン玉も地球もその点同じものだ。全体としてそれ以上大きくなることも小さくなることもありえず、どちらかにもしなろうとすれば破裂または萎縮して原形をとどめないものとなってしまうであろう。それは調和のうちに在るということであり、平和ということでもあり、またすでに述べたように自立していること、したがって自由であるということである。それらは結局みな同じことを言っている。そしてその根底をなすのがここにいうミニマムなのだ。なぜ根底なのか。それが自然にとって一番たやすい在りようだからである。そして一番簡単な行動原理でもあるからだ。動的調和（ダイナミックハーモニー）の行動原理。ついでにいえば、自然にとってそれがもっとも経済的なことは自然観察によっていくらでも確認できるはずである。自然は浪費せず、いつも最短距離をゆき、最小エネルギーでコトを済ませようとしている。しかもそれで十分としている。どんどん長くなるモグラの穴、どんどん膨れ上がるスズメバチの巣、どんどん複雑化するクモの網、みな同じ。それらはみな、それでも必要最少限のうちにある。ただ人間（『人間』である、しつこいが）のすることだけが右の全てに反している。まったく逆といってもいいだろう。その大半はムダで終わっている。

ヒトは、自然の一部として当然にこの一線を守り通そうとしているが、しかしヒトの内なる『人間』はまさにその一線から出発しようとしてやまない。スタートしてマックス（極大）を目指そうとする。それはいわば天上に調和を求めて、宇宙の彼方へ果てしなき（実際、果てはないのである）旅にのぼるようなものである。プラスのマックスは極大、マイナスのマックスは極小だが、いずれにしてもその地点は人間にとっては果てしないというほかないところだ。学者が、ヒトを分解して素粒子に還元する（したがってそこにヒト存在は霧散してしまう）のはマイナスのマックスへの旅である。それが終わりなき旅であるというのは、それよって見失われたもの、ヒト存在を取り戻すために、こんどはプラスのマックスへの終わりなき旅にのぼらねばならないはずだからである。しかしわれわれの存在というのは、その中途にあって、それではじめて見えているものなのである。夜空に、星雲やオリオン座などというのが見えているのと同じ。しかし大宇宙に〝雲〟などというものも、もちろん〝オリオン〟も存在はしないのである。人の眼がそれを見て、そのようなものとしているだけのことだ。地球にまつわる雲とて、実体は氷の粒の集まり。それに「雲」という名がついただけだ。それは、あるといえばあるもので、ないと言っても間違いとはいえない。人間存在もこれとかわらない。みな、ヒトの眼のなせるわざで、その眼を電子顕微鏡や巨大望遠鏡に入れ替えてしまえば、世界はまるで様相の異なるものとなってしまうのである。しかしヒトは、生きゆく都合上、いかに望んでも肉眼を捨てるわけにはゆかないので、時々それらを使って〝真実の探求〟という遊びに興じているだけにとどめている。それが遊びであるというのは、宇宙の果てや素粒子をいくら見てもそれによっては生きゆくことができないからである。肉眼はその点、肉体のサイズにぴったり合うようにできており、それゆえ食物を見失ったりすることはないのだ。

生命科学と総称されている現代科学の分野でも、研究の深化によって肝心の生命を見失うといった事態が生じているらしい。「生命とは、動的平衡にある流れである」といった生命の定義にそれはよくあらわれていよう。〝エントロピー〟なる概念もそのうちといえる。直観によって理解される明らかな知識（それは虫にもあるだろう）が、分析によって台無しになっている例のひとつである。すでに前世紀のはじめに、レフ・トルストイは、生命についてそのような指摘を行っている。それは、総合によってこそ理解さるべきことが、分析によってこそ理解されうる、いやされるべきだとする現代科学の誤った信念についての指摘であった。すでに分かっているものを分からないものにしているという批判。二〇世紀は、生命という自然現象の解明が飛躍的に進んだ世紀でもあった。シュレジンガーのような、もとは物理学者であったような人がこの分野に参入し、生命の物理学的理解が可能になった。遺伝子の構造解明が進み、今や生命技術とでもいうべき技術が、たとえば農業に革命的変化をもたらしつつある。しかし生命理解という点のみについていえば、それは〝動的平衡〟で頓挫してしまっているようにも見えるのである。というのは、コレで生命の一体何が分かったことになるのか、という新たな疑問を感じないわけにはゆかないことになったからである。われわれが本当に知りたいと、いつからとも知れないほどの昔から希《こいねが》いつづけてきた生命、いやいのちというものについての知識は、それで尽くされたことになるのか。窮極的ともいえるそれは〝定義〟なのであるからそういうことになるのであろう。しかし稀な自然現象だからそれをもって「大切だ」ということは直ちにはできないだろう。何しろ自然には珍奇な現象が満ち満ちているわけだし。生命について、人々が昔々から知りたかったこと、それは、まさにそのなぜ大切なのかということだったにちがいないのである。その大切な生命のことを、人はいのち（命）と呼んできた。全ての生きているものがもっているいのち。それは何なのだ。この問いが生まれる元となっている全ての生きているもののことについては、そのとき人は決して疑いなどしてはいなかっただろう。生きているものと死んでいるものとを間違えることなどありえなかった。昆虫でも、キノコでも間違えることはないのと同列だった。そこに明らかな疑いが生じたのは最近のことで、それは〝死の定義〟をしなければならなくなってきたところに代表的にあらわれている。生命技術が発達して臓器移植が可能になったゆえである。移植は、死んでしまった人から、その臓器を取り出して行われるが、それは早いほどよい。それで死の判定をする必要に迫られた。それは生の終了の判定と同じ、言い方の違いにすぎないだろう。そこで結論は「脳死をもって人の死とする」ということになった。脳が生きているあいだだけ、人が生きているということになったのである。しかし、脳の生き・死にとはどういうことなのか。脳の無い生物でも立派に生きているではないか。いや、必要なのは人の死なのだから、ソコまで考えることはないのだ、要は臓器を取り出すタイミングさえ定まればいいのだ。それで、法の制定と家族の同意という制度が導入されることになった。この間に、〝いのち〟の方はどこかへ素っ飛んでしまった。三途の川を渡り返して此岸に再上陸するなどということは馬鹿話も甚だしいということにもなった。こうして、技術がどんどん進歩してゆくなかで、〝エントロピー〟の方は停滞気味になっているらしい。生命を試験管やシャーレの中で創出したという話は聞かないのだからそのようにいうしかないだろう。するとそのうち、「動的平衡」の方も、それは究極の理解ではなかったということにもなるにちがいない。

われわれが今直面している問題は、この技術時代に在って、われわれを含む全ての生きものが、そのいのちをいかに護り、伝えつづけてゆくかということである。なぜならそれは今や危機に瀕しているにちがいないからである。しかし、その危機は、もっぱら人間の中に生じている。人間の「私」によって、自然の中に生じていると言っても同じことになろう。自然はそれほどやわではない、心配するほどのことはないと楽観する人もいるだろうが、果たしてそうか。自然は、繊細で傷つきやすいものだということも昔からよく知られた事実なのである。一旦人間によって傷つけられた遺伝子が、自然界に何をもたらすか、自然がその調和力によって回復できるのはどこまでか、未だはっきりとはしていないのである。

「命（いのち）は大切だ」ということと、「生命は大切だ」ということとは必ずしも同じではない。つい最近まで、われわれのあいだでは「命が大切だ」だからこそ死ぬのだといった思考が生きていた。そこで語られている命というのは、もののいのちという命である。それは生命より大切だというのだ。それを守りぬくためには、生命を投げ出すことも辞さない。〝名〟とか〝誉れ〟とかというのがその命の具体的なかたちである。ただの比喩ではない、本当にそれは生きていた。人の生命は、その命とともに生きていたのである。すると、今日《こんにち》いうところの生命は、その命のもうひとつの形とでもいうしかないものになる。

「いのち」も「生命」も「自然」と同様、人の言葉である。この言葉は、人の記憶から生じたものだが、生じたその瞬間からその便益の代償に元々の記憶を捨て去ってしまっている。その代わりに多数の妄想・妄念を生み出した。『神』という言葉がその代表的なものである。今日的なところでいえば、たとえば

「生命《いのち》は地球よりも重い」などと言うのもそのうちだろう。その結果、人は死ねない存在になってしまった。するとそこにまた〝生ける屍（しかばね）〟などという妙なことばも生まれるのである。

2　人間の性癖

ミニマムとここでいうのは、宇宙の最小物質である素粒子のようなもののことではない。また、水が沸騰するのに要する最少エネルギーといったものでもない。ものが存在するに足る最低条件のことである。そしてその存在のことを前項で「もののいのち」と言った。それゆえ、それは生きているものにはもとより、生きてはいないものにもありうるのである。

このミニマムのことをわれわれは昔から「足る」と言いならわしてきた。「知足（足るを知れ）」というがごとし。それは、「今、全てはすでに足りている」ということである。足りているがゆえに、今、それはここにある（いる）。人はしかし、たいていそれを忘れてしまっている。「足る」ところまでは求めるのだ、求めても差し支えないとさえ曲解、または誤解していよう。それを解く為に、われわれはそれをミニマムなどというのである。すると、「知足」の知とは、知るでも知れでも、それは思い出せということになるのである。はじめには足りていた。それが、いつからか、何ゆえにか足りなくなった。しかし、ほんとうに足りなかったのなら（それが何であれ）、どうしてわれわれは、今ここに、こうして存在しているのか。それは、その足りなくなってしまったものを、われわれが求めて、補ってきたからである、というのがふつうの答えだろう。しかしその答えの裏には『人間』がおり、答えているのは『人間』であろうとしてやまないヒトなのである。一方はバーチャルにすぎず、他方は存在の危機に瀕し、今や気息奄々《きそくえんえん》なのだ。己が存在に対する疑念のために精神状態もおかしくなってしまっている。事実は、存在たらんとして、何を、いくら集めてくれればいいのか、それさえ見失っているのである。ゆえに、渇望に捉われてもいる。

　われわれは、はじめに足りていたがゆえに生じ、生じたのちも今にいたるまで常に足りていたがゆえに滅びることなく今、ここにいる。世に在る全てのものみな同じ。光も熱も、その他、それぞれにとって必要なものはみな完璧にそろっていた。もちろん、不足も過剰も時に生じたが、それらは直ちに調整されて、全てのものたちは（今日の『人間』を唯一除いて）満足すべき状態で今日ここにいる（ある）。「足るを知れ」とは、「かつては足りていたことを思い出せ」ということである。したがって渇望はなく、みな幸せであった、と。早い話、われわれの内なる自然である身体は、たとえ何かを求めることがあったとしても、ほんのわずかばかりのものですみやかに満ち足りてしまうのである。そして、明日のことなど思うことさえなく安眠してしまう。それを見て、われわれの内なる『人間』は、愚かなものよとせせら嗤う。しかし、どちらが愚かなのかなど考えもしない。『人間』は、さまざまな観念にとらわれて（自らもその観念なのである）現在には幸福はなく、またはあっても小さかったり劣ったりする幸福でしかなく、〝本当の〟は未来のいつの日にか獲得されるはずのものと思いなし、それを希求してやまない。それゆえ、いつになっても『人間』に成るはおろか、幸福になることもないのである。それらは全て人の頭（アタマ）が考え出したり、思い描いたりしたもの、それゆえ砂漠の逃げ水同然のものなのだ。

「野の百合・空の鳥に学べ」とイエス・キリストは人々に諭した。それは、「何も望むな、何も希《ねが》うな」というゴータマ・ブッダの教えに酷似している。野の百合も空の鳥も、ただ与えられたものをのみ取っているにすぎない。そして、必要なものは必ずや与えられるものと信じてもいよう。そうでなかったなら、耕すことも貯えることも知らない彼らは、明日のことはもとより、今日一日のことさえ心配で、ついにはみな悶え苦しんで無事では済まないだろう。たしかに、ホシガラスはハイマツの実を冬に備えて岩陰に隠し、森のリスはクルミを地中に埋めるが、それとてその必要が満たされえないかも知れないなど思ってもみないことだろう。それは彼らが一冬を越すのに必要なものを、〝天の父なる神〟が全て知り給うからである、とイエスは教える。神は、父であるのだから、子がパンを必要しているときに、どうして石を与えることがあろう、と。しかしこうしたキリストの教えは、今日誰によってもまともには信じられていないだろう。腹をすかせたライオンは、必死でシマウマを求め、庭の雀さえ日がな一日地面を這い回って食の獲得に追われている。その小さな庭にさえ、食を巡る闘争が一時の止み間もなく繰り広げられ、植物までもが安らかであるようには見えない。自然は苛酷である。闘争に勝って、生き延びるしかない。なるほど、『人間』的真実としてはその通りだろう。しかし、その真実は、その『人間』の眼に映っているものにすぎないのである。別の言い方でいえば、ヒトの眼に掛けられた「人間」という色メガネを通して見える自然のすがた。その色メガネを外せば、イエスのいう「野の百合」も「空の鳥」も見えるのだが、すでに元の眼が退化していて、今や外しても単に見えなくなるだけなのだ。考えることができない。ならば「祈れ」とまたキリストは教える。見えるようになるまで、ただひたすら祈れ、と。

『人間』とは、『私』である者のことである。ヒトの知性が生み落とした妄想的存在。現代の脳科学はそれを「私が脳をもっているのではない、脳が私をもっているのだ」と言い表している。その『私』は目指すところ一国一城のあるじ（主）、いや気分はすでにそうらしい存在である。われわれの言葉で言えば、（部分にすぎない者が）自らを全体となす者のことになる（ただしこの「部分」も「全体」も彼らのいうところのもので、すでにわれわれが言った意味のものではない）。ならば、その「私」に、一体誰が何かを与えようなどとするだろうか。与えれば、ついには与えた者の身が危うくなるではないか。何しろ相手は満足も感謝も知らない底無しの渇望の塊りなのだ。ならばむしろ奪った方がましだと考えはしないか。それゆえ、求める者は逆に奪われると言われることにもなるのである。

庭の雀にも荒野のライオンにも、こうした「私」が無い。それゆえ『悪』も無い。彼らにあるのは、ただ与えられた命を守り通さねばならないという思い（人間の思いとは異なるであろうが、ほかに適当なことばが見つからないのでこのように言うしかない。それは、思っていない思いとでもいうべきか）

ばかりであるにちがいない。ならばその命の主（ヌシ）は、必要なものは必ず与えるだろう、たとえ哀れなシマウマ一頭といえども。雀が、日がな一日、庭を這いずり回って地面をつついているのは、その命の主と語り合っているのであろう。そうして必要なものを与えられた彼らは、その必要とするところの最少限（ミニマム）をもって直ちによしとするのである。身体がそのよしを下すのだ。彼らの脳は、『私』を持っていないのでその方の言うことを聞く必要はない。だから、メタボの雀もライオンもまずいない。メタボに悩む生きものは、ドッグフード、キャットフードを与えられすぎたペットのイヌ、ネコばかりである。その飼い主はたいてい己がペットの必要とするところが分からないのである。天の父が知るようには知らない。すなわち、必要が十分であるようには知らないのだ。それは飼い主が、自分自身を知らないところから来ていよう。

今日、人はその必要というものの際限のない拡張によってほとんど漂流状態にある。要・不要の区別がつかなくなってしまったのである。己が幸せというものを求めて、そのために何でもかでもを必要とみなす。さすがに最近では、やや過剰感が出て、〝断捨離〟なることがはやるようになりはしたが、それも決意すれど決行なし難く、ひとたびは行っても〝もとの木阿弥〟となるのがオチである。それは人が、己が幸せというものを、ひいては「私」というものを、もっとも大切なものとして切れないからにほかならない。迷惑をこうむっているペットたちの身に、本当にはなれないからともいえる。他者の視点がもはや欠落してしまっているのである。あるいは過剰にそれを働かせてしまっている、おのが幸福のために。結局、どちらも同じことになっているのである。

己を護る者は、そのことによってまさに己を喪《うしな》うことになる。他者が護ってくれはしなくなるからである。「天は自ら扶《たす》くる者を扶く」ということもあるが、しかしその「自ら扶くる者」とは、私心の無い者のことをいうのである。自らに与えられた、その為すべきところのことを、力の限り為し尽くそうとするところに「扶け」はある。それゆえ、アングロサクソニズム的自助努力とは、それは何のかかわりもない。その自助とは「私」であり、努力とはいつでも私事(わたくしごと)にすぎないからである。「天」のあずかり知らぬところだ。しかし、ライオンがシマウマを倒すのはその私事ではない。それだからこそ、創造の神は、その必要のために彼らに牙を与えたのだろう。庭の雀にはしかし、猛禽類の爪やクチバシを与えなかった。それはきっと、神自らが彼らを守るつもりであったからにちがいない。現に彼らは、どんなに弱小であっても、そのことによっては絶滅したりしたことはないのである。むしろ大いに繁栄さえしているように見える。

調和(同じことだがミニマム)は、全てのものの福祉(しあわせ、よろこび)である。自然は、自然であるというそのことによってすでに、今ここに、それを実現している(例の『白痴』のイッポリートのいう蝿を思え)。しかし人間は、それをどこか遠いところの未来へと放るのである。そこに「天国」だの「極楽」だのというものを夢見る。夢想というよりほとんど妄想に近いまでにそれを飾り立てて。「天にましますわれらが父なる神」とキリストが人々の間で言うのは、人々が神は天にいますものと思い込んでいるから、それに合わせて語っているにすぎなかったであろう。いや、たしかに天にましますのではあるが、その天とはこの地上のこと、いまここにあるこの世界のことなのである。それを創造主は創造し、今や休息中なのだ。何もすることはないのだからそれももっともなのである。しかし、大抵の人の眼には、その「この世界」が見えていない。見えているのは、自分たちの眼がつくり出した妄想のこの世界で、それを「地（上）」と呼び、放り上げたその地上のことを「天（国）」と呼んでいるのである。

したがって、真実とはちょうど逆のことになっている。もっとも真実をいうのであれば、真実は、この世にしてかつ天上ということになるわけだが。人にしてかつ神の子というのと同じ。天上と地上と、あの世とこの世と、彼と我と、現在と未来と、幸と不幸と、敵と味方と、……区別しないではいられないのが、われわれの知性の性《さが》というものなのだ。そしてこの性のゆえに、この世は乱れざるを得ないことになっている。知性が邪魔して、現在あるがままのものを、それとして受け容れるということができない。そのかわりに妄想が心を領することになるのである。

今日、ここにいて、幸福ではないような人は、いつ、どこに行っても幸福ではありえないはずである。「足る」とはそういうことだ。足らざる人は、自らの幸福をどこか知らない遠いところの未来へと放り投げているのである。

とはいえ、人は時に、全く思いがけず「天上」を感得することもある。そのほとんどは、自然の中で、自然に包まれ、われを忘れている時である。森の中に斜めに差し込んでくる光とか、妙なるしらべとも聞こえる木々の葉のそよぎとか。そのとき人は、遠い日の記憶とともにそこに在るだろう。思い出したのだ。かつてヒトはそうした光や音とともに在ったのである。それゆえ幸福だった。『幸福』という言葉がなかったから幸福だったのでもあろう。それは必要ではないものだった。こうした記憶をたびたび呼び覚ますことのできる人は、たとえ悲惨な状況にあっても、本当には不幸ではないはずである。ほんのわずかな徴候を得ただけで、その人は安堵してしまうにちがいない。未だ糸は切れていなかったのだと知って。

3 自己であれ

ゴータマ・ブッダは〝天の父なる神〟が存在しない世界に生じたので、ひたすらなる祈りによってことばを捨てる代わりに、瞑想を人々に勧めた。その瞑想とは、すなわち「目覚めている」ということであった。そして目覚めている（在る）ということは、何ものにも（たとえ自分自身にも）とらわれていないということで、別の言い方をすれば魂を奪われていないということなのである。何に奪われていないのか、もちろん「わがものという思い」すなわち欲望に、ひいては「われ」（「私」）にである。それらにとらわれないために「目覚めてあれ」、眠るな、たとえ眠っていても眠るなということになる。それが、『人間』にできる、またなすべきただひとつの道だった。『人間』は全て、一種の夢遊病者であって、四六時中夢の間に間に漂っている存在である。それを「非我である」と言った。したがって、その非我と、われわれの言う無私とはまったく異なることである。「無私」とは、「私」を滅却した我のことであるから。言いかえれば、私なるものは非我なるものである、ということになる。さらに別の言い方をすれば、それは「自己である」ということにほかならない。真の自我は、無私であるといってもやはり同じことになる。自己とは、無私である者、それゆえ目覚めて在る者のことだ。だから、自己自身である人は誰でも、「私」（われという思い）にとらわれることがない。このゴータマの教えも、結局はミニマムにおいてのみ達成されうることである。なぜなら、ミニマムは、身体的（すなわち自然の）要求するところにのみ応えている状態のこと、したがって自然それ自体のありようだからである。目覚めているとは、内なる自然の声に耳を澄ませているということにほかならない。『人間』（「私」）の声にでは決してないのである。どちらが難しいか、は言うまでもないだろう、だからこその『修行』なのだ。瞑想は、その修行の要諦である。ついでにいえば、この瞑想は、パスカルは、パスカルの「パンセ」とはほとんど関係がない。パスカルのは、知性の営みそのものなのだから。パスカルは、「思考が世界を包む」と信じたが、ゴータマはその思考を禁じて自ら世界そのものとなるのである。なって自ら消え去った、全世界の中に。

イエス・キリストの説く「祈り」は、このゴータマの修行に近い。確かにイエスは祈りのことばを人々に教えたが、もちろんそのことばによって〝御利益〟が期待できるわけではなかったのである。祈りのことばを唱えることによって、人々がその「私」を去り、したがって目覚めて在らんがためである。この場合、その目覚めて在るということは、天の父なる神と対面しているということにほかならない。瞑想者が、自然とともに在るように、祈る者はそのとき神（父）とともに在る。それは、同じことだが自己である。すなわち自己自身に目覚めて在るということである。そこから逃れる道は閉ざされ、その必要がそもそもない。ならば、妄想・妄念が入り込む余地もないであろう。イエスも自身、人の子としての終わりにあたって、ゲツセマネの園において、このような祈りに入ったのだった。そして、連れて来たペテロたち弟子に「私とともに目覚めてあれ」と命じたのだったが、キリストとともにいなかった彼らは眠りこけてしまった。その姿を三度までも目にしたイエスは、彼らを永遠に眠らせないために、自ら十字架にかかることを決意し、父に報告したのだった。それが父のみこころなのだと悟って。しかしイエスはそのようには言わず、「心は熱《ねっ》していても、体は弱いのである」とだけ言って彼らを弁護した。彼らは頭でキリストについて来ただけだったのだ。「神、ともにいます」（それがイエスの本名だったのである）のようについて来ていたわけではなかった。

ゴータマにしてもイエスにしても、全存在挙げての瞑想であり祈りである。とすると、こうした瞑想また祈りこそは真の人間性というものにちがいないことになろう。何しろ、野の百合も、空の鳥もこのようにはしていないようであるし、おそらくは原初のヒトもしなかったであろうから。するとまた、このようにもいえることになろう——ゴータマやイエスの教えるところは、ヒトビトに、その具有することとなった知性の正しい用い方を教えようとするものである、と。それは野の百合や空の鳥がそうであるように、ただ単に自然に属しているというだけでなく、その上で、与えられた知性によって造物主の栄光を讃え、万物の今日あるを代表して感謝するということにほかならないであろう。われわれヒトが、そのために生じたのかどうか、それは『創世記』の記述にかかわらずよくは分からない。アダムとイヴがわれわれが理解するように、園丁として創造されたのかどうか。しかしその辺は分からなくてもぜんぜん差し支えはないだろう。キリストが、「汝ら、鳥に優ること幾許ぞや」と教える以上は。われわれは、すでに優っているのである。ならばこれ以上の何を望むのか。そのこと自体に十分な感謝を捧げてしかるべきであろう。しかし、今日の人間にとってこの感謝こそがもっとも苦手なことなのである。人間の優位性は、自分たち自らが勝ちとったものという考えに領されてしまっているからである。代わりに「万物の霊長」などという妄言を考え出し、その万物を支配しようと企んでさえいる。支配の根拠に自分たちの知性をもってきてはばからない。したがってそれが完成することはないのだ、というようなことは考えない。感じても、考えはしない。それでは、意気揚々と出かけたマックスへの旅はどうしてくれるのだ、というわけで。引き返したらいいではないか。しかしこの引き返しということがまた苦手でできない。登山者はみな引き返すという道のことは知っているが、それができるという人は稀である。心が、屈辱感に耐えられないのだ。それで大抵は遭難騒ぎになる。

　世の支配者の行動原理は「マックス」である。人間の行動原理そのもの。人間のこの行動原理を貫き通した者だけが支配者となれる。それゆえ、あらゆる支配者には渇望がつきものである。最上位に登りつめても、なお何かを切望してやまない。その裏返しが、喪うことに対する恐怖となっている。そのために、心の休まる時がない。それはいわゆる神の罰である。ミニマムにとどまる者はこうして罰を受けることがない。もちろん、いうところの悪（定義的悪）とも無縁である。ミニマムは、『悪』や罰を免れる絶対的な条件でもあるのだ。

〝万物の霊長〟が、造物主に感謝のこころを捧げるとき、全ての自然は喜んでそれに従おう。それは、支配とは無縁であり、その祈りは私事ではない。イエスが、祈りにおいて教えたのはそのようなことであった。

（補足一）

ミニマムの基準に関して(1)

養魚場に飛来するアオサギは、時に満腹して再び飛び立つことができなくなるほど魚を喰らうという。それはそこに、魚が飼われて、ふんだんにいるからである。したがって、それを見てサギの首でも取ったように、彼らの欲望の存在や、マックス指向を指摘するのは明らかな誤りである。そのアオサギはわれわれ人間によって（図らずも）一時的に変えられてしまっただけである。自然はミニマムであるので、アオサギが飛び立てなくなる程の魚を、彼または彼女のために飼ってはいない。

しかし仮に、生きものたちが満腹になって腹がハチ切れんばかりに食わなければ生きてゆけないのだとすれば、その満腹がすなわちミニマムということになる。なぜなら、それは彼らの身体が判断してのことなはずで、決して彼らの頭がであるわけがないからである。それは彼らには、人間に必ずや見られる迷い、迷ったふうがまず観察されないことでそれと分かる。迷いというのは必ず頭（思考）がするものだからだ。

人間は、「ミニマム」などという言葉を聴くとすかさず、頭でその基準を探したり、設定しようとしたりする。ことばをいじくりまわして、結局収拾のつかないものとしてしまうことは人知の悪癖である。ここでは、そのようなことはまったく必要がない――「腹のことは、腹に聞け」でおわりだ。聞いても、聞こえなかったり、いうことが分からなかったりした人は、単に腹をこわせばよい。それで足りなければ、飢えて死にそうになればなおよい。それは「体で覚えろ」などといわれる。

ごくふつうに言えば、ヒトについては餓死しない程度に食べ、凍えないほどのものを身に着け、雨露を凌ぐ居場所があればそれで十分ということになるであろう(註1)。しかし多少は文化の方も無視できまいと思う人は、それにプラスアルファしてもいいかも知れない。精神衛生上は見栄を張ることも必要だとなれば一層。しかし、いかに人間が見栄を張ったとて、野の百合一輪にも及ばないことはたしかなことなのである。「栄華を極めたるソロモンだに、その服装《よそおい》この花一つにも及《し》かざりき」と、それゆえキリストも教えたのである。永遠に、人工は自然に及ばないのだ。人間は、恥をかくしかない。だから文化も、よく考える必要があるのである。

(註1) この「十分」が、まさしく不十分になっているのが世の現状であることは、国連のさまざまな機関の報告によって今日明らかなのである。すなわち世は不調和の極みにある。それが文化のせいでないと言えようか?

ミニマムの基準に関して(2)――より現実的に言えば

日本国憲法第二十五条は、いわゆる生存権なる権利を全ての人に保障している。

「すべて国民は、健康で文化的な最低限度の生活を営む権利を有する」というのだ。この権利に対して国家は、「(すべての生活部面について) 社会福祉、社会保障及び公衆衛生の向上、及び増進に努めなければならない」義務を負う。ここにいう「健康で文化的な最低限度の生活」とされるものは、社会的には常に問題になる (今もさかんに論議されている) のだが、当然、ラチは明かないのである。それは社会問題であるとともに、個人問題でもあるからである。つまり他人が決めるような問題ではないのだ。「健康で文化的」とはいうが、問題が「文化」にあることは明らかだろう。「健康」に関しては、「公衆衛生の向上」という明確な義務が国に課されている。その伝で言えば、社会福祉・社会保障に対する国の義務が「文化的な最低限度の生活」(をする権利) に対応していることになろう。直接的には、この各項にもとづいて制定された生活保護法などがその実務を担っている。しかしそれが、「(健康で) 文化的な最低限度の生活」を現実に保障し得ているかどうかは、いつも論議の的になるのである。足りない、いや足りているはずだ、と。ちなみに、この同じ議論とセリフが、最近ではむしろ年金制度を巡って頻繁に登場している。生活保護では食えるが、年金では食えないなどといった話にもなる。そうなると〝文化〟なぞは論外ともなる。

ともかく、この憲法の条文と関連立法からは、この国の国民、つまりはわれわれの生活のすがたがどうしても見えてこないのである。それは結局、「文化」(的な生活の最低限度) が見えていないからのことにちがいない。文化のミニマムなどといえばなお見えなくなってこよう。

とはいえ、これまでのわれわれの議論からすれば、右のような問題は生じようがないのである。〝文化〟の意味が、そもそも異なっているということもあるが、何しろミニマムの基準を死なない程度の衣食住（プラスアルファ）に置いているわけで。前項でプラスアルファと言ったのは、『悪』に馴染まないかぎりにおいてという意味である。その限りにおいては、われわれのミニマムも憲法二十五条が定める〝最低限度〟までは許容されてもいいのではないかというのだ。そのうえで、文化住宅、文化包丁、文化干しといったものは必要ないという人は、まさにそのようにすればよい。しかし、時たまであっても、「自分を褒めてあげたい」などと言って散財するのはやめておいた方が無難というものだろう。固い貞操も蟻の一穴からということもあるわけで。

　もし全ての人が、この〝限度〟を自らのミニマムとして、そこに留まり、そこで暮らしていたのであったら、あのバブルは発生しなかったであろう。また今次大震災での、あの処理不可能と見えるまでの大量のガレキの山も発生することはなかったであろう。もちろん、熱帯雨林を皆伐して、この青く輝く地球の大地に砂漠化をもたらすこともなく、それゆえアジアやアフリカの人々が飢えと渇きに苦しめられることもなく、原発が爆発して、母なる大地が放射能に汚染されることもなく、無用な戦争が至る所に頻発する今日の世界もなく……われわれ人類のみならず、生きとし生けるものみな平和と福祉のうちに満足して暮らしていられただろう。しかし、ほとんどの人は、長期にわたってそのようにはしてこなかったのである。特に、この二、三世紀はひどいものだった。

今からでも遅くはない（と信じて）、全ての人が、現在している支出を（したがって〝生活水準〟を）三分の一ほどカットして、または三分の一ほど残して他の全てをカットして、もちろん、そうしてしまうとミニマム・ラインを割り込んでしまう人はそのラインまでにして、その範囲内で心愉しく生きゆくことを考えた方がよい。それが身の為というものだ。それができないなどということはまずない。何しろ、ソロモン王にも優る野の百合・空の鳥でさえそのようにしている（われわれ以上であろう）わけで。というのは、あのキリストも「汝らは之よりも遥かに優るる者ならずや」と鼓舞しているからである。しかも『人間』を除く全てのものたちもまた、われわれのその行動を待ちわびているにちがいないのである。その期待が応えられたあかつきには、われわれの人間性は高く評価され、われわれはもはや彼らの前に見栄を張る必要もなくなるだろう。かくあれかし。

（補足二）　ミニマムの理由

われわれはなぜミニマムであろうとするのか。それは、大好きな自然とともに在りたいと希うからである。と同時に、『悪』であることを怖れるからである。すでにみてきたとおり、自然は『悪』とは無縁であり、そうである以上、自然とともに在るということは、われわれもまた『悪』に馴染むことはないのだと信ずるのである。

ではその自然とはなんであるかも、これまで十分に見てきた。

人間に即していうならば、それは身体として具現しているヒト存在である。言いかえれば、ヒトの内なる自然性ということにもなる。それは、身体を通じて、われわれに語りかけ、発露するものであり、ただの属性などではない。その語るところ、なすところに耳を傾け、瞳を凝らしておれば、そこに欲望などというもののつけ入るスキはない。「私」が増長することもなく、したがって内なる人間性（『人間』性）がわがもの顔に跋扈《ばっこ》することもないだろう。ゴータマからもイエスからも、誰からも、慢心・傲慢のそしりを受けることもまずなさそうだ。それより何より、まず『悪』が寄りつかないということなのである。万が一、それでも『悪』に取り憑かれてしまったとしても、謝罪（謝悪である）という道が開けている。身体、いや自然は謙虚なものでもあるからである。むやみに意地を通したりは決してしない。する理由（すなわち「私」）が存在しないからである。心配は元来杞憂である。

身体は、ほんのわずかばかりのものですみやかに満足して眠る。そのほんのわずかばかりのものをミニマムと称している。したがって、ミニマムの一線は身体が引くものである。『人間』が、ヒトの頭が定めるというものではない。とはいえ、今日ミニマムを知っている人でも、それで満足できるという人はかなり少ないだろう。たいていは、文化の方はどうしてくれるんだという。そんなものはネコにでもくれてやってしまえ、と言いたいところだが、さにあらず。自然は、平等であり、平和主義であり、きわめて寛容でもあるので、自分が〝花鳥風月〟などと言われたりすることも決して嫌いはしないのだ。そもそも鳥はすでにかまびすしく歌を歌っており、ネコでも美味をよろこぶ。しかしそのネコは、決して人間のように探求をしもしなければ求真にうつつをぬかすこともないのである。その理由もすでに述べた。

楽園のアダムとイヴは、主なる神の禁令を破って、善悪の木の実を食べ、それによって人知を得て直ちにそれぞれの前を隠したのだった。イチジクの葉っぱを綴り合わせて。それくらいのことにしておけばよかった。なぜなら、楽園を追放される時には神自らが彼らに「皮の衣を作って着せられた」のだったから。神は父であるので、楽園の外におかれたアダムたちに何が必要かをあらかじめ全て知っていたからのことである。しかし、彼らの子孫たち（つまり今のわれわれ）は、その衣を捨て去って、代わりに自分たちで作ったキンキラキンの衣を身にまとったのである。イエスに、栄華を極めたソロモン王のそれだに、野の花ひとつにさえ及ばないとからかわれても。楽園の木の与えた〝知〟とはその程度のものだったのだ。ミニマムは、この知のニセ物に真っ向から挑むものである——と格好よく言いたいところだが、さにあらず。われわれの知は、自然のそれに学んでいるので、何ものとも争ったりはしないのである。キンキラキンがお好きな方はドーゾ。

（補記一）　我慢の人生

最近、著名なある脳科学者がキリストのように言っている——「脳によいことだけをやりなさい」、また「我慢の人生でよいのか」、と。もちろん、われわれの正解は、まさにその逆にあるわけである。理由はあらためて述べるまでもないだろう。つけ足すならば、ひとつは人間の品性、その尊厳のもとであるものを回復するため、ひとつには、世に在る全ての生きもの、生きてはいないものたちのため。それもこれも、そもそも脳というものが悩乱を避け難いものと知ってのことである。

われわれ人間が、今日この悲惨（ふつうの意味においても、パスカルの意味においても）のうちに在るのは何ゆえか。それこそ、「脳によいこと」ばかりをなし、ゆえに人生に「我慢」が足りなかったがゆえにではないのか。平たく言えば、脳のタガがまさに外れてしまったがゆえであろう。それをこそ、ゴータマ・ブッダも、イエス・キリストも、はやばやと感知し、警告したのである。

今日の経済人ですら、脳の欲するがままに任せていては、将来危ういと（察知してのことかどうか、そこは定かでないが）〝我慢の哲学〟を説いているほどである。我慢こそが、人を幸せに導くというのだ。ただその幸せというものが少々、ブッダやキリストのそれとは趣きを異にしているわけだが。しかし、脳にタガをはめるという点では、効果にさしたる違いが生じるようには思われない。要は、悲惨の淵から這い上がることができればいいのである。

ところで、この脳科学者は、別のところで孔子の有名なことば「七十にして心の欲する所に従って、矩を踰えず」を不可解としている。いうまでもなく、〝心〟についての、とりわけ孔子がそこにいう心というものについての理解にその原因があるのである。七十年もの間に練り上げられてきたその心とは、ブッダやキリストのそれに限りなく近いものであったはずなのだ。当然、欲望などとは何のかかわりもなく、したがってその心の欲するところに順ってさえいれば人倫の道を踏み外すなど、あるわけもないのである。

（補記二）「私の小さな幸せ」

東日本大震災は、マグニチュード九・〇という歴史上稀にみる大地震によって引き起こされたのだが、それをもって単なる自然災害というわけにはゆかない。それは当初から誰もが知っていた。それがどのくらいの規模になるのかさえ未だ判然としないうちから、それが人災であることを喝破する人が少なからずいたのである。そのうえ、天地が人間に下した〝鉄槌〟であるという人さえいた。たしかに、この震災は、関東大地震を含むこれまでの大自然災害とはまったく異なる様相を呈していた。誰もが、見たこともないようなガレキの山をそれは生み出していたのである。直近の大震災といえば阪神淡路大震災だが、そのときは被害の多くが火災によるものだったので、そのようなガレキの山は残さなかった。横倒しになった高速道路といったものは目をひいたが、今次大震災におけるようなおびただしい生活用品の山などはみな焼けてしまったらしいのである。しかし今回はそれが違った。津波が運んで来て積み上げたもののほとんどに、「私の小さな幸せ」とでもいうべき表情が残されていたのである。

「私の小さな幸せ」（だったもの）も、積み重なればこんなにも巨大な山となるのだ、とそれは告げていた。ならば、それは「私の大きな幸せ」のカケラと考えざるを得ないではないか。その動かぬ証拠のように見えたのが、ガレキの山にも、ビルの上にも打ち上げられていた巨大な運搬船である。それらは、つい先程まで、海の小さな生きものたちの正真正銘の小さな幸せを蹴散らして航行していたのである。

しかもその積荷の多くは、森や森に棲む生きものたちのいのちを損じたもので、石や油は、これからそれらとわれわれ自らを損じるはずのものなのである。

「私の小さな幸せ」というのはたしかに、ほかになすすべもない庶民のささやかな希いではある。そのどこが悪い、と居直られれば、どこも悪いところはないと答えないわけにはゆかない。しかし、それでも、やはり巨大な幸せのカケラは眼前に在るのだ。それは単なる数の問題、たまたまたくさん集ったからのことだというので済ませられるのか。カギは「私の」にあるだろう。巨《おお》きい方は見ないことにして、小さい方の「私の」だけ見る。だから「小さな幸せ」という論理が成立しうるのだ。大きいのはよくないが、小さいのならよかろうなどと。見え透いた嘘というほかない。言いたくないことだが、一般に自らを庶民と称するような人にはしばしばみられる嘘パターンである。「庶民」というのがそもそも嘘なのだ。それで責任逃れと、自己の正当化をはかるのである。

「庶民」とよく似た、しかしほとんど今は用いられない用語に「常民」というものがある。それは読んで字のごとく、いつでもどこでも(「常」)「民」であるという存在のことである。たとえ眼前に、王侯貴族、いや時の権力者や富豪への道が示されたとしても、断固、ただの一民に留まりつづけるという人間の存在をその語はあらわしている。「庶民」との違いもそこにある。庶民と自らを言う人の大抵は、仕方なくして庶民をやっているはずなのである。そう顔に書かれている。できることなら、時の支配者に、大富豪に一度はなってみたい、と。「小さな幸せ」を語る人もこれと大差はないであろう。しかし

「常民」については社会問題を取り扱うときに再び論ずる機会があるだろう。「民主主義」の「民」とは、この常民のことだとして。

㈡　清貧について

1　イチジクの葉っぱと墨染の衣

ふつうに文化といわれるものは、原初、アダムとイヴが腰に巻いたイチジクの葉っぱを起源としていよう（彼らはそれを何枚かつなぎ合わせて用いたのだった）。彼らがそのようにしたのは、神が食べることを禁じた知の木の実を取って食べ、それによって自分たちがともに裸であるのを知ったからのことだった。羞恥の感情がそこで生じたのである。この辺りの事情についてはかつて述べた。要するにその知は、比較によって作動するものだったのである。そしてそれはなぜか、自分のものを恥じた。このなぜかについてはよくはわからない。しかし文化にはつきものなものであって、他の生きものにはまず見られないことなのである。他の生きものはむしろ逆の行動をとって生きている。それはともかく、アダムたちのイチジクの葉っぱは文化である。自然ではないものだ。とすると、彼らがそれによって楽園を追放されるとき、主なる神が、彼らに作って着せた皮の衣は文化ではないものということになる。それは、野の百合の装い、空の鳥の声のようなものだ。神は、アダムたちには皮の衣で十分だと考えたのだったろう、何しろ今や罪人なわけで。ならばそれは、ラーゲリの囚人服のようなものだったともいえる。彼らは、この世の苦役に服するので、イチジクの葉っぱでは具合が悪い。そうだとすると、のちにイエスが、腰布一枚であらわれ、またそれに前後する行者たちがそのようであったのはもっともなことになる。

彼らは、たしかに人の子、アダムの子孫たちだったが罪の人ではなかったからである。いや、罪を背負っていはしたが、それによって罰を免れていた人であったのだ。

古代インドでも、修行者たちは裸同然だった。かのゴータマも、布きれ一枚を身にまとい生涯を過ごした。インドには、主なる神はいなかったので、もちろんそれは囚人服などではなく、イチジクの葉っぱとさしてかわらぬものだったのだろう。温暖なその地では凍死する心配もなかっただろうから、それで十分でもあったにちがいない。ゴータマたちを手本とするその後の多くの修行者たちも、今日にいたるまでそのようにしている。しかし、われわれ（日本人）のあいだでは、いつのころからかそれが墨染の衣となった。それは、囚人服ではなく、武士のよろいのようなものと考えられている。欲望という敵と戦うよろい。でなければ一種のおまじないのようなものともいえる。イチジクの葉っぱの衣裳と墨染の衣のあいだにあるのは同じく人間の知そのものではあるが、そのあらわれ方に少々の相違があるといえるだろう。ある無邪気さが、倫理的葛藤を帯びたのである。何しろ、イチジクの葉っぱの衣の傍には主なる神の皮の衣があったわけで。アダムの子孫たちは、その皮衣を捨てて（神棚に飾るのも捨てるうちである）イチジクの葉でできた衣裳の改良型をつくることに熱中していった。そして、各々の劣等感をごまかすに足ると信じられたものたちをつくり出したのである。それは欲望、いや煩悩のなせるわざである。こうしたプロセスは、誰でも胸に手を当てて考えてみれば覚えがあろうというものだ。個人の歴史も人類の歴史もさしたる変わりはない。相互の繰り返しなのである。

墨染の衣は、もちろん文化である。仏教文化。しかしその文化は、人間の葛藤という文化である。誰に誇れるというものでもない。できれば、この衣の下で溶けて消えてしまいたいというくらいだ。それゆえ、衣の主は晴朗でありえたためしがないのである。そもそも、文化といい、文明といっても、それらはともに自然がそうであるような晴朗さを持ち合わせたものではない。どこかに後ろめたさや、卑屈さや欺瞞を隠し持っている。ソロモン王の装いが、野の百合ひとつにも及ばなかったというのももっともなのである。それは、服飾技術のせいではなく、人間の文化というものの本質、いや人間という存在そのものの本質から来ている。

すでに述べたが、ミニマムというのは、身体にとっての必要最少限という意味のものである。したがって、ミニマムにおいてそれを生きるとわれわれが言うのは、身体基準で生きるということ、ひらたく言えば死なないように生きるということだ。身体にとって、死なないことは最大関心事で、それはすべての生きものが目指すところである。しかしそれと、人々が希求する永生とはまったくの別物であってごっちゃにするわけにはゆかないのである。永生は種の希求であって、その一部分である個体存在は、必要な時に、その時至れば死ななければならないのである。それが個体の本望というものだ。この点についてもすでに十分述べた。

死んでしまってはならない、生きすぎてもならない、それが個体存在の生である。この辺のことは、生き死にの主体である身体（という自然）がすでによく心得ている。飢えたり、凍えたりしなければよかろう、と。それ以上の一体何を望むのか。望んでいるとしても、それは〝種〟が十分に心得ていよう。心配することはない。しかし、〝種〟を差しおいて、個体が何かそれ以上のことを望むなら、それはいずれ妄想妄念のそしりはまぬかれないだろう。そういうことをするのはただ人間ばかりだからである。ヒトの内なる「私」がそう望むのだ。

知を得て、イチジクの葉っぱでつくった衣を身にまとうアダムたちを憐んで、神は追放される身にさえ皮の衣をつくって与えた。彼らはその衣を、この世で再生産しつつ、畑を耕し、子をなして生きた。それが神の命じたこと、すなわち罰だった。生きることは、この世に在っては罰、苦役である。この苦役、いや罰を、神妙に受け入れ、赦しが出るまで受けつづけること、それが悔悟、イエス・キリストが人々に求めたその悔悟である。したがってそれは、大形《おおぎょう》に胸を打って懺悔したり、神の前で涙を流したりすることではない。「全ては、みこころのままに」と、知をうっちゃって、与えられたもののみによって生きゆくことである。しかし、アダムの子たちにはそれができなかった。彼らは、殺し合ったり、奪い合ったりして、この世の苦役を自ら、より一層苦しいものとした。それは今日、全世界規模にまで拡大し、その余波は地球そのものにさえ及んでいる。戦火で今や、大地も海も荒れ果てた。人の心は、それ以上に荒廃が進んでいる。いずれ、人も多くの生きものたちも、死に絶えるだろう。神がかつてアダムとイヴに警告した、その通りに。

もしわれわれ人間が、その罪を悔い、罰を当然のこととして受け入れ、したがって神の命じたことを黙々とこなすならば（ことばは無用であろう）、その結果はミニマムとなろう。そして、神の前に目覚めて在るということになる。ゴータマ流に言えば、それは己の前に目覚めて在るということだ。「私」の前に、己を忘却するということではない。そのためには、前提としてミニマムでなければならない、しかもそれで十分なのだ。十分とは、それ以上は困るということである。身体《からだ》の毒になるから困る。しかし人は大抵これらの真逆を行っている。神に対峙することができる者となるために、また、自然の中で名誉ある特段の地位を占めるために。そして事態をますます悪化させている。それはちょうど、聖職者（キリスト教のであれ仏教のであれ）がキンキラキンの衣裳を身にまとってそうしているようなものだ。しかし自然は、神同様、人間の自己満足や誤解・曲解にはまったく無関心で、ほとんど眼中にないのかのごとくである。それもそのはず、自然は、己がなすべきところを一心になして余念がないからである。罰のゆえではない、神の来光のゆえにである。この世の飾りとなるためだ。それだけではない、すべてのものたちは、己がその行為を恐縮しつつ行っている。いかに一心不乱に行っても、期待されているところには届かないことを恐れるからである。ただわれわれ人間ばかりがそのようではない。自分たちのなすところを誇り、見栄を張るのである。そのようなものは、風の一吹き、津波ひとつで微塵に散ってしまうものであることを知らない。すると、自然からみれば、ツァラツストラなど、哀れ悩乱した『人間』のなれの果てにすぎないのではないだろうか。

このように文化文明や〝人間性〟を否定するようなことを言えば、不快に思われることは十分承知している。まあ、もっともだ。それにこのようなことはすでに随分前から、さまざまな人々に言われてきたことなのである。その分、反論も定まっている。今さら原始人に帰れというのか、といったようなものだ。それに今は、科学技術信奉の時代である。知こそが人間を救うのだと誰もが信じていよう。人間の功績を過小評価するものではないとたしなめられもするだろう。『人間』の価値は、まさに文化文明にあるのだ、それこそが地球を救うだろうと胸を張っていう人も少なくないはずである。それらは全て『人間』のうぬぼれと上昇指向がそう言わせているのである。上に行けばいいことがあるにちがいないと思い込んでいる。

何ゆえか、この地上には上と下があり、また何ゆえかわれわれには上を好む傾向がある。そして同時に下を蔑む。この習性（とでもいうほかないだろう）ゆえに、われわれは下方を目指すということがまずできない。下方には、かのニーベルング族くらいしか暮らせないのである（註1）。この上・下を強・弱と言いかえても同じである。いじめられた子どもに親は「泣いて帰ってくるな」などと言って叱ったものだ。しかし自然にはこうした習性はほとんどないといってもいいだろう。自然は上にも下にもあり、強いのも弱いのもおり、それぞれが己が位置にとどまっている。ライオンのように強くなったシマウマといったのは未だ聞いた事がなく、そうなるためにシマウマが種を挙げてトレーニングに励みだしたという報告にも接していない。たしかに、ライオンの親（〝獅子〟というべきか）は子を強くしようとして谷底に落とすなどという話もあるが、親ならツバメの親でも、子たちが元気に育って欲しいと希っているだろうから、それもその域を出るものではないだろう。誇張話の類にちがいない。

全て生きものは、生存の条件を満たすべく、環境に適応して、それに専念して生きている。必要とあらば、上にも下にも、ためらうことなくおもむくだろう。ならば彼らには、そもそも上とか下とかというものが、それに伴う価値観などは一層ないにちがいない。要するにどうでもいいことなのだろう。

(註1) 『ニーベルングの指輪』(ワーグナー)に登場する小人たちの一族

2 貧しき人々

幸せになりたい、豊かになりたい、といったこの「たい」という願望は、陰に陽に誰にもあるもので、それ自体は罪のないものであり、たわいないこととすらいえるものだ。そしてこの願望は典型的な上昇指向であり、「幸せ」、「豊か」といったことばに誘発された知的営みそのものである。雀は、このような知を持たないので、単に幸せなだけである。彼らにも言葉はあるのかもしれないが、われわれには「チュン」としか聞こえず、そこにどんな「たい」が込められているかよくは分からない。彼らのとは違って、われわれのそれは、単に「たい」なだけでなく、正確にいえば「より(幸せにまた豊かになり)たい」なのである。そしてその「より」の比較の対象が人によっていくつもある。するとここらあたりから、罪のないあるいはたわいない願望ということはできなくなってくることになるのだ。「他人の不幸はわたしの幸せ」などということになればもう嫌らしいとしか言いようのないものになる。のはずであるが、今日ではむしろそれがごく一般的な願望となっているらしいのである。それは嫉妬や羨望といった、かつては劣情とされていた感情にみんなが寛容になったからであろう。それで、「首吊りの足を引っ張る」とでもいうようなことにでもなれば、立派な犯罪ということになる。

そういう道を辿りたくなければ、右のようなことの逆を行くしかないだろう。「より○○」の「より」を、捨てること。しかし比較は、人知の根本をなす作用であるから、そうた易くそれができるはずもないのである。逆を行ってということなら、「○○」の方を逆にしたらどうか。するとたとえば、「より貧しくなりたい」などということになる。その伝でゆけば「より不幸に」などということにもなる。妙な言い草になるが、それは言ってみれば下向きの上昇志向とでもいうものになる。向きが違うだけで知は知なのである。知を以て知を制す式だ。身体にも、「毒を以て毒を制す」というのがあるが手口は同じである。しかし、誰がそのような願望を抱くというのか。人間として不自然きわまりないではないか。「豊かになりたい」、しかも「より」というのが自然だというならその通りだろう。人間について、さして考えないでいうのならそれはその通りかも知れない。だが、その人間は一筋縄ではゆかないのである。われわれのこれまでの考察を踏まえていうなら、精神は上向き、肉体は下向きといったことになる。人間はその間に引き裂かれて足取りの定まるところがない。その典型的な例が、古来、〝清貧〟をもってよしとする人々が、より貧しくあらんがために精励して来たケースである。

その反人間的ともいえる行動を、かつてイエス・キリストもゴータマ・ブッダも推奨してやまなかった。それこそがまさに真に人間的なのだとして。その「(より)」貧しくなる」という行為が、われわれの迷いに対する彼らの答えであった。それだけが、人間にできる唯ひとつの道だともした。豊かに（幸せに）なるはおろか、今すでに豊かであるということまでもが（雀にはゆるされているのに）人間的ではないというのだ。イエスによれば、幸せな人は天国に縁がなく、富める者がその天国に入るのはラクダが針の穴を通るより難しいのである。それゆえ、天国に行きたいと希う（人間的なことだ）人は、その持てる富のすべてを貧しい人々に分かち与えなければならない（これも極めて人間的なことといえよう）。そうでなくとも、それを天国に積めば、財宝《たから》にかかわるこの世の憂いから解放されるはずだというのである。ゴータマ・ブッダには、そうした天国なる国はなかったので、単に「出家せよ」とだけ人々に勧めた。それは、すべての愛するものを捨てて、裸一貫生きよということで、それが『修行』の前提だった。身の周りのわずかなものだけが、彼らの持ちものの一切だった。それで十分であることはゴータマが自ら身をもって証明した。彼は八十年以上もの年月を生き、何ものをも損ねることがなく、それゆえ死去したときには天上から華が降り、森のすべての生きものたちまでもが枕頭に列したという。その『修行』はといえば、それはいかなる意味においても豊かになることを目指すものではなかった。煩悩の激流を渡り彼岸で暮らすことが幸せなわけでもなかった。幸せをいうのであれば（「幸せであれ」と彼は教えた）、修行をし尽くして、もはや次の世に生まれることは決してないのだと確信することがそれだった。ゴータマの教えはいろいろにいわれるが「すべてなすべきことをなし尽くして、最後の身体をまもる者となれ」というのがその窮極というべきものだろう。

イエス・キリストは「悔悟せよ」と開口一番、人々に迫ったのち、その教え（『山上の垂訓』）を述べるにあたって、まず「幸いなるかな、心の貧しき者」と人々に呼びかけた。そしてその最初の一言によって、これから語られることばが祝福のことばであることを示したのだった。なぜ「心の」なのか。その心なるものがすべての不幸の元凶だからである。「すべてものごとは、心によって、心に生ず」とゴータマがすでに教えていた通り。したがって世の貧富も、その心なるものの仕業なのである。身体のあずかり知らぬところだ。イエスが祝福したのはしかし、身も心も貧しい人なのであって、それは富める者が天国に入るのはいかに困難かをのちに語るところから分かる。そして、富んでいても心が貧しい人に対しては、その処方をも適確に示した。その富を処分せよ、と。もちろん、イエスが特に「心の」というのは、その心が豊かな人に天国など無用だからである。その人は、すでに天国にいるわけで。

しかしでは「貧しい」とはどういうことなのか。それは、身の貧しさ、いわゆる貧乏または貧困と、イエスのいう心の貧しさ、渇望による不満足感が慢性的に心を領しているか、何らかの打撃によって心が空疎化している状態とがあって、それらの組み合わせもあるし、そのうえ主観的、すなわち豊かなのにその実感がないとか、客観的なのもあり（今日いう相対的貧困という社会問題もそのうちであろう）、そのうえそれらの組合せもありうる。一口に「貧」といっても、その諸相はなかなか豊かなのである。レフ・トルストイは小説『アンナ・カレーニナ』の冒頭に「すべて幸福な家庭は似たりよったりだが、不幸な家庭はみなそれぞれに不幸である。」と書いたが、この幸・不幸のところに、「豊かな」と「貧しい」を代入しても同じだろう。もっとも、富＝幸、貧＝不幸では必ずしもないのであるから、そこが一筋縄ではいかないところなのである。

「おわかりかな、学生さん、もうどこにも行くところがないということの意味が？」と、酔漢マルメラードフはラスコーリニコフに詰め寄る。そして、そこから戻ってきた娘ソーニャが黙って肩を震わせていた夜のことを物語る。貧しいということは、そういうことだ、と。以来そのソーニャは娼婦のしるしである黄色い鑑札持ちの身となったのだった。マルメラードフは、その後まもなく馬車に轢き殺され、母カテリーナはそのために狂い、幼い二人の妹をかかえて、いよいよソーニャは行くところがなくなっていった。「貯金はできないの？」とラスコーリニコフが訊くと、彼女はただ首を横に振るばかりだった。しかし、彼女の心の中には、最後の最後ともいうべき行く所、すなわち聖書があった。彼女は殺人を犯してやって来たラスコーリニコフをそこへといざなった。彼の殺人は、神の下した罰にほかならないものであったから、彼もそこにしか行くところがなかったのである。ゆらめくローソクの灯りの下で、二人してラザロの復活を読んだ。貧困は、もちろん文化ではないが、それ以上に罪ではない。罪とは、神を信ぜず、自分を信ずることである。ソーニャは、神を信ずる以外道がなかった。しかしそれ以上に、自分を信ずるどんな理由もなかった。それゆえ彼女は、必死に神の門をたたいた。「求めよ、さらば与えられん」というキリストの言葉を信じて。しかしラスコーリニコフは、なおも自分を信じないということができなかった。自分は、ただ弱さゆえにしくじっただけだ、と。彼は、その意気地のない自分を許せなかった。プライドが許さなかったのである。彼が許せなかったのは実は、自分が神の被造物である（にすぎない、と彼は考える）ということだった。神は、それなら何ゆえに、この自分を意気地のない一介の貧乏学生などに造ったのか。それゆえ、神は、彼に〝ナポレオン〟という夢を見させ、彼を罰したのである。彼の頭を領していたその知を、そのままそっくり利用した。果たして彼は、予審刑事ポルフィーリイをよろこばせる〝理論〟をひねり出し、老婆など、殺しても何にもならない者の殺しへと追い詰められた。殺さないという選択肢はなかった。神が封じていたのである。こうして、シベリヤ送りとなったラスコーリニコフに、もちろん赦しはなかった。罪は赦され得るものだが、罰は決して赦されえないものだからである。どこへ送られ、どうなろうと赦されるはずもない。シャバにいたころ、彼は自分自身に息苦しくなって、孤独を求めることがあったが、こんどは孤独の方が彼を求めてやって来て、彼は囚人のあいだで孤立した。罰のかたちが変わったのだった。ソーニャは、ラスコーリニコフに付いて、シベリヤに来ていたが、そこで多くの囚人たちに慕われ、〝おれたちのおっ母あ〟と呼ばれる身になった。彼女の〝罪〟は、赦されるべくして赦されたのだが、そのうえご褒美まで与えられたのだった。

ある日、ラスコーリニコフはついにソーニャの足元に屈した。しかしそれは改悛したのではなく、単に孤独に負けたにすぎなかっただろう。彼のいわゆる弱さのなせるわざだった。それゆえ、彼はたちまちにして、そのような自分を愧《は》じ、呪うことにならざるを得ないのである。彼には、その弱さこそが、神が彼に与えた唯一の贈り物であることが分からないのである。それは、かつて神が楽園を追放されるアダムたちに、自らつくって着せた皮の衣のようなもの（したがって文化ではないもの）だったのだ。果たして彼は、何度も同じ生まれを繰り返して、この世を彷徨うことになるだろう。ラーゲリの外の、凍てついた丸太に腰を下ろして、彼が眺めるシベリヤの大地がその〝この世〟である。彼の生まれかわりのひとり、イワン・カラマーゾフもそうして、こちらは狂熱のために床に伏せることになる。

「どんな人間でも、この男ほど悲惨な人間はいないだろう」と言って、ゴーギャンは一緒にひととき暮らしたゴッホのもとを去った。その後、南海の島タヒチに渡り、そこで「われわれはどこから来たのか、何者か、どこへ行くのか」を描いた。文明から隔絶されたその地で、人間を根本から見つめ直した。そして、自然と融け合って暮らす人々、おそらくはヒトを見出した。一方のゴッホは、自分の中の『人間』と格闘しつづけ、ついに狂って死んだ。ピストルで、その『人間』を射殺したのだが、相手はバーチャルなので、弾丸《たま》は撃ち手に当たったのだった。彼は、若い時には牧師を志し、絵描きになったころには「馬鈴薯を食べる人々」や「悲しむ女」を描いた（この「悲しむ女」こそは、ソーニャ・マルメラードヴァのそのときの姿だったのではないだろうか）。しかし、絵は一枚も売れず、弟がみな引き取って彼を援助していた。ゴッホは、パリを捨て、アルルに引っ越してからは、ひまわりや糸杉やオリーブの木などの植物やはね橋、麦畑のある風景などをさかんに描いたが、それらの全ては結局のところ自然ではなく、人間、それも彼自身のすがただった。彼はいわば、自画像しか描くことのできない画家だったのである。彼は、「ルーラン夫妻」やその他身近な人々、最後に精神病院で世話になったガシェ医師などを描いたが、それらも結局は自画像というほかないであろう。糸杉といっても同じことになる。彼の見た糸杉。

ゴッホは悲惨である。ことばの、どんな意味においても悲惨。絵を描くことで、彼はそれと闘い、逃れようとしたのかもしれないが、それしか手段もなかった。それも悲惨。カネでもあれば、ゴーギャンよろしく、彼が愛した日本（浮世絵を通してだけのものだったが）にでも渡って、心機一転することもできたかも知れないが、果たしてそれもどうだったか。彼の脳は、ほとんど生まれつき西欧精神に毒されていたのである。転地療養で快癒するようなものではなかった。それを察知すればこそ、ゴーギャンは惜しみつつも訣別したのだったろう。しかし訣別したからといって、彼も同じ病を免れたわけではなかった。異様なタヒチの女たち（男たち）がそれを証明しているだろう。どこに逃れ、何をしようとも（砂漠で旅商人となった詩人もいる）、近代人は半病人なのである。まともに他者と、まして自然と、出会うことはまずできない。その悲惨は、言いかえればこころの貧しさである。彼らに、心が無いなど言っているのではない。心はあり余るほどある、むしろそれだからこそ貧しい。ものの全てがゆがむ。つまり不自然となってしまう。

しかしゴッホの絵は、ゴーギャンのそれとももども、近代絵画を代表するものとして、今日では高く評価されている。時に一点何十億円もの高値で取引されたりする。評価はもちろん間違いないところだろう。何しろ、ほとんど全ての人にたしかにそれらの作品はこよなく愛されているわけで。すると、それをもって彼らの評価と言えるだろうか？　そのように言えるためには、彼らが身をもって生きた〝近代〟そのもの、いや人間そのものの勝利が言えなくてはならないだろう。別の言い方をするなら、「幸いなるかな、こころの貧しき者」と語った人に対する勝利が宣言されなければならないということになろう。

ゴッホが残した最後の大作『カラスのいる麦畑』のもとで、「動けなくなった」と告白した近代人たる作家がいたが、その人の耳には、絵の中のカラスがシンバルのような音を奏でているのが聞こえたという(註1)。その音はもちろん、近代への弔鐘だったのである。

(註1)　小林秀雄『ゴッホの手紙』序、冒頭。

3　美的生存

一九九〇年代はじめころに発生したいわゆるバブル崩壊を機に（といっても、これが直接の引き金だったかどうか定かではないのだが）世には「清貧」という言葉が、静かに、しかし本格的に流れるようになった。それ以前にも、有名な経済界のリーダーが、メザシと、庭でとれたキャベツを常食しているというので話題になったりしていたが、それはどちらかといえば、〝我慢の哲学〟（これも財界の大立物が唱えていた）の実践とでもいったところで、要するに将来より豊かになるために、今節制せよというものだったのである。しかしその今、流れはじめた「清貧」というのは、そもそも「貧」こそが真の豊かさなのであるということで、経済的豊かさを離れて心の豊かさを求めるべきだというのである。この場合、その心のというのは、より格調高く精神的なともいわれた。その裏には、身豊かにして、こころ貧しという当時の現実があったのである。その現実は、バブル崩壊より随分前から存在していたもので、薄々感受していた人も少なくなかった。それでも貧乏性が身についてしまっていたので、自分たちはまだ貧しいのだ、もっと豊かになれるし、なるべきなのだと大半の人が思い込んでいたし、経済学者も政治家も財界人もみなそのように言いつづけていたので、腹がハチ切れるまでに自分の身がすでに豊かであることを認めることができなかったのである。しかし腹というのは容量があるもので、詰め過ぎれば破裂（パンク）して当然なのである。したがってそれは破裂した。しはしたが、大半の人々はその修復、いや治療（日本病と世界からヤユされた）に追われて、では元に戻ればいいのか（こちらは〝失われた十年、のちには十五年〟といわれた）といったことを考える余裕はほとんどなかった。いや、実はそれはないことにしていただけだったのである。考えれば、一部の人々が唱える「清貧」を受け入れざるを得なくなるかも知れない、と内心おそれたのだったろう。何より、「貧」はわかるが、「清」の方はよくわからない、まして「貧にして清」とは何のことか。「清」が「貧」につながる、むしろ直結するものであろうことならよくわかる。一種、生活の知恵的によく分かっているのだ。それだけに、それは新しい道どころか恐怖である。「清」がわかる分だけ、恐ろしい。その分かるは、まさにそれが古来綿々とつづいてきた文化だからのことである。日本人の、いわば民族性、清濁併せ呑むということが大陸人のようにはできない潔癖性（精神性といって評価する人もいる）が恐怖を呼び起こしてやまないのだ。いかにアングロサクソン化したとはいえ、それは表面のことで（たかだか戦後七十年、黒船以来としても百年あまり）日本人の血は脈々と流れつづけていたわけだ。身貧しくしてこころ豊か、というのはその日本文化のひとつの、しかし不変の理想であり、理念だった。こころ豊かになるために、わざわざ身を貧しくするというようなことは昔からいろいろな形で行われてきた。そしてそのこころの豊かさの中心に「清」があったのである。「清」、清らかであることはしかし、何ゆえに豊かであることなのか、そこはあまり深く考えられてこなかっただろう。その必要がなかったのである。「清」とは自然の中にあること、自然とともに在ることで、したがって文句なく豊かなのである。自然が文句なく豊かであるから。すると、「貧」とはそのために人間を捨てること、少なくとも人間の臭いのするようなものは極力減らすという意味になる。できれば、人々の中には交ざらない、街巷には住しない方がいい。それで清貧の人は、「遠ざかり、離れて」（ゴータマの教えでもある）山の中に移り住んだ。そこで詩歌をものし、絵を描き、または何もせずに過ごした。こうした清貧の人とその生活は、要するに豊かさの一種、いわば進化した豊かさ、したがって、人間の上昇指向のあらわれであるといえる。そのあらわれ方が、砂漠の民などとは違っているというだけのものだ。砂漠では、貧はすなわち死と直結であって、そこに清も濁もないのである。

「清貧」は、日本人の心の奥底に、地下水脈のようになって流れつづけてきた思想であり、生き方の根本である。それゆえ、と言うか、その分だけ、その理解に人それぞれの面があるのは致し方ない。「清きがゆえに貧し」をよしとする人もいれば、「貧しくとも清きがよし」とする人もいる。それは単に重心の置き方の相違にすぎない。程度の問題。しかし、バブルが崩壊して（今、復活しつつあるのだが）、そこに学習した者が、「清貧」を唱えるとなると、おのずからそこに現代的な意味を確認しておくことは必要だろう。何しろ昔のように山中に籠もり、もしくは巷に在っても、人々にかかわらず生きてゆくことは、今日ではほとんどできなくなっているのである。今日では人は情報とよばれているものなしに生きてゆくことはできず、消費という行動ヌキには何ものも手に入らず、「清貧」の孤高にいかに憧れてもなすすべはまずないのである。今日では、家猫までもがキャットフードなしには生きてゆけず、彼らのために屋根裏でネズミを飼ってくれる飼い主などはいないのである。すると「清貧」というのは、清らかに消費する（生き方）ということになってしまうが、果たしてそのようなことは可能なのかという問題を提起することにもなるのである。「消費」は、本来経済学用語で、日本語的には「費消」である。それをすると、対象となったものは費やされ、消え去ってしまうということだ。それが動植物の生命なら、費消はその生命を奪うという意味になる。その「奪う」が「私」の利の為になされれば、それは定義的悪そのものになる。清らかどころではない。生臭物を避けて、いかに菜食主義に徹したところで同じことだ。ならば「清」であるためには元凶の「私」を葬り去るしかない。牛のように、野原で草を食むならいいだろう。しかしその牛も他人の土地で勝手に草を食うことは許されていないので、牛飼いは飼料の大半を買ってきて牛に与えているのである。しかしこれらのことについてはもう他のところでも十分述べた。そして、『悪』はミニマムにおいてのみ免れうるものであることも。

　可能かどうかはともかく、「清貧」ということを生き方として言えばそれは、貧しくてもいいから、清く正しく、美しく生きてゆこうということである。いわば美的生存。したがって、人間固有で、自然界には無い生き方である。いや正確に言えば、すでに自然界では当たり前に行われている生き方なので、それが問題になることなど全然ない生存それ自体の人間的な言い方である。ではその美的生存をどうやってものにするのか。そのためにはまず何より貧しくなくてはならないだろう。キンキラキンやぶくぶくぼってりは困る。それはバブルまでにみなやった。その結果、身体が悲鳴を上げることになった。それでもまだ、頭の方は加熱中で、もっと豊かになれるはずだという考えにとらわれていた。もっと豊かで、体もよろこぶはずのもの、そこに消費の逆、生産、いやそれも経済的用語だから言い直せば創造、しかしそれでは天地創造の神に恐縮だからと「自分で作る」とでもいうことが考え出された。たとえ曲がったキュウリ、酸っぱいトマトでも、自分で作れば十分に楽しめると分かった。しかしこのグッドアイデアも、貪欲な『経済』にすみやかに取り込まれ、消化されてしまった。そこからは、「貧しくてもいい」とかはもとより、「貧しくなければならない」などという考えはたちまち脱落した。今では全国いたるところ、手づくり工房だの体験農園だのがつくられ、大量のモノがそこで消費されるに至っている。その多くは、美的生存からみてもただのムダに終わっていよう。人は、ほんのいっ時の豊かさ（バーチャルである）を実感して、すぐに忘れてしまうのだ。そうでなければ『経済』の方が困るからだろう。それやこれやで、バブル崩壊後、もう四半世紀にもなろうというのに未だメタボリック・シンドロームだの、生活習慣病だのに悩まされる人々が絶えない。そのうえ、相対的貧困という社会病にまで取り憑かれることになった。『経済』に訣別できなかったツケが回ってきているのである。〝美〟の方も、ゆるキャラとか何とかいう妙なものにとって代わられ、至ってだらしのないことになりつつある。精神的・肉体的疲れ（消費疲れである）がそれで癒やされるらしい。美的どころか、きわめて非知性的事態に陥っているというほかないだろう。

極めて日本的に言えば、清貧とは要するに何もしないということにほかならない。古来、それこそがわれわれの理想だったのである。したがって文化の極致。消費も生産もしない。手づくり工房・体験農園、皆無用。できれば、呑み食いもしない方が望ましいが、そういうわけにもゆかないので、やむなく庭先で大根をつくるぐらいはした。その余の大半の時間は、ぼうっとしているのが理想だが、そういうわけにもゆかないので、歌を詠んだり、句をひねったり、筆で遊んだりした。しかしそれを飯の種にするのはおろか、「名利」の種にもしようとはしなかったのである。

4 もっとつらい人

清貧ブームにかつがれて、いよいよ表舞台に引っ張り出されたのが〝良寛さま〟である。詩人の詩、歌よみの歌、書家の書は嫌いだと、〝ひとりあそび〟に徹したかったその詩歌、書も、いまやひっきりなしの展覧会に曝され、講演会はひきもきらず、おかげで全国良寛会なる組織も隆盛の一途となった。

良寛は、生前からすでに江戸にまで聞こえた禅僧であり、詩人であった。書も高く評価され越後の庵には文人・墨客がはるばる三国峠を越えて来参していた。そのうえ、道を求める若者をも引きつけていたという。明治になって、同郷の相馬御風が、あらためて数々の逸話をもって紹介するにおよび、名声は格段に広がった。その意味では、良寛ブームというのは突然生じたのではなく、十分な下地あってのことだった。この下地良寛は、御風がつくったものといわれている。日がないちにち子どもと遊び、旧友とよろこんで交わり、托鉢に出られない日は詩歌に遊び、あげくは老いらくの恋もした。要するに脱俗で、心豊か、したがって生きることを愉しんで生き尽くした人だったというのである。そのうえ、良寛には奇行癖があり、それは幸い良寛の背中を見て育った解良栄重《けらよししげ》が、それを満載した記録を遺してくれており、脱俗良寛像の形成に大いに役に立った。当時から、その奇行も良寛の心の豊かさのあらわれとして歓迎されていたのである。良寛は終生かなりの貧困を生き、越後に在ってはそれはもう赤貧洗うがごとしだった。しかし赤貧というものは、それを経験した者以外には容易には分からないものなのである。（例の、マルメラードフとその娘を思え）。当然、御風その他の人々にも分からなかったであろう。だからその分の良寛はカットされてしまっていた。そのかわりに〝清貧〟の見本となったのである。その〝貧〟は、つまり美的貧困。

　当の良寛はどうだったか。身も心もまさしく貧困、客観的には悲惨の極みにあった。ただその絶対貧困は、良寛自身の選択によったもので、いわば覚悟のうえのもの、彼の修行がひそかに目指すところでさえもあったのである。絶対貧困でなければできないことがある、とまるではじめから知っていたかのように、今日のわれわれには見える程である。その覚悟または目指すところが、十八歳（二十二歳とも）で出家したときにすでにあったのかどうかはわからない。修行のいずれかの時点で固まったのかどうか、それもよくは分からない。一番ありそうなのはやはり、祖師道元の教えに背いて、三十九歳にして故郷越後の地に舞い戻ってのちのことだろう。そこで良寛さんは、出家する前の記憶にある越後とも、岡山円通寺や、その他西国の人々ともまったく違う人々とその暮らしに直面した。「一衲《いちのう》と一鉢《いっぱつ》と」これだけが頼りの借家暮らしから、出家者には当たり前のことで全てはすでに慣れきったこと。それならどこの地に在ってしても同じことなのだから、何も宗祖の教えに背いて破門同然の身になることはなかったはずなのだ。円通寺での修行は師大忍国仙和尚の「三十二人中三十番目の弟子」（水上勉氏の言い草だが）にすぎず、当人も「虎を描いて猫にもならず」と嘆くほどの不出来だったが、それでも死期を覚った師から、その師の隠居所となるはずだった覚樹庵なる庵を与えられ、一応の成果はあったのである。しかし良寛は、ほとんどそこには住まず、西国の旅に出てしまった。挙句のはての越後帰還。出家の経緯以上に、研究者の関心をそそるのも当然である。単に、国仙師の後継となった人物と折り合いがつかなかったからという説もあるし、自身、修行完成未だしの思いがあってのことともいうが、それがなぜ越後なのか、研究者の中には、そこに若き日の出家以来、自分自身にさえ密かにもちつづけた悔恨と懺悔の思いというものを指摘する人もいる（註1）。出家は、避け難いものだったとはいえ、若気のいたりでもあったというのだ。「幼くして仏心あり」とはいうが、天領の町名主の跡継ぎではそうそう出家など許されるものではなかったのである。果たして、それは一族全てに甚大な被害をもたらした。傾いた家運の再建に一縷の望みを託した両親の悲嘆、彼に代わって家を継いだ弟の苦労、にもかかわらず公金横領の罪で家は取り潰され（平安以来の名門だったとされる）一家は離散、父は京の都で自殺し、もうひとりの学者となった弟も早逝してしまった。こうした全てを、良寛は風のたよりに聞き知っていたらしい。父の死直後には、兄弟たちと京で会っていたという話もある。

それにしてもなぜ越後なのか。なぜわざわざ、傷口を広げるようなことをしたのか。越後に帰れば、彼自身も、一族の誰彼も、改めて傷つくことになるとは考えなかったのか。何しろ、ただの一雲水で帰還するのである。ふつうの神経なら、のこのこ「ただいま」と帰るわけにはいかないだろう。それかあらぬか、彼はこっそり生地から離れた海辺の作業小屋へもぐり込んだのだった。そこで火を出して、漁師たちに砂の中に埋められているところを旧知の人に発見され素性が明らかになった。家人たちが飛んでやって来た。そこに年老いた父の姿があったなら、まさに「放蕩息子の帰宅」そのままだっただろう。そのとき、人々が驚いたのはそればかりではなかった。良寛は、砂の中に埋められつつ、ひとことも弁明しなかったばかりか、それを問うた人に「そうしたいのなら、それでいい」と言ったというのだ。同じことはずっとのちにも起きた。堕落僧とののしって打ちかかって来たある僧の拳を避けようともせず、彼が去ったのちには、折からの雨に濡れはすまいかと心配したというのである。完全無防備・完全無抵抗の、生来とも思われる精神《こころ》はすでに全開だったといえるだろう。しかし、当の良寛にはそれはおそらく当たり前で、彼にはその先があったにちがいなかった。明確に意識していたかどうか、そこは定かではなかったにしても。それを今日、人は菩薩行と称している。そして、良寛は菩薩であった、とも。なるほど。しかし、あのあくまで謙虚な良寛さまが、菩薩を目指す、ということは衆生済度《しゅじょうさいど》を志すなど、本当のことだっただろうか？　「虎を描いて猫にもならず」と嘆いた当の本人は、いつ修行者の最高位についたのか。自分を救うなど、その気がなかったことは確かとしても、それが衆生済度とは、飛躍というものだろう。実際、良寛はその後三十年以上もの長きにわたって越後の地にいたが、菩薩様らしきことはほとんど何もしなかった（というほかないだろう）。托鉢時に読経して、帰りに子どもと遊んで、時には解良家にフロを入りに寄って、余分なゼニをどこぞの若女房に預けて、詩をものし、歌を詠み……日々を送っていた。それは坊さんであったので、たまには嫌いな葬式もしたし、不良少年の説教も、頼まれればイヤとは言えなかった。そのうえ、何を思ったか、同業の僧侶たちの批判までした。しかし、日照りでひび割れの入った山田に、日がな一日水桶を運ぶ老爺のその天秤の肩代わりはしなかった。そのかわりに一首の歌を詠んだだけだった。

「あしびきの山田のをぢがひねもすにいゆきかへらひ水運ぶ見ゆ」、と。それが良寛の仕事といえば仕事だった。しかしこれを仕事とは認めない人は、見ているヒマがあったのなら何ゆえその爺の天秤を、一回でも二回でも肩代わりしなかったのかと責めるのである。良寛も、あるいはそのように自らを責めたかも知れない。だからこその歌でもあったか。同じような事態は三条大地震の際にも生じた。震災の惨状を前にして、身も心も捩《よじ》ったが、彼にできることは知人に自らの無事をしらせることだけだった。そしてこの時も数首の歌を詠んだ。のちには、長岡藩主の適切な対応を評価して、賞讃の詩も作った。それだけである。そうしたことのせいかあらぬか、「良寛は文芸に淫したのだ」という人もいる（吉本隆明氏など）。ということは、修行僧としてはやはり、（解良家で、なぐりかかった坊さんの言うように）堕落していたということになる。堕落と批判されるほど、文芸に〝淫し〟ていたのなら、その文芸はさぞや人々をうならせるほどのものだったであろう、当時には。しかし、良寛の評判を聞きつけて五合庵に彼を訪ねた坂口安吾の曽祖父などは、「フン、（良寛の）風流などこの程度のものか」と悪たれをついて辞したという。良寛の書を尊び、歌を賞で、共に酒を呑んで愉しんだのは、風流人ではなく、そうであってもただの風流愛好家なのでもなく、彼の幼馴染や、庇護者や、田夫や、時に遊女たちなのだった。つまり〝専門家〟からは遠い人々。

ならばなぜそうした人々、越後の文化的にはかなり遅れた（といわれている）人々に彼は、のちのち世の語り草となるまでに愛されたのか？　それは良寛が学識豊かな禅僧であるとか、美事な書で江戸の書家までもをうならせたとか、詩歌・俳諧で裕福な人々と親交があったとか、長岡の殿様の覚えがめでたかったとか（この殿様は、一寺を建立して良寛に寄進さえしようとしたのだった）、そうしたことと全て以上に、単に〝もっとつらい人〟（これはソルジェニーツインの『ガン病棟』に出てくるシュルービンのことだが）であったからではないのか。

彼の、いわばわがままのせいで、名家であった実家は潰れ、それにもかかわらず僧としては破れ寺ひとつ持つことも叶わぬ、いわば修行失敗者、とどのつまりは節制につぐ節制を嘲笑うかのような直腸ガンで死んでしまった。いわゆる垂れ流しをしたので、美的生活とは無縁だった。日常も、托鉢で得られるものは、当時の越後では当然、ほんのわずかのものでしかなく、粥を食べるための味噌にはウジが湧いていた。さらに冬ともなれば寒風にさらされ、眠ることもままならなかったのである。それが三十年以上もつづいた。その飢えと寒さと孤独を慰めるために、詩歌や書に没頭することは、〝文芸に淫した〟ことなのか。それはほんのひととき〝ひとり遊び〟をしただけだったのではないか。そして、それによって、春まで生きのびたのなら、それこそがまさに良寛の仕事というべきなのではなかったか。当時の越後で、ただの人が生きのびることはそれほどにも困難だったのである。貧困の底は抜けていた。誰もが、〝もっとつらい人〟を競っているかのようだった。そして良寛は、首尾よくその〝どん底〟に立った。ならば菩薩にはなり損ねたであろう、菩薩がどん底の指標ではないならば。しかし良寛は越後の人々のまさにその指標だったにちがいない。命の指標。あの〝良寛さ〟でさえ生きているのだから、俺たちはまだ大丈夫だ、とみんなが思っただろう。〝もっとつらい人〟が身近にいる、しかも元気だとなれば、それが人々の力にならないはずがなかった。「命なりけり」である。すると、良寛が、越後の地で目指した修行とは、それがあったというなら、その〝もっとつらい人〟を目指すこと、それになりきるということではなかったか。それはまさに、菩薩となることを拒否することに近いだろう。今日、良寛菩薩などという語が（これほどのブームでも）普及していないのは、〝良寛さ〟にとっては本望であるにちがいない。のちの世のわれわれにとって、良寛は、良寛さまであり、子どもたちと遊ぶその穏やかな姿は一幅の絵である。そして、最晩年にあらわれた若き貞信尼こそが菩薩様のように見えるのである。それはちょうど、自分のためにその身を焼いた〝月の兎〟に、天帝がしたはからいのようにも見える。粋なはからい。

良寛は、その〝月の兎〟の物語に、衣の袖が絞れるまでの涙を流した。兎は、利他を生きたのであって、利他行とは無縁だった。だからこそ、涙はとめどなく流されたのである。

突然だが、良寛は、アリョーシャ・カラマーゾフである。少なくとも二人は兄弟である。どちらが兄で、弟かなどはどうでもよい。精神構造、いや存在そのものがウリふたつ以上なのだ。しかしこのようなことを言えば、「イエス・キリストは、六百年の時をへだてたゴータマ・ブッダの直弟子である」などと口走るのと同じで、誰にも相手にはされないだろう。しかしそれでも、良寛（若き日のことを思え）とアリョーシャ（今まさに、生涯を踏み出したところである）とは、あらゆる相違を超えてある面影を共有しているのである。二人の兄の面影。その兄とは、ゾシマ長老の年若くして逝った兄マルケルその人である。彼は、自分は全ての人に対して罪があると会う人ごとに言い、そして謝罪と感謝の言葉を述べ続け世を去ったのだった。ゾシマは、その兄マルケルの生まれかわりとしてアリョーシャを愛し、自らの後事を彼に託した。そして自らは、全ての彼を尊崇する人々の期待（もちろん、奇跡に対する期待である）を裏切って、おぞましい腐臭を放って死んでいった。彼が放ったのは、人間の腐臭、彼の死は人間の死そのものだった。するとそれはまた、イエス・キリストが「わがなすごとく、汝らもせよ」と命じた死、すなわち十字架にも似ていよう。そうしてゾシマは、アリョーシャに何を託したのか。しかし、それに今ここで深く立ち入るわけにはゆかないから、話はここまでである。つづきは、第三人類を論じる段になって避けて通ることができなくなるだろう。彼らはみな、その第三人類の礎、それも捨て石となるはずの存在である。

（註1） 高橋庄次『良寛伝記考説』（「寛政七年」一七三ページ）

(三) 救いについて——二重性のゆえに救いの問題が生ずる、ヒトに

1 二重人格?

ヒューマニズムということばは、十九世紀から前世紀の半ば頃までは、格調高いことばで、知性ゆたかな人々の間で誇らしく語られるものだった。そうした人々の心には疑いもなく、人間存在と自分自身に対する限りない信頼の念が満ちていただろう。その人間存在の本質を語るものとして、「人間性」というものもあったのだった。それは価値観をあらわす言葉で、単に「人間らしさ」すなわち人間の特徴というようなものではなかった。だから時にはそれは水戸黄門の印籠よろしく使用されもしたのである。その「人間性」の中味はと言えば人のさまざまな属性のうちでも、善なるもの、真実なるもの、美しきもの、優しさ等々のみを指していて、それらこそが人間と他の生きものとを分かち、人間存在の価値を高からしめていたのだった。

しかしそのヒューマニストや彼らの考えに同調する多くの人々を、二十世紀の歴史は易々と裏切ってみせた。それは「戦争の世紀」だったが、その戦争はただの戦争、まして昔の騎士道的戦争とは似ても似つかぬものだった。そこには一片の詩情も美学もなく(ナポレオン戦争のころまではあったらしいのだが)、まさに「人間性」を裏切る行為の連続、人間そのものの存在すら嘲笑うものだった。誰がそのようなことをしたのか。人間か、戦争それ自身か。というのはそのとき、人間にはもはや戦争をコント

ロールする力がなかったからである。人間が戦争を行っているというよりは、戦争が人間を（兵器として）利用しているとしか言いようのない光景が、至る所で繰り広げられた。それはあたかも今日の人間と経済との関係にも似ていた。主客逆転はそのころからもうあったのである。

そうした「人間性」を裏切る人間の行為は、十九世紀の後半にはすでに、様々なかたちで社会のいたるところに指摘されてもいた。イワン・カラマーゾフの指摘もそうしたもののひとつだった。彼はみずからが創作した詩劇『大審問官』において、彼に「人間はどうしようもない恩知らずの暴徒だ」と言わしめている。そしてイワン自身は、ゆえなくして虐待される幼児のありさまを延々と語るのである。それは、今日只今のわれわれの間でも、かわるところなく、むしろかつてのイワンも驚くほどの過激さで行われつづけている。

しかし奇妙なことに、こうしたことによってヒューマニスト（註1）たちが完膚なきまでに打ちのめされてしまうなどということはなかった。むしろ彼らの声は高まりさえしたのである。それは彼らが、現実の人間の邪悪さ低劣さ、愚昧さを人間の本性に帰するのではなく、それを社会、特定の社会体制やそれを設立推進する一部の人々に帰し、自らを疑ろうとはしなかったからである。そのかわりに、別の特定の社会体制に望みを託してすませてしまった。そのひとつが共産主義体制だったのだが、それは一世紀とはもたず、前世紀の終わるころには敢えなくついえ去ってしまった。共産主義の、いやヒューマニズムの理想が実現するためには、人間（具体的な誰、彼）がまず変わっていなければならなかったのに、社会の変革によってそれが可能と信じたがためであっただろう。人は、生きて、社会を営むものだからである。社会のために、それを営まされるわけではない。別の言い方をすれば、それはヒューマニズムの過大評価、ヒューマニストたちの人間と自分たち自らに対する過信とも言える。なぜなら元々、ヒューマニズムには人間の邪悪や低劣、愚昧や暴徒性を変える力などなかったからである。ただ、肯定的な未来（願望にすぎなかった）や美的人間性を高く掲げて、その高さによって人々を鼓舞したり、慰めたりするのに多少役立った程度だった。そういうものに感応する性質もたしかに「人間性」にはあったからである。人間性とは中んずく知性のことであり、知性は美醜是非善悪を弁別し、感応するものだからだ。

大部分の人々は、自分を賢者とまでは言わないまでも、少なくとも愚者、痴人、野蛮人、ましてケダモノなどとはたしかに思ってはいないだろう。思いたくもない。しかし心の奥底、そのどこかでは、一抹の不安を抱えてもいるはずである。それは知の二重性のあらわれである。そして知自身は、その自らの二重性をすでに知っているであろう。それによれば、善行は人間のもので、悪行はケダモノのすることだなどということはない。悪事ばかり働いている者も、心の奥底では「俺も人間だ」と信じているだろう。だからこそ、十悪五逆の悪人も救われるといった所説も一定の説得力をもちうるのである。「俺は人間ではない、ありたくもない、永久にケダモノで結構だ」と信じる者の前でもそれは有効だろうか。何の意味があるだろうか。

人のすることとなすこと全ては、今日では知性のはたらき、したがって文化の所産である。それが文化となっているというよりは、文化がそれをなしていると言った方がより実態に近いだろう。ケダモノはもとより、痴愚者のよくすることではない。それだけ悪行・愚行の類いも高度化してきているとも言える。馬鹿で振り込め詐欺は行えず、それに騙されるということすらできはしない。世にはこびるイジメやハラスメントもこれに同じであろう。

当然、文化にもよしあしはある。文化的なら何でもいいというわけにはいかない。ではそのようなよしあしは、何ゆえそのように言うのか。それは知性が、自らとは正反対である自然性というものを認識するからのことであろう。文化に反映した自然（例の花鳥風月）というものを見ればこそ、人（『人間』）は、己れ自身をそこに映して、恥を知るに至ることができる。その意味で、自然は人間を映す鏡である。そこに映った醜い自分の姿を見れば、人は愧じ入る。しかし自然を離脱しきってしまっている人は、わるい文化に浸ってしまっていても、そうとは知り得ず、自ら愧じるということもないはずである。恥（羞恥心）は、文化の、したがって知性の水準をあらわしているだろう。それは、文化の質を事実上決定しているともいえる。

ところで本題の「二重性」ということだが、それは、ヒトという存在は『ヒト』、すなわち自然そのものと、『人間』、すなわち文化そのものとから成る、避け難く、両者の間にいわば引き裂かれた存在であるということをあらわしている。存在ということでいえば、存在しているのはヒトであって、『ヒト』

でもなければ『人間』でももちろんない。この後者はすでに述べたようにバーチャル存在であって、存在ではない（と言うほかないものだが、文化的に言えば）前者よりもずっとアテにならないものである。

全ての人は、ヒトにほかならず、それゆえに『ヒト』にしてかつ『人間』である。この「かつ」というのは甚だ強力なもので、選択の自由など決して許さないのである。単に観点の相違、言い方の問題などというのでもない。それは、どんなに努力しても（全人類挙げてしても）百パーセントの『ヒト』となることも、百パーセントの『人間』となることもできないというものだ。ただし、脳をそっくりＡＩに入れ替えたらどうなるかについては目下不明である。ＡＩが自己形成するかどうかといったことにかかってこよう。

人は誰しも、時に応じて幾分かは『ヒト』の面を露わにし、また『人間』づらをして生きてもいる。そのいずれの場合にも、一皮むけばたちまち逆のすがたが明らかになるのである。人の自然性と文化性とは、仲良くヒトを分け合っているといったものではない。常に、ダイナミックにせめぎ合っている。「かつ」とは言っても、決して安定的でも協調的でもないのが実態である。自然にしてかつ文化であるもの、それは例の〝花鳥風月〟である。自然と文化とは、われわれの内部においてこそ鋭く対立し、表裏一体などというものではない。一方に傾くやたちまち他方はリベンジに出るといった関係にある。

ヒトの知性が生み出した「私」というバーチャル存在は、自然性から己れを守る必要を感じ、自らの自然性を攻撃して、擬似主体なのではなく、ほんものの主体たらんと欲する。もし人に、その「私」という意識がないのであったなら、人はいくつになっても〝自然児〟のままであるだろう。〝児〟があらわすとおり、そのような人はいくつになっても子どもとみなされ、社会人としてはもとより、個人としても一人前には扱われないにちがいない。それゆえ人は、ない知恵を絞ってでも、文化人、少なくとも一人前の大人とみなされようとして、己が自然性を破壊しようとするのである。少なくとも隠してしまおうとはするだろう。人は己（「私」意識）を満足させんがため、自然性から遠いものをこそ誇り、文化人であること、大人であることを気取る（だれでも思春期のころの自分を思い出せば心当たりがあろう）。

こうした知性の行動に対して、自然（単に身体と言ってもよい）は、ことばという武器を持たないがために、時折直接行動に出て反撃するしかないのである。しかし人間は、一方的に「自然」（自分自身の自然性）を蔑視したり、難くせをつけたりするのをやめようとはしない。むしろそのし放題になっている。それは、知性というものにはタガがはめられていないことを示していよう。たしかに人は、反省ということは知っているが、それはコトが終わってからのことであって、事前の反省などというのは聞いたことがない。熟慮というのもあるが、こちらはほとんど前の方のみ向いていて、過去の自らに学ぶ人は少ない。だから人は、何度でも似たような反省を繰り返す。戦争はそのもっともいい例といえるが、今日の地球問題などはその極致といえよう。

歴史は一見、人間対人間の抗争の記録のように見えるが、一歩でもその内側に踏み込んでみれば、そこには必ずや文化と自然との、あるいは人の自然性と文化性（人間性である）との苛烈な闘争を見出すことができる。一口に言ってそれは欲望（文化である）の運動である。欲望が自然性を踏み倒すとき、『人間』間の抗争も最高潮に達しているはずである。ヒトラーは、さまざまな人々をただひとつの民族に集約しようとして第二次世界大戦を引き起こしたが、それはヒトを全て中肉中背に揃えようとするようなもので、不自然極まることであった。ドイツ民族の将来を思うヒトラーが無私であったなら、それでも戦争は起こったかも知れないが、しかしそれはあのようであっただろうか。そのヒトラーを打倒した人々が今行っていることも、何のことはない、さしてかわりはないのである。すなわち中肉中背の類い。たとえば全ての人を経済人とみなすようなことだ。しかし平均的国民などという人が現実にいるわけではないように、ただの消費者などという人も存在しはしないのである。知性は、仮定や単純化が大好きで、それによって世界を頭の中でいじくりまわして愉しむのだ。あの『独裁者』（チャップリンの映画）が風船化した地球を手玉にとるように。しかしもちろん、その風船はいじくりまわすほどに破裂するのである。一矢報いないではいられないではないか。

『人間』による一方的な〝人間性〟の解放、すなわち『私』なるものの解放によって、確かに『人間』は自由になったかも知れないが（実は単なる思い込みであることが、もうすこし後で分かる）、ヒトはかえってまったく不自由なことになってしまった。もはやわれわれの身体は、欲望を甘やかしてやまない脳の半強制的命令によって悲鳴をあげるしかないまでのものになってしまった。メタボリックシンドローム、四六時中の発情、治療することによって生ずる新種の難病。便利快適と引き換えに手に入れたアレルギー体質等々。〝解放〟は、自由と不自由の双方を、同じひとりの人間に同時にもたらすのである。これだけが問題なわけではない。この自由解放によってもっとも深刻な打撃をこうむっているのは、むしろ知性そのものなのである。知は、自らの管理能力を問われる事態となっているからである。かつては理性といわれるものがその任にあったのだが、それが何であるかも現実においては定かでないまま、〝戦争の世紀〟を経て経済優先の今日、あとかたもなく消え去ってしまっているようにも見える。『悪』の跳梁や倫理の喪失はその結果だろう。

理性が云々されるはるか以前から、こうした知の問題（タガが外れがちであるということ）を打開できる道は、ただひとつしかないことがすでに知られていた。それは、知の別名にして、具象である精神とか霊魂とかといったものの由来と源泉を、われわれ自身、すなわち自然の外に求め、それを完全無欠のものとみなすことである。精神や魂となって現われている知性を、元来ヒトのものではないと考えること、例のアダムたちの食した木の実がもたらした知性をその贋物または別種とみなすことである。それは、これまでにも言及してきた知の内部問題である。ヒトが、いつからそれに気づき、取り組みはじめたかは定かでないが、その延長線上に今日のわれわれの闘いもある。人知対神知の闘い。人の形にしていうなら、人神対神人の闘いともいえる。例のイワン・カラマーゾフもその戦場となった一人である。

（註1）　イワンはロシア人であったが、典型的ヒューマニストであり、それゆえ西欧を故郷のごとくに思っている。にもかかわらず彼は自らを「青二才」と称し自嘲する。ヒューマニストは若いのである、おそらく永遠に。

2　霊魂の樹

身体と対《つい》をなし、多くは対立するものとして古来考えられてきた精神または霊魂というものを、身体同様実在ととらえることにすればそれは、「一寸の虫にも五分の魂」というくらいだから、万物に、少なくともあらゆる生きものに普遍的に存在すると考えてもおかしくはないだろう。いのちということばが、万物について語られてきたように。すると、生命同様、元来ひとつのものであったそれが〝一寸の虫〟やカエルや鳥や『ヒト』に〝宿って〟それぞれのものとなっていると考えてもおかしくはないことにもなろう。あるカエルとなった魂は、そのカエルが生命ある一時の間だけ、そのカエルに似つかわしいものとしてそこに在るというわけ。ならばここに進化論的な生命のすがたを表わすものとして考案された〝生命の樹〟に似た霊魂の樹というものがあってもおかしくはないだろう。ただその〝樹〟は、進化論で説明できるものかどうか定かではないというだけである。

われわれは誰しも、みなその生命の樹の一つの枝先の一枚の葉っぱである。同様に、われわれひとりひとりの魂もまた、この霊魂の樹の一つの枝先の一枚の葉っぱのようなものと考えられる。「一枚の葉っぱ」という言い方が気に入らないであろう人がいることは承知しているが、ここは、そのことを論議しようというのではない。それはすでに「全体と部分」というところで検討した。ここでは二本の実在する樹についてその関係を論じたいのである。この二本目の樹の一枚の葉っぱである存在は、外観上はひとりのヒトとして同一である。この外観を仮に「表裏（一体）」などと言うことは便宜というものだろう。そうとでも言わないかぎり、ひとりのヒト（人間）に、身体と魂とが、それぞれ実在として同時に存在し得ているわけがない。でなければ、どちらか一方のみが実在で、他方はその影とでもいうことになるが、それでは収まりがつかないことになろう。それはすでに『自然』と『人間』との関係においてみてきたことである。もし実在と影ということであるならばしかし、何ゆえに両者は一歩も譲らぬ闘いをせねばならないのか。むしろ一心同体として仲良く暮らしてゆける間柄であろう。しかも相互補完的でさえあるのである。影はそれをつくり出す光あってのもので、本体がなければできないものでもあるし、本体にしても自ら影をつくり出すことは（光なくしては）いかにしてもできないのである。実在は、本体と影から成り、それは光に依存しているとも言える。それゆえ、「影のない女」は、女となるために必死でその影を求めて地上を彷徨うことにもなるのである（リヒャルト・シュトラウス『影のない女』）。彼女は霊界の女で、そこには光がなかったのであろう。

身体と霊魂が、それぞれに己を本体と主張し、他方を影扱いすれば、一戦をまぬがれないことになるが、それで勝利を収め、他方を屈服させればよいというものではない。どちらにしても他方ヌキでは存在しえないばかりか、リベンジ必至で一刻も安心していられないことになる。

生命の樹と霊魂の樹とが、過不足なくフィットしているか、少なくともその根元ではそのようであるかは定かではない。ダブダブだったり窮屈だったりすることはありそうなことだし、最近では根元（ルーツ）も一緒ではないなどという人もいるからである。唯一絶対の創造神の存在を信ずる人々のあいだでは、「神は言《ことば》である。万物は言によって成った」といわれ（註1）、「神は生命《いのち》である」ともいわれている。ならば、生命の樹の根元も、霊魂の樹の根元も同じ言であり、生命であり、神であるだろう。『創世記』では、その神が「光あれ」という言を言うと光が現われたと記されている。われわれが、光というものを「知っている」のは、「光」という言を知っているがゆえである。われわれが「内」だ「外」だと言うのも、「内」・「外」という言を知っているがゆえのこと。その言を知らなければ、宇宙の外側はどうなっているかとか、ビッグバン以前の〝宇宙〟はどうだったのかなどという疑問も生じようがなく、したがってそのような疑問に悩まされるということもなかったのである。その原初的な言葉の源は神であったというのだ。そして聖書は、「言の内に命」があり、「命は人間を照らす光」であるとも語る。この命である光が人を照らすと、そこに『人間』という影ができるのであろう。われわれのこれまでの考察は、『人間』をそのようなものとして捉えてきたのである。しかし、この『人間』は、妄想・妄念というもうひとつの光源（人の心の中にあるであろう、ブッダによるならば）から生じているものでもあるらしい。そこから、今日いうところの人間性なる奇態な言葉も派生した。もちろん、二次的な言葉、人知の産物であるから、わけが分からないのも当然なのである。何しろ、自分で自分が分かっている人など、ほとんどいないわけだから。そうであればこそ人は、こうした用語を自分に都合よく使用することもできるわけだ。

それはともかく、言《ことば》（神の言葉）と命《いのち》（生命）とが同じものであるかどうかは、今日の生命科学者が、生命の根元を明らかにし、それによって技術者が生命誕生とヒトの生成とを再現し得たとき（バーチャルにしても）はっきりすることになるだろう。そのときには、生命の樹と霊魂の樹との関係性も明らかになるかも知れない。また、霊魂と進化論の関連もひょっとしたら……。

ゴータマ・ブッダが悟ったところによるとしかし、霊魂（アートマン）というものは実在しない。したがって霊魂（の樹）、またその源泉、さらに創造主をアテにした一切の考えは当然成立し得ないのである。するとまた、われわれの「私」というのも、それが実体的な霊魂の存在を前提とするなら、やはりありえないものということになろう。ヒトの脳が生み出した妄想・妄念の類いでしかないといわざるを得なくなる。「私」が、「私」自身を認識するなどということはない、脳が「私」を認識するのだということになる。この最後の「私」とは何か。それは、風船のいろ・かたち、それに付された名前などのことになる。いわゆる名称形態。そのうちには、人が個性と呼ぶところのものも含まれよう。性格だとか、人に優れた先天的な能力だとか（絶対音感などというのもある）。いわば、人のハード・ソフトの全体。しかしそこに魂としての私というものはないのである。風船に中味がないのとさしてかわらない。『創世記』では、この風船であるアダムに神が御自身の息を吹き込まれ「生けるものとなした」のだった。それゆえ、神の園のアダムに妄念など、生じようもないのである。それは楽園追放後に生じた。

ゴータマによれば、われわれはみな風船のような存在である。膨らんだ被膜であって中味はない。その被膜は因と縁によって生ずる。したがってわれわれはみな、単なる偶然によって生じたというものでもない。原因も理由もある。それがいわゆる業《ごう》（カルマ）で、その止滅こそゴータマが取り組んだ問題だった。「業」とは、われわれのこれまでのことばで言えば『人間』のすることとなすことのすべてである。ということは、『ヒト』のすることとなすことは、ただのひとつもそのなかに含まれてはいないであろうということだ。しかし先走るのは今はやめよう。

身体というものがあり、精神または霊魂というものがあるというのは、それはそれでもよいだろう。今日ではそのどちらもがかなりあやしくなっているのではあるが。問題は、それらがあるか、ないかではない。そこに抗争が生じてしまっているというところにある。どちらかがどちらかに〝宿る〟だの、どちらかがどちらかの〝影〟だのといった発想が生じてしまうのだ。それが人知の悪いくせなのである。対立と差別が人知の得意わざなのであるから致し方ない。

どのような子も、ものごころつけばたちまちにして〝自分〟というものに〝目覚め〟、「私」という意識のとりことなる。そのときから、自分と他人、他者、自分の内なる自然性（身体のふるまいである）と『人間』性との乖離に悩みだす。乖離はどんどん大きくなるのがふつうである。この悩みをわれわれの用語でいえば、『ヒト』はヒトであるがゆえに（すなわちその具有する知性ゆえに）『人間』性を免れ得ず、『人間』はヒトであるがゆえに『ヒト』性（すなわち自然性）を免れ得ない、ヒトであるということは、その二重の悩みとともにあることであるということになる。もちろんここには、『ヒト』からヒトへの連続性が仮定されている。シナントロプス・ペキネンシスやネアンデルタール人とホモ・サピエンスがそれぞれ、遺伝的または進化論的に独立であるとすると、それは別々の原因や源泉から生じたに違いなく、するとホモ・サピエンスの知性もどこかしら誰も知らないところから降ってか湧いたかしたということになるだろう。そこが、創造主の息吹きからというのはひとつの考えである。しかしそのようなことはわれわれにはどうでもいいのである。われわれは誰しも、ヒト、ホモ・サピエンスであるということの一事ゆえに、またこの一事そのものが悩みのタネとなっているのだ。

（註1）『ヨハネによる福音書』第一章1～4

3　一切皆苦ということ

人間の悩み、根源的な苦しみということについては古くから「生老病死」ということが言われてきた。生まれる、老いる、病む、死ぬ、それが「苦である」、と。たしかに、自然的存在としての人間（つまりヒト）にとってそれは苦しみであろう。ゆえにこそ近代科学もそれを克服すべく躍起になって取り組んでいる。その甲斐あって今日では昔ほど絶望的な悩みではなくなってきた感もあるが、それでも生まれた者が、老病死するという事実は依然としてゆるぎなく、当分克服できそうにもない。

しかし、それが「苦である」というのは何ゆえか。というのは、同じ自然的存在である多くの生きものたちはどう見てもそのように思っているようには見えないからである。たしかに、彼らは言葉をもたないので「苦である」などとは言わないが、それはことばのせいなのか。これまでのわれわれの議論ではそういうことになるのだが、それだけなのだろうか。そうではなく、何かもっと大きな智慧によってそれらを苦しみであるとは思っていないのではないか。

人間の悩み、苦しみの多くは、特に今日では生きることそのものにあるといわれる。それゆえ「生老病死」の「生」は「生きる」ということになる。すると「老病死」はその一部にすぎないものにもなる。未来の科学は（「死」はともかくとしても）それらを克服するであろうと信じられる。しかし「生きる」こととなるとそれはどうか。科学で克服できるのか。

いや、科学は「生きる」ことを「楽（ラク）」となすためにこそあるのだ、という反論はありえよう。「老病死」を根絶したり軽減したりするのはその活動の一部にすぎない、と。しかしその「楽」とは何のことか。どこからそのようなことばは生じたのか。それもわれわれのこれまでの議論でいえばそれは『人間』から生じたのである。というより、『人間』が発明した。この発明によって今日ではかなり多くの人々が「生きることは楽である（生きることは楽しい）」と思っているであろう。そうであればこそ「死にたくない」と言うのである。「死にたくない」はすべての生きものに共通で何も人間ばかりではないだろうとまた反論があろうが、しかし「死にたくない」と言ってダダをこねるのはおそらく人間ばかりであろう。それは人間が『人間』であるせい、すなわち楽（ラク）を知るがゆえのことである。しかしその「楽」は「苦」と共々、言葉であるものである。人々は、時に「苦しい」と言い、時に「楽だ（楽しい）」と言う。そう言って暮らしている。特に、「苦しい」から「楽しい」に変わってほしいと希って生きている。窮極の目標は、百パーセントの「楽」であると誰もが思っているにちがいない。しかしなかなかそううまいこといかないので時にいら立ったりもしている。「楽」は「楽」、「苦」は「苦」であるので都合上そう簡単にはゆかないのである。そのうえ、この苦楽は容易に入れ替わる。すると「無常である」などということも言わねばならないことにもなる。

ともかく、「生老病死」が人の苦しみであることは、昔も今もさしてかわるところはないであろう。しかしそれが根源的かとなるとやや問題があろう。少々大げさでもある。「生老病死楽」がそれだというのであれば、その大げささは多少緩和されることになるだろう。それはいわゆる「一切皆苦」、ゴータマ・ブッダの悟ったところといわれるものになる。「一切」というのであるから当然その中には「楽」も含まれるのである。いやまさにその「楽」こそは、全ての人間の苦しみのもと、元凶であるのだ。なぜなら、「楽」を知った人間は、この世を去り難く、この世に拘束され、したがって次の世に生を享けざるを得ないことになるからである。ゴータマ・ブッダの語る『苦』とはそのようなものであった。ゴータマは、「生まれることは苦である」と言ったのだった。それゆえ人々には常々「ふたたびは次の世に生を享ける者となるな」と教えた。それは、この世の生が生老病死楽にまみれていたからである。まみれていたのは身心であった。だからそれを滅ぼせとも教えた。

「楽」は煩悩である。あらゆる煩悩のなかでもっとも頑強なやつだ。それは人をこの世につなぎとめ、もって次の世に生じさせるもの。それは観念であり（したがって人間特有のもの）それゆえ人を走らせるものである。うまいものが、それを求めて人を走らせるのとまったく同じ。この追求には際限がなく、しかも逃しつづける以外の成果というものはない、ありえないのである。イヌ・ネコでも、サルでもラクチンは大好きである。温泉に浸かったサルたちも、われわれ同様眼をつむって、その快感を大いに楽しむ。しかし彼らはそこまでなのである。それがたとえ、それ以上のこと（われわれがしているようなこと）をすることが彼らにはできないのだとしても、それは彼らには幸いしていることだろう。人間にはその能力があるのだとしたら、それは裏目に出ているとしか言いようはない。

「一切皆苦」の「苦」とは、「楽も苦の内」という「苦」である。ふつうに言う「苦しい」、「楽しい(ラクだ)」というそれではない。いわば絶対苦。この絶対苦は、われわれが人間として存在する以上避け難いもので、存在苦とでもいうべきものである。「生きることは苦である」と言うとき、それは楽しく生きることも苦だと言っている。それはまた、『人間』であることは苦だという意味でもある。なぜなら『人間』は、「楽」を希求してやまないものだからである。希求しないということはできない。その自由は『人間』にはない。それは『人間』は存在ではないからである。この点についてはすでに述べた。しかし、自由と存在との関係についてはいずれ採り上げなければならないのである。ともかく、『苦』をまぬがれたいというのであれば、ならば『人間』であることをやめるしかない。それがゴータマ・ブッダの唱える修行の道である。

ところでわれわれの生きゆくうえでの悩み苦しみの多くは社会生活上のものである。先の「生老病死」でいえば、「生」のなかの社会的部分。それも「生まれる」ではなく、「生きる」という一面のものだ。そこでの数々の悩み・苦しみはものごころついた子どもから死を目前に控えた年寄りにまで共通するものだが、それだけではない、『ヒト』にも『人間』にも共通するのである。そのうえひょっとしたら他の生きものたちとも共通するものであるかも知れない。よく「人間は社会的動物である」といわれるが、動物の研究が進んだ今はむしろ他の動物の方がより〝社会的〟であるとされているからである。ある昆虫学者にいわせると、ヒトがしているようなことのほとんどはすでに昆虫がしていることだそうだ。ならば、彼らの行動行為の大半は社会的なものであるらしいので、それなら悩みも（もしあるとするなら）われわれのそれと大差ないにちがいない。仲間外れにされたとか、働きがわるくて食が与えられなかったとか。

しかし、悩みというのはすぐれて心の問題であり、身体が感じる痛み・かゆみといったものとは異なるものである。昆虫にそれがあるのかどうかは、昆虫の心の中を窺いてみなければ分からない。それが何とかできそうなのはペットの心の中だろうが、果たしてどうか。今日、イヌやネコなどはとくに人間に依存して生きているので、飼い主との関係に問題が生じるとなるとたちまちそれは生存につながり、悩みも深いものになろうというものだ。その点人間の方は余程気楽である。問題が深刻化したら、社会生活をしなければいいだけのことだ。この伝でゆけば、たいていの社会生活上の問題は即座に解消してしまおう。人間社会的動物説はかなり怪しいということになる。早くもそれを察知していたゴータマ・ブッダは人々にこう教えていた――「遠ざかり離れていよ」と。そしてこうも言った――「サイの角のように、ただひとり歩め」と。それは、「苦」を回避するためというよりは、本来の『苦』、根源的悩みに心おきなく取り組むためであった。

そのゴータマの教えは、別のことばで言えば「生きるな」という教えである。苦だ楽だというのは、人がことさらに生きようとするところに生ずるもので、それはもっぱら『人間』の仕業である。人間性のなすところ、「生（きる）」ということばのなせるわざだ。今日、どのような人の前にもそのことばを書いた札がぶら下がっていて、それを見ないということができない。見ればその札は、一種の魔力をもっていて、人にすでに生きているという事実を忘れさせるのである。これに対し、自然は、けものであれ虫であれ、そのようなことばを持たないので、生を忘却するということもないのである。彼らはすべて、すでに生きており、現に生きている。おそらくはそのことを彼らは十分に知っているのであろう。少なくとも疑ったりはしていないにちがいない。ならばどうして、そのうえさらに生きようなどとするだろうか。その必要性を感ずることもないはずである。生きていれば、楽も苦もあるはずだが、それを「楽」だ、「苦」だなどと言うこともない。生きているということは、苦楽よりも価値あることと知ってのことであろう。生きもの知とでもいうべき彼らの知によって。たとえば庭の雀は、われわれの眼には『苦』である、苦を生きているというように見える。彼らは日がな一日、庭を這いずりまわり、乏しい餌を探し求めている。それが生涯つづく。何の為とも分からず、そうして生きて終わる。しかし一方ではそれが楽し気に見えることもある。達観しきっているのではないかとさえ思われることとすらある。どう見ても己が運命を悩んでいるようには見えない。しかしもちろん達観などしているわけもないのである。なぜなら達観というのは人間がその努力によって到達する心境のことだからである。この努力のことを『修行』と言うとすると、それはまずは「生きよう」としないことであり、その結果は「生きない」ということになる。では死んでしまうことか。さにあらず、生・死ということばを忘れること、その点では（外見だけのことではあるが）庭の雀と同じくなることである。雀は、ただ彼らの時を生きているだけである。ならば死ぬときにもただ死ぬだけのことであろう、「チュン」のひとことぐらいは言うとしても。彼らに恐れというこころがもしあるとしたら、それは今現に生きているその生を何者かによって強制的に中断させられてしまうことだけにちがいない。だから、少しでも恐いと思うところには近寄らないのである。それが人間になると〝君子〟でなければできないほどのことになる。「君子危うきに近寄らず」。人間は、雀以下なのだ。「野の百合・空の鳥に学べ」とキリストが言うのももっともである。

まずは、「生きよう」としないために、ゴータマは、「何も希うな、何も望むな」と教え、その手段として人々に出家を勧めた。出家とは、国を捨て、家族を捨て、全ての愛するものを捨てて、ただひとり瞑想して生きることである。それゆえ世間では、そのような生き方を「生きる」とは言わない。ふつうにはその真逆を言っている。当のゴータマは自身、シッダルタと呼ばれていたころその王子であった王家と釈迦族の国を捨て、妻子も捨て、全ての愛するもののうちでももっとも愛するものであったはずの自分自身を捨てて荒野におもむき、そこで苦行（身体を痛めつけるのである、〝道〟を求めて）の日々を送った。王城を出奔するときついて来た者共はみな逃げ去った。しかし六年を経ても、その苦行によっては何も得られなかった。そのかわりに正すべきは精神（こころ）の方であると気づいて、苦行は捨てられ、修行の道が拓かれたのだった。それは、自分自身の心を徹底して見つめ、それによって心を制するという道だった。そのかぎりにおいて（のみ、と言いたいところだが、そこはちがった）身体も正されなければならないというのである。

『修行』によって、ふつうに人が「生きる」内容としていることのことごとくは滅ぼされる。全ての願望、期待、欲求（ここでは身心が要求する全て）が、したがってほぼ文化そのもの、知の営みであるものが止滅されるべきであるとされるのである。しかし今日のわれわれは、まさにその生きる内容の充実を求めて日々奔走している。そのためにならば、多数の人々の居る所の方が都合がよいと考えて、わざわざ林の中の住居をたたんで、人混みの中へと引っ越してきたりもしている。挙句には、人間関係の渦に巻き込まれて救助を要請しなければならなくなったりしている。するとそこに、怪し気な新興宗教がやって来て、さまざまな事件が勃発することにもなる。全てこうしたことは、人がことさらに「生きる」ということを求めるところに生じているのである。すでに生きているのに、「生きる」という観念にとらわれてそれを忘却し去っているのだ。

『修行』が完成した暁にはどういうことになるか。ヒトは、もはやふたたびは次の世に生を享けることのない〝最後の身体〟（輪廻の最後である）となって、無上の安息（涅槃、ニルヴァーナ）に入ることになるだろう。すでに心が滅せられたのであるからもちろん、この安息は苦楽の楽とは全然関係がない。したがって〝極楽浄土〟のその楽とも。それは『苦』を超えたところの絶対安楽としての『楽』である。したがってまた、スポーツマンなどがよく口にする「苦も楽のうち」というときのその楽（究極の楽、無上のよろこび）とも無関係である。すると、ゴータマ・ブッダがその最後の旅で口にしたという「アーナンダよ、ヴェーサーリーは楽しい、ウデーナ霊樹の地は楽しい。云々」ということば（註1）はどういうことになるのか。それは、修行完成を目前にした人の最後の心に映る世界の、いのちのすがたであったのだろう。そのいのち、ゴータマの生命も間もなく尽きるのである。そうと知ればこその「楽しい」であったであろう。それは全面肯定（是認）のことばと考えられる。ひらたく言えば「それでよいのだ」ということ。諸行無常、一切皆苦、諸法非我、みな「それでいいのだ」。しかしこの点はのちに改めてよく考えてみなければならないことである。今は、「全てのなすべきことをなし了えた」ゴータマの死について、死ぬのではない、ただ消え去るのみということを確認しておけばよい。それは、死ということばが止滅され、したがってあらゆる文化が消滅し、ひとり取り残された身体が、〝最後の身体〟として跡形もなく融け去ることである。〝煩悩の激流〟を渡った彼岸とは此岸のこと、修行を了ってみれば何のことはない、もと居たところというわけだ。そこが「楽しい」というのであった。

ところで修行というのは一般的にいって、求めること急な余り、オーバーシュートしがちなものである。時に逆効果を招くことすらあるものだ。それはゴータマも出家後六年に及ぶ苦行において体験した。そしてそれを捨て去ったのちも身体に対する誤った考え（偏見である）は払拭されえなかった。「身体は穢れたものであると知れ」と教えつづけたのである（註2）。それは、九ツもの穴からことごとく汚いシルを浸出させる容器にすぎないものとされたのである。われわれはみな、確かに風船のようなものだが、その中はカラッポではなく汚物が詰まっているというのだ。なるほど、脳みその中に数多の観念や先入観といったガラクタが詰まっているのはその通りだとして、身体全体がそのようなものの袋であるとは言い過ぎというものだろう。濡れ衣である。実際それは事実に反していよう。なぜなら、われわれはしょっ中熱を出したり下痢をしたりしているからである。それらは、身体がその清浄を保つ為によからぬ外的侵入物を排除しようという運動である。九ツの穴から排出されるのは、その戦いに散った彼我の血やむくろの数々。身体にとって無用なものや有害なものを排除することは、身体のというよりはむしろ生命の営みであり（この営み自体が生命であるともいえよう）、それは生命というものがそもそも清浄無比な存在であることをさえ示すものであろう。もし人が、その身体の営みに完全に忠実であったなら、したがって九ツの穴という穴から絶えず汚物を浸出させているのなら、その人は清浄な人とみなされるべきなのではなかろうか。逆にその汚物を腹の中にしまっておくのなら、外見をいかに清潔そうにしていても、その人は汚い人ということになろう。さすがゴータマも、美学的煩悩を克服しえてはいなかったのだと言われても仕方ないところだろう。

　しかしそのゴータマも、〝最後の身体〟を慈しみはしたのである。そのように教えもした――「全てなすべきことをなし終えて、最後の身体をまもる者となれ」、と。「教え」は、ことさらに生きようとするなというもので、生まれてしまったものは致し方がないのである。それは当時の考えによれば宿業または前業によるもので、変更も取消も一切利かないものだ。過去というものが誰にとってもそうであるのとかわりない。その過去、また宿業を背負って生きてゆかねばならないのが人の運命というものだ。ならば、今日アングロサクソン族の人々がよく口にする「運命は変えられる、運命は自らきりひらくものだ」という考えも相当割り引いて聞いておく必要があろう。たしかに、〝悪い星の下に生れた〟人も、努力次第で楽しい人生を送ることができるかも知れない。〝気の持ちよう〟ということもある。しかしその〝気〟は、宿命（星）を受け容れたうえでのことであろう。それと闘って勝利する道もあるかも知れないが（アングロサクソン族はこの闘い、いや戦いが好きなのである）、そのかわり戦って刃折れ矢尽きて果てるということも少なくないのである。それかあらぬか、昔の人は運命の女神などという神にその不安を預けてきた、時に交渉して、酷い運命に手心を加えてもらおうともした。しかし宿命はほとんど何も変えることはできなかったので、それにも限度はあったのである。今日のわれわれはそれを無視して明るい未来を夢見、元気に生きている。いや生きようとしている。これら一切が、ゴータマに言わせれば『苦』の素、新たな業の積み重ねなのである。だからそれを滅ぼせ、戦うならそれと戦って勝利せよ。〝悪い星の下に生まれた〟ということは、生まれついた本人にとってはその生の所与の条件であり、それにすぎない。本人には、責任も義務も何もない、スタートライン上の不利、不公平は親のせい、祖々のせいであり、本人のそれではない、しかし、そのような悪い星の下に生まれついた人は、そのとき、自分は決してこの世において悪い業をつくるようなことはすまいと決意するだろう。この決意が、生とでるか死とでるか、それはその人によるだろう。いずれにしてもそれがその人の〝なすべきこと〟となる。しかしここでゴータマは、「楽」をも『苦』としてそれを否定するのである。この世で、善い業をたくさんつくって、次の世に〝よいところ〟に生まれるのも「苦である」、と。一切は皆苦なのであるから当然のことだ。アングロサクソン族人はそれは認めない。〝なすべきこと〟とは、この世の生を完全燃焼することである。その前にあっては〝最後の身体〟などどうでもよい。再び生まれたら、再び戦い、完全燃焼するだけのこと。彼ら（むろん、今日のわれわれのことになるが）は、「諸行無常」の中でも、己が〝なすべきこと〟が成し遂げられると信じているのだろう。そのような人に〝救い〟はもちろん必要ないにちがいなく、したがってゴータマに人気がないのも当然なのである。ニルヴァーナなどという絶対安楽にも、もちろん興味はない（註3）。


（註1）『ブッダ最後の旅（大パリニッバーナ経）』第三章（一〇、命を捨てる決意）二（中村元訳）

（註2）『スッタニパータ』第一蛇の章　二勝利（一九三〜二〇六）

（註3）この伝で言えば、イエス・キリスト、その十字架もまた必要がないのである。

4　第三人類？

　今日定着しているイエス・キリストのイメージといえば、骨が皮を被っているようなもの、いやその骨すらもがあるのかないのかといったところであるだろう。細面で、ひょろひょろしていて、とにかく柔《やわ》である。道端で出会ったら誰もが手を差し伸べたくなるにちがいない。しかしミケランジェロはシスティーナ礼拝堂の大フレスコ画『最後の審判』においてその人をふつうの人間、それも筋肉隆々たる若者の姿に描いたのだった。もっともこのときイエスはすでに天上に戻って神（のひとり子にして審判者）となっていたのであるから、地上に在ったときのようにやせこけて今にも死にそうという姿では困ったことになるだろう。神は、生命のもととされているわけだから。そして神は、御自身の姿に似せて人（アダム）を創造されたのだった。ならば、千差万別のわれわれ人間ゆえ、そのうちの誰が今日「天の父なる神」の姿に似ているか、そこは定かではないにしても、神のひとり子とされるイエス・キリストは少なくとも、われわれのうちでももっとも生命力に富み、美しくもある若者の姿であって少しもおかしくはないことになろう。生命のすがたということだけならむしろ赤児ということになるだろうが、最後の審判者が赤児というのでも困る。何しろ赤児は未だ完成された人の姿とはいえないもので、歯も生え揃っていないのである。するとやはり、ぴかぴかの若者ということになってこよう。

　そのイエスが、キリストとして地上に在ったときには、よれよれの人の姿だったのである。どう見ても、栄養失調、完全無欠な神の似姿とは見えない。しかしそのイエスも、生まれたそのときには光輝くばかりの丸々とした赤児だったのである。かつてどの画家もそのように描いた。それ以外に描きようはなかった。そのイエスが、どのようにして成長し、ついには骨と皮ばかりの姿になったのか、聖書にはほとんど記述がないのでよくは分からない。そのわずかばかりの記述によれば、勉強はよくできて、時に人を驚かすほどだったらしい。してみると、今日、勉強に明け暮れて、ひょろひょろとなった少年のようだったか。あるいは、或る日突然、ゴータマ・ブッダのように〝発心〟して、地上の食のほとんどを断ち骨と皮ばかりの姿になってしまったか。そのゴータマは六年の苦行ののち、荒野を捨てて人里に戻ったとき、少女が差し出した乳粥をさえ沼に投げ入れてしまったのだった。体が、食べ物を受けつけないようになっていたのであろう。ともかく、イエスは三十年後には人間のうちでも、もっともみすぼらしい姿となっていたのである。それは何ゆえのことか。もしそれが「人の子」ゆえのことであるなら、イエスは身をもって全ての人の歩むすがたを三十年間で示したのだといえるだろう。すなわち、命をすり減らした。あたら命を。そして最後には、生母マリアの腕の中に、その疲れ切った体をゆだねた。ミケランジェロはそれを『ピエタ』に彫った。ここでも彼は、イエスの、すでに生命のない身体をずっしりと重たいものにあらわした。それゆえ、聖母マリアの腕は折れそうなものにもなった。それは死の持つ重さゆえのことであっただろう。骨と皮ばかりのものが、死んだからといって重たくなるわけがないからである。子の死に遭って、母の力が抜けたからでもあっただろう。だからそれは『ピエタ』、悲しみの聖母といわれる。

ミケランジェロののち、生ける人の子イエスの姿はすっかり消えてしまった。人々に、「わが兄弟」と呼びかけたイエス、「悔悟せよ」と迫ったキリスト、そのかわりに人々に教えを説くキリストの姿が描かれ、十字架にかかってもなお人々に赦しを与える姿が彫られた。多くの人々が、その姿の前にひれ伏し、もはや当時のように石を投げつけたり、罵声を浴びせかける人はいない。しかしイエスが存命のときには、当時のユダヤ人たちは、彼をキリストであるとは信ぜず、ユダヤ人の王とも認めず、自分たちが彼と同じく「天の父なる神の子」であるとは理解しなかったのである。そのかわりに、そのようなことを言うイエスを自分たちの恥、自分たちへの侮辱と考えた。〝王〟が裸足でボロを身にまとっているのではそれももっともとはいえよう。キリストが何ゆえにひょろひょろなのか。

十七世紀のレンブラントが描いたイエスの姿は、キリストにふさわしく崇高である。細面にひげをたくわえ、もはやボロではなく当時の人々のふつうの衣を身にまとっているが、そうでなくとも十分威厳に満ちていただろう。その体からは、かすかな光さえ発しているように見える。それはいわゆる精神性の強調された姿である。もちろん光は精神の光、神の（ひとり）子としての超越性の光だ。すると人々は、精神性や超越性（または神性）をそのようなものとしてイメージしていたことになる。〝肉〟は無用、いや邪魔なだけのもの。身体から、肉をそぎ落としてこその精神、それこそが神のものというわけで。しかしそれではイエス自身のことば「人の子」はどうなるのか。神が創り給うたアダムはどうなるのか。

イエス・キリストが精神的な存在である、いや精神の権化であるというのはその通りであるとして、そのイエスが身体、いや肉体を軽視したなどというのはもちろん当たらない。聖書のどこにもイエスのそのような言動は記されていない。ただ、肉体は（精神に比べて）弱いものだといった注意が述べられただけである。そもそも身体とその現実生活（すなわち生命の営み）のことを何ゆえに「肉」だなどというのかわからない。それは、「霊」に対応させられたものだろうが、その「霊」は「肉」なしにはいられないものなのではないのか。だから、洋の東西を問わず「霊」はひっきりなしに「肉」のところへやって来ることになっている。霊界でおとなしくしているということができない。そのために、この世のわれわれはその「霊」におびえ、時に安眠さえ奪われている。その点、西欧人はその「肉」をほとんど主食のようにして食っているわけだから、そうでないわれわれより以上に「肉」には深い思いがあろう。彼らは昔から、口を開けば「罪深い」というが、そこには「罪」の観念もひっついているらしい。それは、「肉」である者が、イエスを殺したという罪悪感と、「肉」であるがゆえに「肉」を食わねばならぬというやりきれなさがない混ぜになってのことであろう。その泥沼化した思い、魂を救ってくれる者はいないのか。

しかしキリストが、そうした人々の思いに応え、魂の救いのために来臨したというのなら、どうして人の身体を大切にしないなどということがあるだろうか。しかもその身体はそもそも、天の父なる神が御自身の姿に似せて創造されたものなのである。その似姿に、土を捏ねてつくられたものに、ご自身の息、生命の息吹を与えられた。したがって、肉体も精神も、ともに神の手に成ったものということになる。存在としては一体というべきもの。それが、何故か立ちゆかなくなった。何故かとはいうが、その理由とプロセスについてはすでに十分われわれは見てきた。結果として、アダム以来の身体も精神も、神の創造から大きく外れ、しかも相対立することになったのである。要するに一元論的であったものが、二元論的に変質してしまった、ヒトの知性ゆえに。イエス・キリストはそれを戻そうとする。それは心身一如の思想というべきものである。そしてその一如である身心はもっぱら神のものであるというのだ。断固、「私」などという者のものではない、と。

その断固たるところを、キリストはこのように教えた――「さらば何を食い、何を飲み、何を著んとて思ひ煩ふな。……汝らの天の父は凡てこれらの物の汝らに必要なるを知り給ふなり。」（『マタイ伝福音書』第六章三一、三二）

天の父は知り給う、すでにとっくに知っている。それはそうだろう、父なのであるから。衣食住、およそ身体を養い、守るために必要なものは、すでに父が用意している、何も心配することなどないというのだ。それを心配するのが、〝異邦人〟であるともいう。しかしその〝異邦人〟こそは「私」という他人のことなのである。「私」はどこか他所《よそ》からやって来た者なのだ。どこから来たのか、それもすでに見た、われわれの脳みその中からやって来たのである。言葉とともにやってきた、いやその言葉そのものである。

われわれ（ヒト）は本来、雀のように身軽で、ほんの少しの水とパンとで十分身体を、したがって生命を、養えるようにできていたのであろう。それを証しするようにキリストは、飢えつつもついて来た人々五千人に、のちには四千人に、それぞれたった一籠のパンを分かち与えた[註1]。人々が、それで十分だったかどうか、そこは聖書に記述がないので分からないが、おそらく十分だった、少なくとも飢えは癒されたのであろう。われわれが、いつから今のようにぶくぶくと太って（雀と比べているのである）しまったか、それを聖書は信仰を喪ったときとしている（「ああ、信仰うすき者よ」同書三〇）が、それもほかならぬ「私」、人々が「私」となったときのことなのである。同じことだが、アダムが知の木の実を食べたとき。そのとき生じたわれと、わがものという思い（こちらはゴータマの用語であるが）が、「何を食い、何を飲まんと思い煩い」はじめた。食いたいもの、飲みたいもの、着たいものがそこいら中にあふれることになったからである。この「たい」が「私」のなせるわざなのだ。欲望がわれわれの心身を蝕みはじめることとなったのである。この衣食住への思いは、荒野におけるイエスの前にも差し出された。差し出した者は、ヘビならぬ悪魔《サタン》だった。同じ無垢でもアダムたちより手ごわいと思って悪魔が自らやって来たのだろう。しかし無私のイエスは即座に全ての贈り物と約束を拒否した。そしてそのときのことば同様のことばを、山上にあって人々に与えた——「まず神の国と神の義とを求めよ、（さらば凡てこれらの物は汝らに加へらるべし）」同書三三）

要するに、お前たちは今日のことも、明日のことも（すなわち身体のことは）心配せずに、天の父なる神の子にふさわしくあれ、父が望んでいることのみを行え、とキリストは教えたのだった。しかし、お前たちが今していることは全然ふさわしくない、だから「悔悟せよ」。父がお怒りであるのは、肉体のなすところのことではない。それを弄ぶ『人間』の心の方である。その心が、悪魔に魅入られている。

しかし、当時の人々は、今のわれわれ同様、このようなキリストの教えも警告も理解せず、たとえ理解はしたとしても順《したが》おうとはしなかった。当時の人々にはそれはできないことだった。今日のわれわれにはそれは〝非現実的〟で、拒否すべきことである。それでは人間の進歩はどうなるのか、と反論もする。〝神の国〟よりバベルの塔の方が大事だと考えるのである。たとえそれが、かつてのように神の国まで積み上げきれなかったとしてもその努力が尊いとも考えているであろう。それこそが、人間であることの証しであり、価値であると。しかしキリストは警告する——「栄華を極めたるソロモンだに、その服《よそ》装《おい》この花の一つにも及《し》かざりき」。野の百合は、現実にどこにでもあるものである。高さが冥王星まで積み上がったバベルの塔は、全く非現実的なものというほかないものであろう。それでも〝天国〟には程遠く。しかし天国とは、天の父なる神の望み、万物が満ち足りて、それゆえ幸せであるところのことである。しかし今日の人間は、ノアの方舟《はこぶね》の中ででもけんかをするであろう。より快適な座席を求めて。

キリストは、全ての人は天の父なる神の子であるという、われわれの存在の真実を明かし、人々に伝えようとした。しかし人々は、その真意を理解しようとするよりはその言葉を都合よく利用した（今もしているだろう)。仮に現実の利用を考えなかったとしても、少なくとも全ての生物や自然に対して、異常に威張るのには役立てた(他にも威張る理由は考えられたわけだが)。挙句には、全ての自然を、都合よく利用する資格も権利もあるのだと結論づけたのである。しかしそれが、神の園を管理させようとアダムを創造された創造主の用意されていた資格や権利と同じものであったかどうかについては考えないで済ませてしまった。考える必要性を考える必要を感じなかったからであろう。「私」が、無反省に、自明となっていたのだ。「私は……を利用する」としても、それが神の園や神自身の為だというようなことは思ってもみなかっただろう。すでにその「私」は、神や神の園の全てのものたちからは離れ去っていたからである。つまり『人間』だったからだ。それゆえ、自ら〝人間性〟を主張する存在だった。

しかし、神の子の具有する人間性とは何のことか。なぜならイエス・キリストによって、われわれ全ては神の子であると知ったのに(知らない人も知ったことにして)、人々は同時に〝人間性〟を主張し、それを称揚して止まないのだからである。すると、その理解された神の子というのは、非自然または超自然的な存在、神に直接列なっている資格や性質を有する者ということになるだろう。ならば〝人間性〟は、いやがうえにも高きもの、少なくとも〝自然性〟の上位にあるものということにもなって当然である。しかしイエスは、神の子ということばをもってわれわれすべてが神の被造物、したがって野の百合や空の鳥となんらかわらぬ存在であることをこそ人々に教えたのである。たしかに人は、百合や鳥にはないすぐれた能力を与えられてはいるが、だからといって被造物であることにはかわりなく、その一点で他の全ての自然のものたちと同一である。ただ役割の違い（園丁がその役割である）があるだけ。

　キリストは、集まった人々に「わが兄弟」と呼びかけた。人の子が、そう呼びかけたのである。人は神の子であるから、それでいいわけだ。しかし今日ではわれわれこそがイエスを「わが兄弟」と呼びかけそうな勢いである。ともに神の子、超越者の愛し給う子であると。神が、われわれの〝人間性〟を愛し給わぬワケがないという自負がそこには込められていよう。だから、たとえば戦争におもむくときには人々は教会に行って戦勝を祈願する。神が、われわれ（「私」たちである）を勝ちに導かないワケがないと信じて。先ごろのイラク戦争の際にも、当時の合衆国大統領はそのようにした。そしてまさに非人間的、非人道的殺りくをイラクで行ったのだった。イラクの民は、神の子ではなかったわけだ。たとえ同じ神の子であったにしても天の父はその子たちをえこ贔屓するらしい。おなじようなことは今や世界中で行われ続けている。

　しかしイエスは、人の子としてこの地上に降り立ち、人々に「わが兄弟」と呼びかけたのである。ただその〝人〟の出自がともに「天の父なる神」だと言っただけだった。別に〝出生の秘密〟を明かしたわけではなかった。それをいうなら、誰しもが神の種などではない、ただの被造物なだけだとでもいうべきだろう。しかし被造物であるということは、それだけで十分に誇りとするに足ることなのである。いや名誉とすべきことなのだ。何しろ神は完全無欠なのであるから。手元の狂いなどあるわけもない。それゆえ、全ての人は平等なのである。神の愛の受容という点でも平等。

出自が、同じ「天の父なる神」、しかしわれわれはその記憶をイエスと共有しなかった（今もってしてはいないだろう、キリスト教徒はどうか）。あまりに遠い日の記憶なので、われわれはどうしても思い出すことができないのだろう。それほどにも遠くへ来てしまったからともいえる。イエスでさえも、もはや遠い日のかすれた記憶にすぎないのである。そしてわれわれの前方には、おそらくは別の、われわれの子である神が見え隠れしている。それはかの悪魔、サタンの姿かも知れない。イエスを荒野で誘惑した悪魔。このサタンなるものが存在であるのかどうか、それならいつ、どのようにして生じたものなのか、詳細はよくわからない。それも神の被造物であったのか、それともどこかしら他所からやって来て、神を嘲笑う者なのか。ともかくそやつはイエスを試み、それによってあわよくば「父」を貶めようとしたのであった。もしわれわれに思い出さなければならないことがあるとすれば、まさにその点こそだろう。イエスと共に、実はわれわれ自身が（兄弟なのだから）試みに遭っている。われわれのふるまいのひとつ、ひとつが「天の父なる神」の名誉とともにある。それを自覚する必要があろう。サタンなる者と共に在れば、われわれは彼が示した三つの偉大なものを手にすることができるかも知れない。そのかわりに、それに匹敵する偉大な何ものかを喪うことになるだろう。それも確かなことだ。なぜなら、悪魔は、誰であれ他人がよろこぶようなことは好まないからである。父なる神に面と向かって嘲笑ったそのままの顔をすぐさま子であるわれわれに向けて唾を吐きかけるだろう。そこでわれが喪うかも知れないもの（註2）、それこそはわれわれのこの議論の核をなすものである。

たとえ悪魔なる者が存在しなかったとしても、『人間』は早晩、神からも遠ざかってゆかざるを得ないだろう。自らの〝知性〟ゆえに。天の父はお怒りである。というイエスの言葉がそれに火を付けた。「悔悟せよ」。誰がそのようなことをしなければならないのか。我等は、我等の神に守られているのだ。

しかしその彼等の神というのは彼らの文化である『神』だったのである。知性は、『人間』という言葉とともに、『神』という言葉も案出していたが、それは文化一般と同様、ヒトがそこに在ったゆりかごの記憶は忘却した。われわれに先立って在り、われわれの原初の記憶をなす神、したがって文化ではない神のかわりに『神』という言葉が立てられたのだ。それは偶像ともいわれるが、偶像というのは元来おもちゃに類するものにすぎないのである。すると信仰もままごとということになろう。それゆえイエスも口癖のようにして彼らを「あゝ、信仰うすき者よ」と言っていたのだった。信仰とは、幼子が親を信じきっているようなもののことなのだが、彼らのそれは疑いの基礎の上に立つようなものだったのである。それゆえ〝証し〟が不可欠だった。しかし、天の父はそれを決して与えないのである。証しなど無用、必要とあらば直ちにパンを与えるからである。神は現実的なのだ。言葉を要しない。

それはともかく、イエス・キリストもゴータマ・ブッダも、たしかにヒトびとを救うためにヒトびとの前に立ったが、それは人々が『人間』と『人間』性を維持し、そこにとどまり続けることを支援するというものではなかった。そうではなく、キリストにおいては神人（神の子はすなわちここでいう神人である。ただし、いかに長じても神になることはない）へ、ブッダにあっては真人（真の人、煩悩を止滅して真理を体現することとなった人）へと、飛躍することを勧めたのである。それしか救われる道はないとして。戻るのではない、それはできないから前へ進めと教えた。それには扶けが要るであろう。だから扶けようというのであった。示された祈りの道と修行の道、それがその扶けである。そして、キリストもブッダも、自らがその道しるべとなって道端に立った。それは灯台のようなものであるから、近くを通りかかった船が難破しかかっても、自ら救助におもむくようなことはしないのである。ゴータマなどは、修行に失敗して首をくくることになってしまった修行者を、大勢の他の修行者たちを引き連れて見に行ったほどだった。それでもいいのである。彼は疑いもなく次の世に彷徨い出て、同じ苦しみをふたたび苦しむことになるだろうが、しかし修行というものは、いかにしても少なくとも悪でもなければ罪でもなく、したがってたとえ次の世に彷徨おうとも今よりは少しはましなことになっているはずだからである。成果は必ず出る。そうと知ればこそのブッダの行動であっただろう。いわば、せめてもの餞《はなむけ》ともいえるものだった。イエスはまた、人々に教えた――「求めよ、さらば与へられん。門をたたけ、さらば開かれん」と。しかしこの「求め」は、天の父なる神を信じてのみ行われるもの。パンを求めているのに父が石を与えるわけがないと知ってのことなのである。与えるのも、門を開けるのも父が自らするはずだというのだ。

こうした神人にしても、真人にしても、また例の超人にしても、それらは結局『人間』の延長線上に出現するもの、いや『人間』が『人間』自身を踏み越えて到達するものである。しかし、存在であるのかどうか、それはあやしいというほかない。なぜなら、いずれにしたところで、そうした人々は決して己が自然性までをも乗り越えられはしないであろうと考えざるを得ないからである。「人」がそれをおのずと語っていよう。それは人がヒトであることをやめられないことを表わしているはずのものだ。脳髄以外の全てを無機物に替えてみたところで同じことだ。肝心のその脳髄がそもそも自然なのだからである。それもコンピューターで代置すれば、それを人はもはや「人」とは言わない。いかに精密に「人」を模していたところで、ロボットは「ロボット」で、ロボ人だとかAI人だとかとは言わないはずである（註3）。たとえそのように言ったとしても、その「人」はすでに変質しているはずである。

では、「ヒト」が『人間』を踏み潰すというのはどうか。そのようなことができないことはすでに示した。それはヒトの自殺と同じことになるだけである。それによって新たに生まれ出るものなどないであろう。そもそも今やそのヒトなる存在は、単なる戦場と化しているのである。

『人間』が自らすすんで自分自身を乗り越えるように、それができるようにその持てる知力を使え、使わしめようというのがキリストやブッダの助言であり、導きである。そのためにこそ「天の父なる神」や「己」自身というものが語られた。一方の道は悪魔の城に通じ、別の一方の道は父なる神の門へと通じている、あるいは一方の道は滅びへと通じ、他方は永遠へと通じている。その分岐点に立って道を指し示しているのがキリストであり、ブッダである。先にはこれを灯台になぞらえたのだった。すると問題は『人間』自身にのみかかっていることになる。文化なら文化でよい、しかしよい文化もあればわるい文化もある、それをどう処理するのか。反省と熱意の力をどう磨くのかと言っても同じことになろう。

いつのころからか、世には〝第三人類〟という言葉があらわれて、密やかに語り継がれてきている。旧人類、いわゆる原始人を第一人類、ホモ・サピエンスすなわち現生人類を第二人類として、このの ちに現われるであろう人類のことだ。それが今視野に入ってきた、あるいはひっそりとではあるが語られ始めている。ということは、われわれ第二人類もそろそろ終わりに近づいてきたということに外ならないだろう。もちろん、いずれ万年単位のことであるから終わりの始まりとはいっても、いつそれが終わりの終わりに達するかなど知りようもないことだ。それまでに、あと何百世代、何千世代現生人類が続くことになるのか。しかしそれでも、われわれの〝知〟はそれを知らないわけにはゆかないのである。それはあたかも、何万光年先の星のことを、三十億年先の地球のことを、宇宙の裏側のことを、知らないわけにはゆかないのと似ていよう。そしてそれは、今日ただ今のわれわれの生存に、日々の営みに影響を与えずには済まないのである。人間は、過去・現在・未来を同時に生きている存在だからである。

なぜ、第二人類はそろそろ終わりなのか。それは、そのように思い、感ずる人が存在するからである。「世の終わりは、突然やってくる」とキリスト教の人々は言うが、そのようなことはないであろう。うかつな人にとってそのようかも知れないが、一般にはそうではない。終わりというものは、一般的に言って、終わるべくして終わるもので、その「べくして」はたいてい予感といった一種の知恵（知力の発揮）によって感得されうるものである。そのうえ、終わりというものは一種の期待でも願望でもありうるものである。どういうプロセスによってかははっきりしないが、そうしたものが積もりつもって、ついに極まったとき、新たな事態が生ずる。歴史はそのようにして動いてきた。突然変異というのは生物界にはあるだろうが、歴史にはまずないと見るのが適当だろう。どのような流れにも、〝底流〟という別の流れがあるようなものだ。

とはいえ、来るべき第三人類がどのようにして出現するか（また、現生人類がどのようにして終わるか）、それはどのような人類なのか、その辺は今のところよくは分からない（誰か、少しでも知るという人はいるだろうか？）しかし、第三という以上は第二とは異なるのである。いや、異なるのでなければならない。そうでなければ、たとえ独り言としてであれ語る意味がない。そしてこの場合、その意味とは期待であり、願望である。それと同じものを第一人類が第二人類に対して抱いたかどうかは定かでない。したがってわれわれが前人類の期待に応え得たかどうかも分かりようがない。しかし、もし人類というものに連続性が仮定されうるなら、少なくとも第二、第三の間には何らかのそうした関係の存在も考えてよいだろう。なぜなら、ここに人類の獲得した言葉という手段が存在しているからである。われわれには旧人はおろか、カラス語すら理解することはできないが、第三人類はおそらく、同じ人類として前人類の遺した言語を理解するであろう（と期待される）。

第三人類の出現プロセスについてはよく分からない。〝生命の飛躍〟（エラン・ヴイタル）によってという説もある。しかしそれはどちらかといえば人類学的話であり、興味はあるがわれわれの参考にはあまりならない。われわれの問題は今や、いかにしてわれわれの（最後となるかも知れない）道のりを歩むかということになったのである、これまでの考察によって。それは、いかにしてキリストやブッダがかつて指し示し、今も灯台の明かりのように自ら輝いている教えの道を歩むかということにつきる。たとえそれによっても、われわれが第二・五人類にとどまってしまうとしても、それはそれでひとつのことである（註4）。「修行」に失敗して首をくくることになったかの修行者のようなものだ。次の世にふたたび彷徨い出るにしてもましなことになっているであろう。

もし第三人類が出現したとして、彼らはどこがわれわれと違うことになっているか。それは一言でいって自我のありようがまったく異なるであろう。「私」が異なる。無いのではない、あるにはあるのだが、それが今日までのわれわれのとは全然違うものになっているはずだというのである。しかし、この点については改めてよく考えなければならない。今はその前に考えておかねばならないことが別にいくつもある。

ところで三十億年後、この星の水は全て地中深くに没して凍りつくことになっており（ある大学の研究チームが結論したのである）そうなると、人類はおろか全ての生物、いや自然そのものが様相を一変させることになるだろう。つまり現在の火星のようなことになっているかも知れない。すると人類は、そのころには別の星で暮らしていることにもなっているであろう。容姿も今とはまったく似ても似つかぬものになっているかも知れない。それでも、人類は人類だということになれば、それはアダムの子孫ということになる。そこに断絶はないのである。

もし別の創造主が、御自身の姿に似せて、たとえばアメーバ状のアダム（アダムⅡとでもいうとして）を捏《こ》ね上げられ、そこに生命の息吹を送られたなら、アダムⅡはアダムと断絶していよう。しかしそこにわれわれの関心はまったくない。

（ついでに）人神？

神人……等に似たものに〝人神〟というのもあった。十九世紀に棲息していたらしいが今日ではどうか（註5）。ここで「似た」というのは、人が神になったというものではなく、神のような存在になったというのではさらになく、（それなら今日多くの人々がすでにそのようであるといえよう）、神を気取る人間のことだったからである。英雄気取りの凡俗というのと大差ない。件《くだん》のラスコーリニコフもこのテであった。それゆえすみやかに馬脚を現わしたのだった。気取るというのは疲れることで、そう長くつづけることのできないものだから当然だったのである。

〝人神〟とは、神気取りの人間というもので、この人間はもちろん、『人間』のことである。『人間』であることをやめられない人々、タバコがやめられないのとほとんど同じ人々だ。そして大抵は神コンプレックスとでもいうべき心の病いにかかっている。かの「大審問官」は、人神ではなかったが、この神コンプレックス、いやイエス・キリストコンプレックスには罹患していた。それゆえ公然と（イエスに対してのみではあったが）反旗を翻してはみたものの、イエスの無言の接吻にはなすすべがなかったのである。

では、かのツアラッストラはどうだったか。いや、彼を生み出した当のニーチェはどうだったのか。ゴータマは修行の道をうちたて、自らがその完成者となって人々に範を示し、多くの修行者を導く灯りとなった。イエス・キリストは『山上の垂訓』をもって混迷する人々に道を示し、自ら手本となって十字架上の人となった。そして弟子たちには「わがなしたるごとく汝らもせよ」と命じたのだった。十字架とはもちろん、完全利他、完全無抵抗の謂である。確かにツアラッストラもわれわれに「（わがなすがごとくに汝らも）せよ」と迫るが、彼自身は人々の中で何を為したのか？　いや、当のニーチェは、彼自身そのツアラッストラであったのか？

ゴータマは、仏教の膨大な教典とは裏腹に、口数少ない人であった。書き遺したものにいたっては一語もない。イエスもまた同様で、教えらしい教えといえば『山上の垂訓』ひとつあるのみである。一般的に言って、言葉の多きは行いの少なさに通じている。

（ついでのついでに）

最近、この人神論の一種に、意志によってというのではなく、テクノロジーによってなると信じる人々が現われた。一部の脳科学者やロボット研究者など。その伝導には社会科学者や歴史学者も加わってきている。そのうちの一人、ユヴァル・ノア・ハラリ氏はそのものずばり『ホモデウス』（直訳で人神）という書をものしている。

（付記）

第一人類（『ヒト』）は、「われにも非ず、私にも非ざる人類」、第二人類（ヒト＝ホモ・サピエンス）は「私にして、われに非ざる人類」と考えている。すると第三人類とは「われ（自己）にして私ならざるもの」ということになるはずだというのである。

（註1）『マタイ伝福音書』第十五章三一～三八、第十四章十五～二一

（註2）すなわち自然からの祝福を。しかし、それが何を意味するかは明らかとはいえないのである。

（註3）これはすでに挙げた「法人」（「自然人」に対応する法律上の人格）というのがヒントになろう。

（註4）テクノロジスト（技術信奉者）が目指すのもこのうちと考えられる。彼らもあと〇・五足りないようだ。

（註5）ドフトエフスキーは長編小説『悪霊』においてこの人神論を展開する人物たちを紹介した。

㈣ 和解――自由の希求か、調和の回復か

1 対立の起源

これまでのわれわれの理解では、人は全てヒト（ホモ・サピエンス、知性人）であり、それゆえ人間（『人間』）とよばれる存在でもある。いやあらざるを得ない存在である。存在とはいっても、存在するのはあくまでヒトであって、決して人間なわけではない。人間は、ヒトの生み出したことばにすぎないものである。すなわち文化。言葉は、ただひとつであるものを幾様にも言うのを常としているが、しかしそれをいくら集めて、固めても、所詮は言葉にすぎないものである。このように言えば、「全て、人は歯車にすぎない」と言ったとき同様、大ていの人から厳しい反撥を食らうこと必至である。「すぎない」というのが気に入らないし、それ以上に「歯車」といわれるのが気に食わない。腹立たしい。そうでなくともたしかに、近代人らしくないことは認めなければならない。近代人は何しろ、誰もが一国一城のあるじを自認し、天上天下唯我独尊を誇っているのである。他人の風下に立ちたくない、ましてや何かの一部分であるなど、とうてい納得し難い。たとえ今そのようであるとしても、いつかは独立して、目にものみせてくれる。するとその日の自分のすがたがありありとその目に浮かぶのである。それが、いうところの人間（『人間』）。そういう人に、なおも言えば、個人存在を否定するあなたは社会主義者か、共産主義者かなどとも言われるだろう。しかしわれわれは、自分が一個の歯車であることを喜びと

も、誇りともなしうることをすでに見たし、それが「全て人は個人として尊重される」という憲法の精神に反するわけでもないことを確認した。その「個人」とは、その中に善人も悪人も、有能な人も無能な人も、現役もご隠居も、犯罪者をさえ含むところの、したがって全ての人々のことであるのだ。決して、社会に役立っている人々だけを指すわけでもなければ、人類の未来に貢献する人々だけなわけでもない。足を引っ張っているだけの人も、やはり立派な「個人」、したがって歯車である。断固尊重されなければならないし、事実、すでに尊重されている（少なくともヒトとしてはのことではあるが）。歯車であるということがそもそも、その尊重されているということだからである。そうでなければすでに捨てられてしまっている。歯車に「すぎない」というのは、もちろん言葉のあやで、そう思う人が多いにちがいないので、それに媚びただけである。こころは、「それで十分」ということ。歯車は、全機一体となって稼働しているときにのみ「歯車」と呼ばれるものなのであり、機械から取り外されれば、ただの物体、素材と化してしまうものである。そのようなことが、もし起こるとすれば、それは必ずや人間についてのみ起こることである。ヒトには生じえない。なぜなら、全てヒトは、自然の一部として、自然とともに在るものであるから。どんな役立たずも、自然やヒト仲間から、パンクして取り外される車のタイヤのようには打ち捨てられることがない。そのようなことは、ただ人間ばかりがすることである。人間には、自分たちが練り上げた、というよりでっちあげた価値観なるものがあるからである。それこそは、ヒトの知性が生み出した鬼っ子のようなもの。『人間』が、その育ての親だ。人間は、そうした尺度を振りかざして、もう長いこと突っ走ってきた。夜空のすい星が、美しい尾という氷の塵をそこら中にばら撒くように、人間の価値観や尺度という有害な粉塵をあらゆるものたちに振り撒いて迷惑を及ぼしてきたのである。ことに、近代といわれる今の時代になってからはそれが極度にひどくなった。それはきっと、アングロサクソニズムといわれる思考や価値観が世界を席巻するようになったからだろう。

近代の入り口で、パスカルは人間の悲惨というものに言及した。しかしこの後、それを自分のこととして真に受けとめた人は稀だった。そして今日、その「悲惨」は極みに達している。なぜなら、十九世紀人を筆頭に、われわれの悲惨は逆に栄光と理解されたのだったからである。問題はあっても、いずれは知性と科学技術がそれらを解決するにちがいないと誰もが楽観した。のん気なことであった。間もなく世界は、今日にいたる殺し合いと混迷に陥ったのである。伸長（アングロサクソン的には「進歩」ということになるが）したのは、その殺しのテクニックだけだった。あとは嘘つきのそればかり。こう言えばもちろんまたもや多数の人々から反論や嘲笑を受けることになるだろうが、それではそうした人々は、われわれの人品が大いに向上したというどのような証拠が示せるのか。なぜなら、そうでないかぎり、この世の何者もわれわれを尊敬したり愛したりはしないだろうからである。

人間の悲惨とは、われわれが肝心なことは何も知らない、にもかかわらず知っているかのように勘違いしているところに生じている状況のことである。しかしそれだけではない、自らが悲惨そのものであることを知らない。知ろうともしないというところにその悲惨はある。いわゆるバカ丸出しのたぐい。それは、自分がバカであることを得意気に吹聴して歩くようなものだ。それゆえ（にであろう）世の中今やバカバカしいことに満ち満ちている。それらが一様に示していることは、われわれの誰もが、自分のしていることが何であるか分かっていないということだ。それ以上に、そもそも自分が何であるかが分かっていない。ただ習い性のように自分は人間だと繰り返しているだけである。その〝人間〟について、確たる知識はほとんど無いも同然——サルの仲間だと言う者から、〝超人〟だなどと言う者まで人それぞれである。そのあげくに、「人間とは、人間になりつつある生きものである」、とか、謎であるとか、ほとんどごまかしとしかいいようのないことを言う人までいる始末。人間が謎であるというなら、ではその他のものはそうではないのか。生命はどうなのか。しかしその生命に対する理解も「動的平衡にある流れ」式なのである。そうした理解で、果たしていつ、その生命を再創造できるのか。

人間は、『人間』であって謎でも何でもない。その『人間』を生み出した生命がそれなのである。その生命に直接列なっているヒトがその謎なのだ。それを、かつてイエス・キリストが「天の父なる神の子」であると明かしたのだったが、残念ながらそれは謎を一層深めてしまっただけだった。なぜなら、それを理解するに足る知性も感性も、そのときすでにおそらくは退化してしまっていたからである。まずは感性が必要だったのだが、それは知性に食われてしまっていた（にちがいない）。それゆえ、人々はせっかくのイエスを、なぜか怒りにまかせて殺してしまった。ならば、「天の父に逆らう悪魔の子」とでも言ってもらいたかったのか。知性のお里が知れるというものだろう。それゆえイエスも十字架上から「神よ、ゆるしたまへ、彼らは自らなすところを知らざれば」と言って、天の父に赦しを乞わねばならなかった。悲惨を言うなら、このようなことをこそ言わねばならないのである。

われわれは、われわれが果たして「天の父なる神の子」であるのか、それともイエスを荒野で試た悪魔の子であるのか、かりに知らないとしてもしかし、自然の子であるとは今や知っているとは言うべきだろう。何しろ、自らこれを「ヒト」と命名した（したがって、それもことばなのではあるが）わけなのだし。その「ヒト」をヒントにわれわれは人間というものを割り出した――それは、ヒトの知性の営為のことだ、と。その営為によって誕生した実体のない存在を『人間』と命名しもした。そしてその『人間』が、あたかも主人であるかのようにわれわれをコキ使おうとするところも見た。これでは身がもたない、かといってその根はわれわれ自身の内にある。それは二重性である。「知」が、その二重性をわれわれにもたらしたのだ。元来純一である存在（自然）を、ことばが引き裂いたのである。ほんとうのことをいえば、われわれは、「ヒト」でも「人間」（実は『人間』）でもない、ただの自然として今、ここにいる。ということは、いないも同然なのである。しかもいる。この後の方のいるは、人知では知りえないことである。しかし、人知だけがわれわれの知なわけではないのである。別の知がそれを、そうと教えてくれている。その教える声に耳を澄ませて聞き入らなければならない。それは、二重性を（そのままに）生きるということにほかならない。自然性からも、人間性からも眼をそらすことなく、われわれのヒトというこの二重性をわきまえて「目覚めてあれ」。少しでも眼を外らしたり、眠り込んだりすれば、たちまち対立が侵攻してきて（もちろん、『人間』の側からである）今日までのようなことになり、それがさらに耐え難いものとなる。

2　赦しということ

二重性のうちにある、ということをわきまえてそれをそのままに生きる、すなわち知性とともにあるということは、ミニマムを生きるということにほかならない。ミニマムは、調和の唯一の条件であるから、それは調和のうちに在るということにもなる。そして、万物はその調和においてのみ、己が存在をそれぞれに完《まっと》うすることができるのである。世界は、そのようにつくられている。なぜか。ミニマムを生きるということは、ただ人間についてのみ問題となることである。その他自然存在はすべて、すでにそのミニマムのうちに在るからである。それゆえ、人間は、己をそこから乖離させたところのその知性をもって、ミニマムに回帰しなければならない。それは、人間の内部問題なのだ。自然のあずかり知らぬこと、言いかえればそれは、知を以って知を制すということになる。しかしそこにいう二つの知が同じであるか、異なるかは定かでない。ヒトが具有することとなったその知性というものは、意識同様、簡単に知りうるというものではないのである。ゆえにこそ、古くから人は修行という営みに挑み、祈りという行為をしつづけてきたのである。

調和は、自然のうちに（のみ）あり、その破壊は、ただ人間のみが行う行為である。そうと知ればこそ人間の苦しみというものもある。それは加害者の苦しみであり、その苦しみは被害者のそれの比ではなかった。被害者は、必ずや慰めを受けるが、加害者はいつまでも非難されつづけるだけだからである。ならば、救済はそのような加害者にまずもたらされなければならないだろう。イエス・キリストも、ゴータマ・ブッダののち現われた仏たちもそうして救済の手を差し伸べた。「悪人正機」をすら唱える人さえいたのである。

調和は、自然のうちにすでにある。ということは、われわれが自らの内にもっている自然と共に在ればよいということである。身体は、そもそも自然なのであるから、それは身体基準で生きればよいということだ。「心」は、それについてくるだろう。喜怒哀楽、何の問題もなく、極自然なままに。人間に追われたクマが反転、人間に襲いかかったとて何の問題もないようなものだ。怒りにまかせた人間のテロへの報復とは異る。

二重性を生きるとはいっても、それは自然と人間二股かけて生きるということではない。そのような器用なことはできないのだと知らねばならない。それは歴史のうちによく現われている。歴史は、すなわち『人間』の歴史だった。『人間』の暴走に次ぐ暴走の記録。自然から独立する為のあがきだが、もちろん自然からの手酷いしっぺ返しを避けることはできなかった。今日の科学技術も、その暴走のうちにあるが、いずれは過去を繰り返すだろう。それは、十分に膨らんだものは潰れる、それ自身の力によって潰れるといういたって簡単な現象にすぎないだろう。自然の復讐などいう大仰なことではない。そもそも自然は、たとえ自らを迫害する人間たちに対してでさえ、そのようなことをするわけがないのである。自然は単に、何万年も繰り返してきた自らの営みをつづけるばかりである。その結果、人間に生ずることは全て『人間』の自業自得に類することのみとなっている。世界大戦も、原発の爆発も、新種の病気の発生も、メタボリック・シンドローム同様、みな自然のあずかり知らぬこと。そうした人間的な事象は全て、人間自身の不自然な生き方から生じている。それを人間の側から見るから、自然のしっぺ返しと見えるだけである。

人間のこの不自然な生き方は、もとはといえばことばから生じている。「生きる」ということばにそれを代えたのである。自然の生のあり方を見て、それに学ぶという道を捨てて、その「生きる」ということばにそれを代えたのである。その結果、すでに生きているという事実が見えなくなって、生きるとはこれから生きるということになってしまった。これからである以上、そこにはさまざまな装飾が施され、少しでも見映えのするものにと誇張されざるを得なかった。それは、「ことさらに生きる」ということにほかならない。ことさらに食べ、ことさらに着、ことさらに住まう、何でもかでもこの調子。すると、もともと繊細であった五感は刺激の過剰に耐えきれず次第にその感度を落とさざるを得ないことになった。耳は、過大な音響から身を護らねばならなかったが、それはもちろん耳の為ではなくいのちの為である。しかしそれで人は、己が身は守りえたかも知れないが、自然一般はそうはいかないのである。自然は、ミニマムの裡に調和しているものなので、直ちに影響を被り、阻害されてゆかざるを得ない。それゆえキリストも「汝ら、幼子のごとくあらずば天国に入ることあたわず」と警告したのだったが、それも無視した。なるほど、のちには「自然に還れ」などといった標語は折々に唱えられたが、長つづきしたためしはなく、まともにそれが考えられたという形跡もない。自然というものの理解が、そもそも十分ではなかったからだったにちがいない。自然は、自分たちの外部にあって、自分たちを取り巻く環境や資源、鑑賞（娯楽）の対象といったものにすぎなかった。たしかに、自分たちもまた、その自然の一部であるという認識はあったが、しかしそれは自分の身体の尾てい骨のようなものとしてのそれにすぎなかった。「還れ」とは言ってみても、還りようはなかったのである。だからただのスローガンに終わった。

人間は、そこから離脱して人間となったがゆえに、自らの内なる自然（性）をも失った。しかしその重大性を認識するかわりに、むしろそのことをもってよしとしたのである。自然が、わがものとなったかのように錯覚したためだろう。それは人知を過信したにすぎない。あのパスカルでさえ、「人間は、思考をもって全宇宙を包む」と過信した。宇宙のことなど、今に至るも結局何もわかってはいないではないか。その包んだものの外側はどうなっているのか、ビッグバン以前はどうだったのか。人知はそもそも、始まりの始まり、いや始まる以前を認識できるのか。それは、天地創造の神に出生を問うようなものだろう。神が自ら答えないかぎり、誰も知りえない。われわれは全て自然とともにその神の被造物である。ならば、原初の知は、われわれ自身の始まりを知っていたであろう。しかし、（なぜか）忘れてしまった。それはきっと、二次的な知を溜め込むのに急で、それを思い出しているヒマがなかったからだろう。初めて学校に通い出した子どものようなものだ。彼らは生き生きと学ぶが、知識が豊かになるにつれて段々に死んでゆくのである、いのちの観点からすると。

われわれの多くは、自らの存在の内なる二重性に対して鈍感である。それを見据えようとする意思もほとんどない。見据えるとは、正しく見る、そのうえで生きてゆくということである。その正しくとは、自然をも人間をも美化したり、誇張したり、けなしたりすることなく、自然に向き合うということだ。それは、ありのままに自分を見るということにほかならないが、それがいかにむずかしいことかは、あのゴータマ・ブッダでさえ「身体は汚れたものであると知れ」と教えたことでもわかろうというものだ。その同じゴータマは別のところでは「全てものごとは心によって、心に生ず」とも教えていたのである。両方足すとどうなるか。身体が汚れたものと見えるのは、そのように見る人の心が汚れているせいであるということになろう。ならば、澄んだ心で身体を見れば、身体ほど清らかなものもないということになるではないか。その眼には、シマウマの尻にかぶりつくライオンの姿も、やはりそのように見えるであろう。それもそのはず、ライオンの行為にはもともと一点の曇りもないからである。彼らが晴朗であるのは、またも繰り返しになるが、そこに私心がないからである。いや、ぜんぶ私心なのかも知れないが、それは彼のものではないからだと言うべきか。汚れとは、その私心のこと、言いかえればその私心がもたらす〝わがものという思い〟のことだ。身体が、たとえ九ツの穴からじくじくと汚いものを浸出させているとしても、それがどうして身体そのものが汚いということになるのか。身体は、己が身に背負う生命を護るために、なすべきことをただなしているにすぎない。そこには、美的嗜好など微塵も入る余地はないはず。それどころか、一切の、極度の汚れを被ることさえためらいはしないだろう。ならば、それこそは美しいと言われて然るべきではないのか。母が子を、我が身を打ち捨てて守るのと何らかわるところはない。しかし人間がしてきたことは全てこれらの真逆ばかりなのである。それは、自分のみを高く評価して、あわよくば蔑視している母屋（ヒト）を乗っ取ろうという魂胆からのことだろう。人間は何度返り討ちに遭っても、生懲りもなく自分の親に喧嘩を売ってきた。その辛抱強さを結構なことと言うわけにはいかない。なぜならそうして人間は『悪』に馴染んできたからである。その『悪』こそは、人間に固有、人間的なるものの筆頭というべきものだ。

『悪』とは、己が利を図って他者を害することである。人間は何ゆえそれを正当化してきたのか——それは、「生きる」ことを絶対化し、その結果、明示的にも黙示的にも、「生きるためにならすべては許される」といった〝論理〟を立ててきたからだろう。でなかったらどうして、テロで三千人が殺害されたからといって、三万人、いや三十万人を無差別的に殺りくするなどということができただろうか。〝生きる権利〟の前では、罪も悪も無力な観念と化しているのである。殺すなかれ、たとえ殺されてもというのがイエスの教えではなかったのか。

権利といい、義務というも、そのようなものは人間のあいだでのみ通用する人知の産物である。自然にそのようなものはない。なくても間に合っている。生きものの〝縄張り〟は誰にも保障されていないが、それでも間に合っている。それは単に、縄張りの主が、おのれの生きてゆくのに必要な範囲を表現しているにすぎないだろう。侵入されればもちろん怒るが、追い払われればすみやかに別のところに新しい縄張りをつくるだろう。自然は、十分に豊かで、かつ調和している。すなわちミニマムのうちに在るのでそのようなことはたやすいのだ。担保を取る必要もない。

かわりに自然にあるのは（そして人間にないのは）「赦し」というものである。それがなぜ自然にあるのか――いうまでもなく、自然には「私」なるものがないからである。「赦せない!!」と人が叫ぶのは、人にはその「私」があるから、いや「私」に捉われているからにほかならない。人間にとって、その必要がしばしば唱えられながら「赦し」が極めて困難であるのは、「私」が捨てられないからだ。困難度は双方同程度である。

それゆえ、自然はもし人間が赦しを乞い、和解を申し出たならば即座に、快くそれを受け容れるにちがいない。ならば人間は、自らの二重性解消のためにも、自然に対する罪ほろぼしのためにも、そして何より自らの栄光のためにも、その「赦し」というものを至上の価値として、自らの前に（そっとではあるが）掲げ、自然の前に歩み寄るべきではないのか。そういう努力は、あるいはどこかでなされてきたのかも知れないが（そうと信ずる）、残念ながら今日の人間全体のすがたを見る限りどうも不徹底なようだ。自然の回復力を上回る人間の行為が跡を絶つ気配は無い。それは結局、「私」が可愛くて捨てられないからだろう。それゆえ、赦しというものが本来備えているはずの謙虚さが欠けている。「赦してやる」というようなものだ。それでは話がまるで逆である。たとえ大津波が、われわれの全てをさらっていったとしても、それでも、赦してもらわねばならないのはわれわれの方なのだ。大津波にそのようなことをさせてしまった（われわれの見地からはたしかに理不尽なのではあるが）のは、われわれ自身なのだ。何しろあの大量のガレキの山は、もとはといえばわれわれが持ち主なわけで。

するとゴータマ・ブッダが「汝、悪をなすな。人をしてなさしめるな」と教えたのももっともなことということになる。それは、不幸にして自分が悪をなしたなら赦しを乞え、他人が悪をなしたのならそれも自分が赦しを乞えと言っているのと同じである。裏返せば、いずれにしても赦せということだ。

かの良寛さんは、自分に打ちかかってくる者の拳を避けたのち、家人に向かって「あの人は傘を持っていなかったが、（濡れはしないだろうか）」と言ったという（註1）。折から雨となっていたのだった。自分が被害者とならなければ、他人が加害者となることもないのは当然のことである。無私の人には、赦しすらもが無縁のことなのだ。

（註1）『良寛禅師奇話』（解良榮重）第十一段。

3　存在の発見

近代人は、もう長いこと自由を求めて闘ってきた。しかしなぜかそれによっては自由を得たという話はあまり聞かない。「私は自由だ」と叫んでいる人ならたまには見かけるが、そういう人にかぎって何かに（少なくともその自由に）とらわれて身動きならなくなっているように見える。その見え方は、いわゆる相（人相、手相の相）によく似ている。死相が出ている、固定観念にとらわれているなど。それは当人の意図せざる当人がそこにあらわれているのである。それではいくら自由を叫んだとてせんないことと言うほかはない。

自由は、希求すればするほど遠くへと去ってゆくものである。それは、〝生〟と同じく、逃げ水となって、ただ人間の前にだけあるものだ。あらゆる生きものは、そのようなものに惑わされたりはしない。生きものは現実的なのだ。今現に生きているものとしてのみソコに在る。それゆえ、全てのものが自由である。自由そのもの。生も死もない。いや、生も死もあるのだが、それを生だ死だと言うということがないというべきか。それを言うのが人間で、人間はそのために生を求め、死と戦うというようなことになってしまった。そしてその戦いに当然勝利はないのである。手に入るものは「芸術」と称するもののみ。芸術は、生と死、そして自由の闘いの常に最前線にある。が、それはいずれ戦場の従軍報告のようなもので、これが自由のすがただという形象を示し得た例は稀である。戦いすんで日が暮れて、のちしばし訪れた平和のすがたなど一時的な関心をかち得たとしても、結局は退屈極まるとして見向きもされなくなってしまうのである。戦争はメシのタネだが、平和は何の役にも立たないとすら心得ていよう。自由またこれに同じ。

ソルジェニツィンのカドミン夫妻（小説『ガン病棟』のエピソードのひとつに登場する人物）は、そうしたなかではその稀なケースといえるだろう(註1)。このロシアの作家は、自らの体験をもとに、苦難のすえ、〝足るを知る〟ということをまさに知った人間のすがたを描き出したのだった。それは、今や完全に自立した、ゆえに自由となった、したがってほとんど完ぺきに幸福となった初老の夫妻と主人公（オレク・コストグロートフという永久追放された測量技師）とのつかの間の交流の様子である。夫妻は、それぞれ別々に拘束され、シベリアの強制収容所送りとなったのち、永久追放されて再び一緒に暮らすことになったのだった。そこは、中央アジアの草原以外何もないような寒村のウシ・テレクという所で、そこでこそ夫妻は全てのものを手に入れたのだった。彼らは、ピエール・ベズーホフが到達した自由の瞬間をそのままそこで生きていた。「生きる・死ぬ」といった観念が消滅して、今まさに生きている、今こそ生きている、それゆえ恐れるものは何もないという生の本質に立ち至っていた。そうであればこそ、よその家の犬さえもが、飼い主の鎖を引きちぎって、彼らの小屋へと馳せ参じたのだった。

そこにはすでに別の犬もいた。猫も来ていた。生きものは、真に生きている者の優しさを敏感に感じ取り、心を寄せずにはいられないものだからである。そうして彼らが今経験しているのは、いわば存在の発見、生きていることへの驚嘆というべきことである。人は、生きようとして、すでに生きていることを見失ったり、忘却したりするのだが、彼らにはその生きようとすることがまさに禁止され、全ての人々が生きようとしてもがいている世界から幸いにも永久に追放されていた。永久追放とは、たとえ骨となっても、灰となっても帰ってくるなというもので、それが幸いした。全ての生の幻想がすっかり消え失せてしまったからである。そのかわりに、今、そこにある全てのものが、はっきりと、喜ばしいものとして見えることになった。生きたまま葬り去られた夫妻の眼には、映るもの全てが美しく、喜ばしいものとしてそこに在ることになった。それで夫の口ぐせは「結構、結構」というものになった。何でもかでもが「結構、結構」。いわば存在の全肯定だ。全否定されたがゆえに生じた不思議である。今や、二人には生きようとしている人々のしていることが奇妙で不可解にしか見えない。彼らの新しい友人コストグロートフにしても、その点はやはり同じで、彼にはワイシャツの首まわりの寸法にこだわる人々が理解できないのだった。しかしその奇態な人々は、ジューク（鎖を引きちぎって来たあの熊のように巨体な犬で、今はオレクの友だちともなっていたのだったが）をささいなことで撃ち殺し、動物園のサルのつぶらな眼にタバコの灰を掛けるのである、「ほんのできごころで」。オレク（コストグロートフ）も夫妻も、ほとんどそれとかわらぬやり方でラーゲリに送られ、人並みの暮らしと人生を拒否されたのだった。そしてまさにそのことによって、繊細で優しい生きもののこころを回復したのである。ラーゲリからの贈り物というべきだった。

ゴータマ・ブッダは、ラーゲリ、また永久追放といった外的強制なくして、修行という自発的工夫によってその同じ存在の発見を目指した。そして自らその完成された姿となった。それゆえゴータマはのちに「勝利者」とも呼ばれることになったのだったが、しかしそうして獲得された自由は別名「解脱」ともいわれるところのもので、近代人が希求してやまない〝自由〟とはほとんど正反対のものだった。近代人は生きるために自由と呼ばれるところのものを求めるのだが、ゴーダマは生きない為にこそそれを求めたのである。いや、ゴータマについて言うとなると、こうした言い方は適切ではない。そもそも、生きる・死ぬなどということが問題だったわけではないので。

ゴータマが、〝獅子のように吼え〟て闘った相手は自分自身にほかならなかった。国を棄て、家を棄て、家族を棄てて出奔しても、それが自分勝手（利己）のそしりを受けなかったのはそのためである。すべては、愛するもののうちでもっとも愛するものであるはずの「私」を滅ぼし、それから離脱するためだった。「何も望むな、何も希うな」というのちの教えも、その「私」なるものを滅ぼさんがためである。「私」がもたらす「わがものという思い」が、自由を妨げ、自らにも他者にも不幸をもたらし、存在を遠ざける元凶だというのだ。修行完成者となり、我ならざる存在となったゴータマが入滅（死ぬのではなく、消滅するのである）するときにはそれゆえ、森の全ての生きものが彼の枕頭に参集し、天上からは華が降って来た。そこに実現していた光景こそはまさに調和の図、絶対平和の場面だったろう。「わがものという思い」の一切を滅ぼし尽くした人の前で、恐れる生きものがいないのは当然である。

何も求めない（もちろん、自由も求めないのである）人のことをイエス・キリストは「柔和なる者」と呼んで祝福した。「その人は地を嗣《つ》がん」、と。その「地」とは、現に在るこの世界のことである。これから在るはずの世界のことではなかった。それなら全ては現に在る。ただ人間にだけそれは無いのである。いや、「柔和なる者」ではない、したがって祝福されざる人々にとってのみそれはないのだ。人々は、忘れてしまったのか、未だ気がつかないのか。ゆえにこそ、存在は発見さるべきものとなってしまっているのである。

仏教を信ずる人々は極楽浄土を希求し、キリスト教を信ずる人々は天国に憧れる。極楽にはハスの華が咲き、妙なる調べも流れている。天国には憧れの聖人・福者たちがひしめき、神の栄光に浴している。しかし、イエス・キリストが示した天国のすがたはそのようなものではなかった。『黙示録』の光景もなかった。それは、イエスが身をもって示したようなものだった。彼は、ゆりかごのかわりに飼葉桶に眠り、ボロを身にまとい、裸足で荒野を行った。天国では、誰もがそのようであるとその姿は告げていた。なぜなら、彼がいたソコがすなわちそのまま天国なのだったからである。だから、五千人、のちには四千人の人が空腹を覚えても、直ちに必要なパンは配られたし、そのパンもわずかな籠に盛られたものので十分だった。それを「奇跡」などという人がいるが、イエスの国では当たり前のことで奇跡でも何でもないのである。〝ボロは着てても心は錦〟とよく言うが、イエスの国はその錦の心で成り立っているのである。天国とは、身心ともに貧しかる人や、幼児のような人や、柔和な人や、義に飢え渇く人や悲しむ人が、それらとともにある国のことである。ともにあるとは、貧しさの心はその貧しさゆえに癒され、飢え渇きはその飢え渇きゆえに満たされ、迫害を受けた人はその迫害のゆえに高く掲げられるが、だからといってそこで裕福になったり、聖人・福者となったり、権威ある者として君臨したりすることになるわけではないということである。そうではなく、今、現にあるままのすがたで十分、それがそのまま慰めとなり、喜びとなり、満足となるのである。なぜなら、全てはすでに天の父なる神の〝みこころ〟に適ったものだからである。それゆえ、ただそのことを信じさえすればよい。信じさえすれば、そのままそこが、どこであれ天国となる。いや、天国であるということがわかるのである。人間は、なまじなその「知」ゆえにそれがわからなくなってしまっているのだ。

ゴータマには、天国も極楽浄土もなかったが（〝彼岸〟はあったが、そこは生きるところではなかった）かりにあったとすれば右のとさしてかわらないものであっただろう。極楽には、特段なものは何も無かったはずである。苦も楽もない、生も死もない、あるもないもない——そこは「空」（全てがありかつない）である。それゆえゴータマは消え去った。ただし、あるにとらわれているわれわれの眼に見えなくなった、すなわち次の世に生を享けなかっただけのことである。ゴータマという真理は世に遺り、今も在りつづけている。それは、言葉というよりは、いわば在りし日のゴータマである。想い出せる人は、類いまれな自由の人である。

（註1）ソルジェニーツィン『ガン病棟』第一部20「美しい土地の思い出」

4「すべての人に対して罪がある」——ゾシマ長老の年若くして逝った兄マルケルのことば（註1）

今日、このようなことばを聞いて直ちにそのこころが分かるという人はまずいないだろう。ゾシマ長老がまだ子どものころ、ロシアの隅々にキリスト教が浸透していてもすでにそうだったのである。だから、彼らの母親も（父親はすでに亡くなっていた）使用人たちも（貴族の家柄だった）みな非常に驚き、いぶかしくも思ったのだった。もう「きっと先が短いにちがいない」、と。なぜならマルケルは十七歳で急性結核のため倒れるまで、町に配流されていた政治犯で高名な哲学者のもとへ出入りし、神を信ぜず、復活祭の精進にも悪たれをつき、みんなを怯えさせていたからであった。それがある日、突然すっかり変わってしまった。そして召使いのだれかれをつかまえては、「もし神様が情をかけてくれて死なずにすんだら、今度はぼくがお前たちに仕えてやるからね」などと言うようになったのである。母親に対しては、それまで口になどしたことのない「母さん、ぼくと血を分けた大好きな母さん」などと呼びかけ、そのうえで「わかってほしいのは、ほんとうに人間のだれもが、すべての人、すべてのものに対して罪があるということなんだ」と言ったのである。「ぼくはそのなかでもいちばん罪が重い。」もちろん、母親に理解できることではなかった。世の中には、殺人者も強盗もいるのに、その中でももっとも罪が重いなどとは、たとえ殺人や強盗を犯しても、それでもなお、わが子を信じようとするのが母親というものである(死刑囚となった永山則夫の母もそうであった)。

しかし、ここまで〝神〟を語り、〝罪〟を論じてきたわれわれには、何らの疑念も不思議も生じはしないのである。何しろ、「罪」とは(天の父なる)神を信じないことなのであるから。神を信じないということは、神が創ったもの、すなわちこの世界を信じないということにほかならない。それを逆に言えば、神が創ったもの、すなわちこの世の全てのものを信じるということが、すなわち神を信じるということになる。ではその神は、被造物たちを、したがってこの世を、どのようなものとして創られたのか。これこそがまさに、今日にいたるわれわれの根本疑問であり、われわれの知性はそれに対して否定的見解を表明せざるを得なかった。この世は不条理に満ちている、と。だからこそ、神は、われわれの間にイエスをひとりの人間として、またキリストとして遣わさざるを得なかった。イエス・キリストによって、われわれ全てが「天の父なる神の子」、したがって全ての人は、全ての他のものたち同様、皆兄弟なのであると知らしめなければならなかった。父にとって子は、それがたとえどのような子であれ、全て等しく子であり、愛する者であると知らしめようとしたのである。それはちょうど、殺人者の母であれ、母は子を守ろうとするのに似ている。しかし人々は、イエスの言葉を聞かず、人の間に差別を設け、互いに罵り合い、果ては殺し合って生きている――それゆえマルケルも言う、「愛するみなさん、ぼくらはどうして喧嘩をしたり、自慢しあったり、自分が受けた侮辱をいつまでも根にもったりするんでしょう」、と。どうしてか。もちろん、それは人が〝我〟を、したがって己の生をのみ愛するからである。〝我〟とは知性のこと。この知性によっているかぎり、この世は不条理をまぬかれえないのである。そしてそのようなものとしてしか見えもしない、イワン・カラマーゾフがそうであるように。するとそのような人には、マルケルもまた正常な人間には見えないのである。それゆえ、彼を診察して帰るモスクワから母が呼んだドイツ人の医者はこのように言ったものである――「病気のせいで、精神錯乱をきたしています」

その当のマルケルはしかし、窓の外に遊ぶ鳥たちにまで赦しを乞いながら、天地の素晴らしさに感動し、弟のジノーヴィ（ゾシマ長老）を呼んでは言うのだった――「さあ、もう遊びにお行き、ぼくの代わりに生きるんだよ！」そう、生命《いのち》は代替が可能なものなのである、少なくともそのときのマルケルにあっては。しかしもしイエスがいうように、全ての人が互いに兄弟であるなら（あるだろう）そのうちの誰が生きても結局同じということになるではないか。〝血を分けた母さん〟の子ならなおのこと。マルケルはこのときすでに個我を去って大我に就いていたとも言える。彼のわれ（我）は、弟の、いやすべての人、すべてのもののわれとなっていたのだ。生命《いのち》は、生きとし生けるもののものであって、決してそのうちの誰かのもの（すなわち〝わがもの〟）なわけではないというべきなのである。マルケルが、そのことに自分でも知らないうちに気づいていたのは、彼が不治かも知れない病いに倒れ、それによって自然に出遭い、自分を見つめることができたからだろう。彼はそれまで、窓の外に遊ぶ鳥など信じてはいなかった。召使いも、親さえも信じず、ただ自分のみを信じようとした。だから、その裏付けが欲しくて高名な哲学者の元へ通った。哲学は彼に何を与え得たのだろうか。おそらくは、肝心の自分自身へのさらなる不信だけであったろう。そのまま成長していたとしたらあるいは彼も「何ゆえ俺はナポレオンではないのか？」などと口走るようになっていたかも知れない。そうでなければ、陽の光を浴びて飛ぶ一匹の蠅をうらやんで、己が不幸を弄んだかも知れない、あの『白痴』のイッポリートのように。しかしマルケルはいずれとも違った。彼は、窓の外の小鳥に罪を感じたのだった。彼らを信じなかったことに罪を感じた。それゆえ赦しを乞うた。それは万物の主たる神に、自らの罪を悔いたのである。自然が、小鳥がそれを彼に促したのだった。それは愛の力である。なぜなら、神の愛は万物に染み渡って存在しているものだからである。

マルケルに死のときが近づいてきた。近づくにつれて、彼はますます朗らかになっていった。ばあやにも弟にも優しい声をかけ、泣いてばかりの母親にはこのように言って慰め、励ました――「泣かないでよ、人生って天国なんだから。ぼくたちみんな天国にいるのに、それを知ろうとしないだけなんだよ。その気になれば、明日にも世界中に天国が現れるんだから」。そして例のドイツ人医師に対して言う――「でも、何年や何ヶ月も生きてどうするんです！　日数なんか教えてどうするんです。人が幸福を味わいつくすには、一日あれば足りるんですよ」

こうしてマルケルは、復活祭が終わって三週目にこの世を去った。死ぬそのときまで、彼はほがらかで、その一部始終は町でも話題になったほどだった。弟のゾシマ長老は、わけもわからぬままに泣き、しかしその兄のすがたは深く心に刻まれ、その思い出は彼のことばとともに生涯の礎となったのだった。長老はのちにアリョーシャ・カラマーゾフに出遭い、深く心を動かされることになった。アリョーシャの中に今は遠い日の記憶となった兄マルケルの面影（長老は〝顔〟と言った）をはっきりと見てとったからだった。幾多の人生の困難をすでに乗り越えてきていた長老の前に突如現れた若いアリョーシャが、兄マルケルの生まれかわりと見えたのだった。彼はためらうことなく、自らの亡きあとをアリョーシャに託すことにした。それは、全てのもの、全ての人々の和解の道である。長老は、一生かけて兄マルケルのことばの中にそれを見出したのだったが、その道を踏み出す力はもう残されていなかった。彼にできたのはただ、カラマーゾフの長兄ミーチャの足元にひれ伏すことだけだった。そのミーチャこそは、ヒトそのもの、自然と人間との間に引き裂かれて救助を待っているその人だった。長老は、全人生をかけて、ミーチャに、いや全てのヒトに赦しを乞うたのである。長老はひと目でミーチャを待ちうけている苦難を読み取っていた。その性質を見抜いた。それは、アダムとイヴが背負った罪への神の罰だった。しかしミーチャには、弟のイワンも信じられなかったのである――「イワンは、墓場だ」、と。長老は、ミーチャを救わねばならなかったが、それはもはやできなかった。それゆえ彼はアリョーシャを代わりに遣わすのである――「さあ、もういい。わたしのことはもういいから、彼らのところへ行っておあげ」。アリョーシャとは、和解の別称である。そして彼こそはまさにキリストのいう柔和なる人、それゆえ地を嗣ぐ人その人である。長老は、お前は全てのもの、全ての人のために祈れとも教えた。そうすれば、全ての人がお前のことを祈ってくれるだろう、と。だから、恐れずに「世の中に出でよ」それが遺言だった。

そのゾシマ長老が世を去った日の夜、棺の前で悲嘆にくれるアリョーシャの夢枕に長老が立って彼を励ます――「さあ、新しいワインを飲もう、新しい大いなる喜びの酒だ」。そして言う、「はじめなさい、おとなしい子よ、自分の仕事をはじめなさい！……ほら、わたしたちの太陽が見えるかね、おまえにはあれが見えるかね？」もちろん、太陽とはイエス・キリストのことである。かつて長老がアリョーシャに「お守りせよ」と命じた、その人のことだ。したがってアリョーシャのこの世における仕事とは、そのイエス・キリストを「お守りする」ということ以外ではないのである。なぜなら、キリストが十字架上で犬死にすることは、天の父の意思ではないからである。神が、人々の前にイエスをあえて差し出したのは、人々に赦しを与えるためだった。それを確認するためにこそ、イエスはゲッセマネの園において最後の祈りを奉げたのである――自らをその任に選ばれた父に感謝するために。そのような父の栄光を讃えるために（これらはみな同じことなのである）。

かくして、「赦し」こそは、和解の具体的行動として、またわれわれが生きつづける唯一の道として、われわれの前にあるもの、われわれが求められているものである。この道に、ドストエフスキーは後半生の全てを費やして到達した。『罪と罰』から、『カラマーゾフの兄弟』に至るその道は、ただひたすらにこの「赦し」に通ずるものだった。それは、キリストが「愛」と呼んだところのものと同じである。神が愛であるとは赦しにみちているということだ。「七たびを、七十倍するまでも」神は赦すのである。それゆえ、祈るとは、その神を信じることができることに感謝を奉げるという行為でもあるのである。

では、ふたたび問おう――この世の一切が、神のみこころによって生じているというなら、幼女が親の虐待を受けて死ぬのも神のみこころゆえなのか？　その通りであろう。それゆえ、神はその責任を自らとられるであろう。その責任のことをイエス・キリストとも言うのである。しかし、虐待する親に対しては、これも自ら厳罰をもって臨むだろう。神の尊厳をかけて。もしその親が、キリストの十字架に目覚めて「悔い改め」たならば、キリストは怒りの神にとりなしをするだろう。そうするまでもないことなのではあるとしても。

そのキリストを、「お守りせよ」と師に命じられたアリョーシャは、ではどのようにしてその「仕事」

を始めるのか。いかにしてか。「戦士」となることによって。もちろん、その戦士とは、神の戦士、したがって〝愛〟の戦士、「天の軍勢（のひとり）」のことである。憎しみによって戦うこの世の戦士のことではない。彼は奪う戦いをするのではなく、惜しみなく与える戦いをするのである。その儀式は、長老の死後ただちに執り行われた。その夜、空は満天の星が埋め尽していた。「地上の静けさが、天上の静けさとひとつに溶けあおうとし、地上の神秘が、星たちの神秘と触れあっていた……」。彼は、その無数の星のことを思って涙した。同じものが彼の立っている大地にもあったので、彼はそこにひれ伏してそれらに口づけをした。「彼は、地面に倒れたときにはひよわな青年だったが、立ち上ったときには、もう生涯かわらない、確固とした戦士に生まれ変わっていた」。その確固たる力の源泉は、天の無数の星々から投げられた絆の糸にあった。それゆえ、戦士としての彼の力は、「自分のためではなく、すべての人、全ての生きとし生けるもののため」に投じられることになるはずである。自分のためには、ほかの人々、いや万物が祈ってくれるだろうと彼は確信した。それは、われわれのいう「和解」にほかならない。われわれの和解も、アリョーシャの内に成立し、外にも成立しようとしているそれとかわるところはない。

（註1）『カラマーゾフの兄弟』（ドストエフスキー）第二部第六編「ロシアの修道僧」二(a)「ゾシマ長老の若い兄について」

5　『腐臭』について――『カラマーゾフの兄弟』第三部 第七編 アリョーシャ1

人間と人がふつうにいうところのものは、生物分類学上のヒト（ホモ・サピエンス）、したがって自然を構成するその一部であるとともに、人々が、これもごくふつうに自らをそれだと思っているところのもの、すなわち『人間』（という言葉）から成り立っている。このヒトと『人間』とは、ともに言葉ではあるが、前者は人々がそれを何と名付けようとも自然の中に必ずや見出せるものであるが（自然の一部であるから、科学的に確認できる）後者は、人が思わないかぎり、いるのかいないのか、どのようなものであるのか、定かでないものである。その思いは、人それぞれであるのがふつうで、したがって『人間』なるものは、千差万別、人の数ほどもいるものである。それは言葉というものがそうであるのにぴったり符合している。そして、ある人が、これが『人間』だと思うところのものが、すなわち自分、また「私」と称するところのものである。「私」はたいてい『人間』、というより「人間の中の人間」とでもいうべき特別な存在である。それこそが〝存在〟であると、誰もが信じているか、信じたいと希っている。しかしそれは、思いが生み出しているものであって、思わなければありえないものである。それを仮想（バーチャル）と言えば、「私」は、ひいては『人間』は、そのバーチャル存在である。それにすぎない。その思いは何ものがもたらすのか。それは、ヒトと称される自然（の構成員）が、その身体といわれる部分に搭載する器官である脳髄がもたらすのである。さらに言えば、その脳髄が（なぜか）獲得した「知性」というもののはたらきが、それをもたらすのである。そのはたらき（営為）のことをわれわれは「文化」

と言ってきた。主体はヒト（自然）であり、ヒトの脳であり、文化はその営みであるとともに産出物（アウトプット）である。その産出物がすなわち『人間』であり、その中心にいるのが「私」なるものである。「私」は、どのようにしてその脳内にいるのか。脳科学はそこのところを脳内映像として説明している。それを認識したのがいわゆる私である、と。ではその映像はいかにして生ずるのか、それが脳科学の研究テーマともなっている。いずれにしても「私」がバーチャルなものであることは動かないだろう。そうと知る人々は（たいていは知っているだろう、なぜか）「私」の前に揺れ動き、一刻も心の安まるときがない。

人間はもう長いこと、揺れ動き、頼りない「私」（自分）というものを強化しようとして、「精神」なる言葉をふりかざしてきた。それをもって「肉体」すなわち自然に対抗し、あわよくばそれを切り離そうというのだ。切り離して自立し、晴れて自由の身となる。そうすれば、「脳が私を持っているのではない、私が脳を持っているのだ」と堂々言えることにもなる。ならば私はそれを捨てることもできよう、その気になりさえすれば。その気になって、その通り実行できれば、そのとき「私」、また「私の精神」は、脳という物質から完全に自由となり、私を束縛していたいかなるもの（私自身を除いてではあるが）をも含まないものとなる。それを「純化」というとすると、それが私の自由の目指すところである。自由とはほかならぬ自由への道なのだ。もし私の脳を、精密コンピューターに置換できるなら、私はそのとき純粋精神と呼ばれるだろう。それはつまりは人工物であって、自然とはかかわりのないものである。

しかし人は、いかに望んでも、目下のところはそうした置換の技術がないし、そもそも脳を捨て去る決意もできないのがふつうである。脳のおかげで、大いに人生を享受できているという側面もある。最大の楽しみは、他のいかなる生きものよりも賢いということを、自慢したりひけらかしたりすることだろう。そうして「精神」は常に「肉体」の上位にわが身を置いてきたのである。しかしその根拠は、それにかかわらず、今もって定かではないのである。それが定かでないと感じるときには、人はそれを魂（霊魂）などという言葉に置き換えたりもする。その起源をいつとも知れぬむかしの、やんごとなきものに求めたりもする。肉体とともに決して滅びたりしないために。

今日的にいって、またごくふつうの考えでは、霊魂はともかく肉体に対する精神だとか、心だとかいうものは個々人（個体）のうちに生じては消え去るものであるだろう。精神のみが、肉体に先んじて消え去ることすらある。自主的に消え去ることもあれば、それが乗っかっている脳の病気によって消滅することもあるだろう。その場合、もし人が（『人間』であるところの人であるが）自ら消滅するのなら、それは精神の独立（自由）あるいは純化と称することもできるだろう。いわば、精神の自殺（「自死」と言う人もいる）。単に、自らの肉体への当てつけのためだけにそうする人さえ珍しくはない。

しかし、精神の死滅がもし、自然からの離脱や離反という形ではなく（それが生じたときはそうであったかも知れないのだが）自然への己の解消という形で起こるなら、それは肉体の純化とでもいうべきことになるだろう。なぜなら肉体は、精神によって苦しめられ、穢されてきたのだからである。精神という妄念の発生源を除去したヒトの肉体は自然本来のすがたを取り戻し、輝くだろう。ならば肉体は、その純化の度合に応じて、すみやかに腐るだろう。それが生物一般の慣らいである。鳥も、獣も、花もみな同じ。そうでなければ、他の生きもの、特にこれから生まれたり、今育ちつつあるものたちが困ることになる。秋の山を歩いてみれば、これらのことは誰でもすぐにわかることである。自然においては死は生とほとんど一体となっており、したがって自然が死を恐れることはないのである。それどころか、むしろ軽やかにそこへと行進しているように見える。夏の虫たちを見ればそれはまず明らかだろう。ひとり人間だけが異常なまでに死を恐れる。それは、死という言葉、死の観念によって恐怖がもたらされているからである。たしかに、生きものの死骸は誰が見ても醜くて臭い。しかし生きものの中には生きていても醜く臭いものはいくらでもいるのである。それを身を護るための手段としているものさえいる。醜く、臭いものを嫌うのは、人間以外の生きものにもいるかも知れないが、人間のその嫌い方は異常である。そのくせ、ヒトの嗅覚はむしろ退化してきているのである。仕業はそれゆえ観念にあるとしか言いようはない。

もし、死が人間の新たな生を生み出すとするなら、そういうことがありうるとするなら、それは、他者・他人の心の中に産みつけられるだろう。そのとき、「私」は身体の消滅と共に死んで人の記憶となり、それを保持する人々の中に生きつづけることになる。すると、この私が死んで生まれかわったその他者が生きつづけることは私の希いともなるだろう。「私」は、姿・形をもたないものなのでそれは可能なのである。人間の死、すなわちこの私の死というのはそういうものであるはずだ。ゆえにこそ、世の中でいう孤独死というものが問題ともなるのである。誰にも看取られず、誰にも惜しまれることもなく、どことも知られぬ処でひっそりと息を引き取るというのは人間の死ではない。そうではなく、人々の記憶とともに死ぬ人は、それゆえたとえその瞬間に誰もそこに居合わせなかったとしても、自らが深く関わった人々を、その健在を祝福して去るだろう。夏の終わりとともに去る昆虫もその点では同じであるといえる。彼らは、「私」なる存在ではないから、他の者を必要とはしないのだが、そのかわり次の世のいのちを残して死ぬので孤独死などという死にざまはないのである。夏の終わり、道端に転がるセミにその影はない。たとえ唯一匹で転がっていたとしても。

ゾシマ長老は、セミではなかったので、人間的な死に方をした。それは、身体の自然な滅びであり、精神のそれでもあるものだった。身体が精神から自由となって（純化して）、己が身を安んじて次の生命に与える（ウジも湧くであろう）ように、精神はまた（身体からは自由となって、しかし消滅して）他者の記憶と化し、そこに安んじたのである。身体には何の異存もなかった。精神にも、それ以上に何の異存もなかった。彼の長い人生の苦難はそこで終了したわけだし、彼の、ほとんどあるかなきかのものに今はなった「私」は愛する〝息子〟アリョーシャの中に移り住んでいたわけだし。そのアリョーシャはそれゆえ、長老の死後まもなく、〝伝記的資料〟『神に召された修道苦行司祭ゾシマ長老の一代記より』を編纂したのだった。

ゾシマの発した腐臭はしかし、純粋精神たらんことを欲する若きアリョーシャには痛打となった。彼もまた、長老を敬愛するあまり、他の多くの信者たちと同様、そのとき起こるであろう特別な現象への期待ではちきれんばかりであったのである。一体それがどのようなものなのか、そんなことは考えられもしないほどだった。あれほどの聖者が、別れに際して何も顕現しないなど誰にとってもありえなかったのだった。しかし現実に生じたことは、ただの死にすぎなかった。それも、なぜか早すぎる死臭を伴ったものだったのである。それが早すぎたというのはしかし、長老の年齢からしても、その年齢でその日まで生きつづけていたのは精神のゆえであったということからしても当然なことなのである。身体は、消滅が待ちきれなかったにすぎないだろう。臭いの過大は、長老の背負ったものの過大がそのままでたせいにちがいない。そののちの長老の精神は、余計なものを全て放散し尽くして、アリョーシャの中に生まれ出るはずのものだ。そしてそれはかつて、長老の中に移り住んだ兄マルケルその人でもあったのである。ただしいずれも、面影をひとつにしていただけのことなのではあるが。

ゾシマが、アリョーシャに与えた痛打はもちろん愛ゆえのムチのようなもので、いわゆる試練である。それは、不可能なこと（不自然なことともいえる）を希うな、不遜な望みを抱くなということにほかならない。なぜなら、神は万物を野の百合・空の鳥のように創られ、しかも人については自ら土を捏ねられ、自身の息を吹き込まれたのだったからである。そして「全てよし」とされた。すでに「よし」なのである。しかしその人であるアダムとイヴは、禁令を破り、知を得て楽園追放の憂き目をみたのだった。

以来、彼らによってこの世にもたらされた死は（死という言葉がもたらされただけなのではあったが）、伝染病のごとく自然界にまで拡散し、本来の自然を穢しつづけているのである。アダムたちの子孫の死は、段々により醜さを増していった。それは、自然によってもたらされるもの（ふつうには「天寿を完うする」などといわれる）というよりは、人間によってこそもたらされるものとなった。アダムたちの子がすでに殺人による死をもたらしたのである。今日では、多数の人々が喰い合い（同僚に足をすくわれ、首吊り死するサラリーマンさえいる）殺し合って死は全盛期の観を呈している。これらのことを全て、そっくり裏返しにすると、異常に長生きをして死ねない人々のことになる。いわば死に神が首刈り鎌をなかなか振り下ろさなくなったので（きっと楽しんでいるのだろう）その分死の恐怖、いや生の恐怖が増幅されているのである。すっと生き、すっと死ぬ自然のスマートさが今やすっかり消滅した。

ともかく、アリョーシャが敬愛してやまない師ゾシマ長老は死んだ。その人生は、『人間』にまみれたもので、したがって苦悩にみちていた。その間ずっと、心の奥底には兄マルケルのことばと思い出があったが、アリョーシャと出会うまでそれは理解しえないまま、謎のままだった。彼にもっともよく理解できたのはむしろミーチャ（カラマーゾフ兄弟の長兄ドミートリー）の方で、初対面の一瞬にして十分なほどだった。それが可能だったのは、ゾシマ自身がそのミーチャと同じく、自然と人間（『人間』）との間に引き裂かれて苦しむ存在だったからである。ミーチャが体現しているある美しさは自然のそれであり、同時にまた体現している醜さは人間固有のそれである。そのミーチャの足下に長老がひれ伏したのはそれゆえ、きわめて当然のことだったのだ。

ゾシマが放つ死の臭い、それは彼の『人間』性が放つものである。彼の中の『人間』が今死んでゆくのだ。その強烈な臭いは、この世がもつ臭いであり、彼の〝精神〟が放つもの、いわば最後っ屁。しかし実際の彼の死は、全ての生きもの同様の安らかな死だったのである。〝奇跡〟など現れるはずもないものだった。それをいうなら、まさに愛するアリョーシャこそがそれだったというべきだろう。

ゾシマ長老の死、それは肉体の純化である。ゆえにこそ、彼はアリョーシャの夢枕に立ち、彼に「私たちの太陽」を指し示すことができたのだ。いうまでもなくゾシマはこのとき、「長老」（ロシア聖教で厳密に定められた僧の地位である）などではなく、湯上がりの一人の青年のようであっただろう。その心は、キリストのいう「幼子」のような心。それゆえイエスは、「私たち」の太陽だったのだ。もちろん、万人の太陽でもあったわけだが。なぜなら、彼らはともに「私」なる者ではないのであったから。

死は、一般に生の純化であるといえる。またそれは、生の完結（生を完結させるもの）ともいえる。ゆえに生そのものの一部である。生きとし生けるものになくてはならないものだ。死は個体にあらわれる現象で、それがなくては次の個体は生じようがないのである。ただ人間ばかりがそれを忌避し、嫌悪する。人間は「私」存在であり、「私」の消滅を恐れるからである。そして「私」は、死という言葉に惑わされざるを得ないのである。『人間』にも「私」にも死がない、それを想像することさえできない。宇宙の向こう側が想像できないのとそれはかわるところがない。ゆえにこそ、そこには安らかさがなく、恐怖のみがあるのである。『人間』は、己（「私」自身）の永遠なることを希求してやまないが、その不可能性を持ち込んだのは当の『人間』自身なのである。

ゾシマ長老の死後、星降る夜に「異界」からアリョーシャに向かって投げられたという無数の糸は、生きとし生けるもの全てからの挨拶と連帯のしるしだった。「私」（すなわち『人間』）であることを脱却するひとりの青年を彼らはそこに確かに見出したからだったろう。

（註）この項と前項の『カラマーゾフの兄弟』からの引用は光文社刊、亀山郁夫訳同書によっています。

（補記一）「知足」ということ

昔からよく「足るを知る（知れ）」といわれるが、それは一体誰に向かって言われる言葉なのか。人間に対してか、ヒトに対してか。後者についてであるならそれは無用のことというべきであろう。自然は元々、すでに足るを知ってこそ成り立っているものだからである。この点はすでに「調和」について述べたところで十分に検討した。前者に対してならそれは無駄というべきだろう。なぜなら、そもそも人間であるということは、足るを知らざる知の永久運動をもっていうことなのであるから。とすると、古くからいわれてきたこのことばは、カラ念仏のようなものということになる。実際にもそのようになっているであろう。とくに今日では。

この言葉の意味するところは、「知をもって知を制す」ということにほかならないが、この先の方の「知」は、実際には獲得することも、保持することも、人知をもってしては極めて困難なのである。ゆえにこそ、修行の道も祈りの道も拓かれ、磨かれてきたのだった。その修行によって獲得される知のことがいわゆる三明知である。それによって制せられるはずの、後の方の知は暗い知、暗愚の知だ。欲望はたいていめくら滅法な運動をするものである。現在という、わけのわからぬ時とともにあるのが欲望だ。それゆえ、欲望と共にあることをよしとする今日の人々の多くは次のように言っている——「今を生きる」。しかし人は、人間であるならなおのこと、本当は過去・現在・未来を同時に生きているのである。したがってその「今を生きる」ということばは、ためにする嘘ということにならざるを得ないであろう。何のためにか――はいうまでもないであろう。

(補記二)　欲望は無限大か

かつて、先進諸国のほとんどはインフレに悩まされていた。インフレとは、持続的にカネの価値が下がり、モノの価値が上がる傾向性のことである。市場経済の用語で言えば、長期的にモノ(財・サービス)の需要がその供給を上回っている状態のことだ。モノの値段(その裏返しでカネの価値、すなわち購買力)は、需要と供給の力関係で決まることになっている。中央銀行が、その発行するカネ(紙幣)の健全性をいくら誇ってみても、それによってはカネの価値の低下を食いとめることなどまずできない。

しかしある時期から(いつごろのことだったか)、それが全て反転した。今やほとんどの先進国はデフレに悩まされている。なかでもその先頭に立っているのがわが日本なのである。その日本国は、先進国中最下位の財政状態下にあり、国際機関からたびたびの警告を受け、政府の負債である国債は世界の格付機関が格付けを引き下げげつづけている。その結果、日本国債の格付けは、アフリカの最貧国〝ボツワナ以下〟とさえなった。中央銀行(日銀)は、必死に(ただし、何食わぬ顔をして)国債を買い入れてその暴落を食い止めているが、それにもかかわらず奇妙なことに日本円は上昇につぐ上昇をつづけている(すなわちカネの価値が、国際的には上がっている)。そして、モノの価値(市場価格)は、低落につぐ低落、すなわち実体経済は不景気にあえいでいるのである。この奇妙な事態の裏側がどうなっているのかについては諸説紛々、ここで解説しようにもしようはないのであるが、われわれの関心はそうした経済問題にあるわけではないのでそれは置くとして、今はごく単純なひとつの疑問だけに絞ろう――なぜあれほどのインフレがデフレに変わったのか。そこに、モノ（財・サービス）はもう要らないという人々のかすかな声が聞こえてきはしないのか。どこの国でも、先進国では需要が頭打ちとなっている。供給者は、それを掘り起こそうとやっきになって新商品、新サービスの開発に奔走しているが、それによって多少のブームを引き起こすことはできても長つづきする例は極めて稀である。その中では、情報通信サービスがもっとも長つづきしているとはいえるが、それももう先が見えてきている。すでに機器類の売上げは頭打ちとなった。あとには、業者同士（国レベルのこともある）の足の引っ張り合いが待っているだけだろう。先端医療など、より若い分野もあるが、いずれは同じ道を辿ることになるかも知れない。しかし世界にはカゼひとつ満足には治せない国々も少なくないのであるから、業者はその方面で活躍すればよかろう。われわれのこの問題に対する関心、それは欲望にも限りがあることを、このデフレは示していはしないかということである。もしその通りなら、欲望を解放し、かき立てることで成り立ってきたわれわれの社会、資本主義経済を中核に据えたこの社会も限界に達していることになろう。ふつう、資本主義の限界というときには、不平等発展を可能にするフロンティアの消滅ということがとりあげられるが、われわれはそうした外的条件の問題としてではなく人間の内的問題としてそれを考えるのである。要するに、経済がアテこんでいる「欲望の無限性」というものに疑問を投じるのだ。欲望にもし、身体性（自然性）というタガがはまっているならば、われわれはその野放図ともみえる膨脹をそれほどには心配することもないということになる。心配するとしたら、身体を改造して、その欲望容器としての能力を拡張しようとする動きだけをいうことになろう。しかし「だけ」とはいっても、これがそう甘くみられうる程度のものでないことは容易に想像できるのである。

欲望は一般には限界のないものと考えられていよう。それは観念の自律的運動（自動運動というべきか）であり、これを止めることは臨界に達した原子燃料の反応を止める以上に難しかろう。それに、「欲望のどこが悪い」と居直る人も未だにいる。欲望を満たすことによってしか安心を得られないという人はそれでゆけばよい。欲求不満で不幸に陥るよりはまだましと心得て。そうではなく、欲求の荒れ狂うにまかせたり、首をすくめてそれが通りすぎるのを待つというテもある。インフレも、行きつくべきところへ行きつけばデフレとなるようなものだ。「もう欲しいものはない」ということにでもなれば万々歳だ。なぜならそのとき、「悪」が去ったことになるからである。欲望の解脱といったようなことがあるのかどうかはわからない。しかし、本人が気づかないまま病気が治癒するということはあるのである。いずれにせよ、そのためにはやはり欲望の「悪」という側面が監視されている必要があろう。

欲望は、バブル、心の泡とでもいうべき性質のものである。シャボン玉を思えばよい。一時、美しく虚空を舞うが、そのうち自分自身の力でそれは必ずや弾ける。いくら上手に飛ばせても、その結果にかわりはない。ただ違うところといえば、シャボン玉は石けんが材料だが、欲望はだいたい毒液である。弾けると、その毒液があたりに飛び散って害を及ぼす。もちろん、一番にやられるのはその毒液を吹いた者だ。以後、彼の分はもはや飛ぶことはないのである。

第四章　テクノロジーを超えて——一寸先は闇の中で

(一)　何処へ——破滅か、非人間か、第三人類か

1　キリンの首

ヒトの脳は、あらゆる他の動物に比べて、絶対的にも相対的にも（全身体との比率で）大きくて重いとされている。何が原因でそのようになったのかはともかく、おそらくその結果、われわれの文化・文明といわれるものが今日みられるようなすがたとなった。もちろん、その他の点でわれわれが他の生きものたちと特段かわったところがないとしてのことであるが（ないものと思われる）。では、そのヒト脳と他の脳を有する動物たちのそれとを内容的に比べてみるとどうなのか。その点は研究が進んでいて、ヒトの脳は格段に記憶機能を担う部位が発達しているのである。単なる記憶だけなら、カラスの方がずっと覚えがいいという話もあるが、ヒトのはそれが言語機能と深く結びついているらしいのである。その言語こそは、文化の源だった。そして文化とは（文明についてはほとんど関心がないので、以下それを文化のうちに含めて記すことにする）われわれのこれまでの考察で、『人間』のひとことに集約されるものである。すなわちそれはことばであり、思い入れであり、記憶であり、観念そのものである。した

がって実在ではなく、われわれが自分というものを認識する為に記憶装置としての脳内に設立した疑似主体、バーチャル存在である。われわれはそれを自分自身とみなし、その者のために日々大いに活動し、今日の文化を築きあげてきた。しかし当然、そこに現実の自分との関係が生ぜざるを得ないので、それを感知するたびに人は「自分は何者か」とか「人間とは何か」と問わざるを得ないのである。また、これを逆に言えば、それを問うということが可能になったともいえる。あらゆる文化の最奥には必ずやこうした問いが控えている。要するに『人間』は、『人間』(自分のことである)とは何かという問いを離れることのできない存在なのである。それが、あらゆる人に影響を及ぼしつつ今の文化はある。『人間』は、言葉である。したがって、あらゆる言葉がそうであるように、誰でもが自分の経験や思いを詰め込むことのできる容器である。だから、同種同類のものならいつでも、誰とでも容易にやりとりすることもできる。ただし、できるのはそこまでであって、それから先は理解とともに誤解、曲解のたぐいも生じ、ただならぬ事態を引き起こすことにもなる。容器は、あらかじめ特定の鋳型でつくられるものではなく、各人の脳でそれぞれに製作されるものだからである。少なくとも根源的な言葉についてはそのようなものといえる。したがって、たとえ他者から与えられることがあるとしても、その理解は百人百様なのだ。鋳型そのものが、各人の脳において鋳直されてしまうからである。言語が遺伝しないとすれば、それは体内に取り込まれるタンパク質同様、体の機能によって選別されたり、分解・再合成されたりするのだと考えられる。そして体質に合致したものだけがのこされる。

問う、ということは、問われているもの・ことが分からないから行われる。分からないということが分かったときにそれは問われる。『人間』であれば、それは自らに違和感を覚えた時にであろう。「分かった」と違和感とはそれゆえ、人間にはつねにほぼ同時に生ずるのである。それが思春期に特にあらわれやすいことは以前に触れた。それは、世界との不和、自然との不調和、何よりも自分自らとの不和である。問えば問うほど、人はこのくらやみに引き込まれてゆく。しかしライオンは、おそらくライオンとは何かなど問いはしないだろう。彼らは、オスであれメスであれ、純一そのものであるので、その必要がないのである。『ライオン』という言葉をもたない、ばかりかおそらくは自らがライオンであるという意識すらもたないであろう。したがって当然、彼らが〝次の世〟にシマウマとして生まれるかも知れない怖れなど抱くはずもない。〝輪廻〟は、あっても人間固有の事象なのだ。すなわちそれは、文化であって自然ではない。

人間は、なまじ言葉をもったがゆえに、問う者と問われる者とに分断され、その間にさ迷うことになってしまった。そのことをこれまで『ヒト』（自然、ライオンと同じ存在）と『人間』（文化、疑似存在）との間に引き裂かれて在る（ヒト）と言ってきた。それが、肥大化した人脳のしわざであるのか、ヒトのそれであるのかは、はっきりしない。おそらくは相互作用で今日のすがたに至ったのだろう。しかしそのそもそもの初めということになると、脳に何らかの変異が生じたためと推測せざるを得ないのである。ということは、では次にはどのような変異が生じうるかと問わないわけにはゆかないということになるであろう。すると更に、その変異を『人間』が起こすということも考えざるを得なくなる。これは、たとえば人間ロボットが、ヒトを改造するというような話にもなりうるであろう。しかしそういう話はSF小説家に任せて、今はもう少し現在のわれわれに即した考えにとどまっていたい。

「われわれは何者か、どこから来たのか」——自分と不仲となった人々は、もう何千年も前からこのような問いを発してきた、誰に対してかはともかくとして。その最初の答えが『創世記』であったとみなして、われわれは自らの祖先をそこに記されたアダムとイヴとした。彼ら誕生の一部始終は、そのまそっくり現在のわれわれ、ホモ・サピエンス（知的人間）誕生の経緯であり、第一人類（旧人類）終わりの経緯である。もちろん生物学者からは異論もあろうが、しかし旧人と現生人類との間に連続性は保たれているのであり、ただそこにわれわれがいうところの人知というものが加わっただけなのである。それでわれわれが自分を知るというにはほぼ十分なのである。その知ったところについてはすでに十分に述べた。それゆえ、われわれの関心は今や〝次の世〟に移ったのである。「ふたたびは生ずる者となるな」とゴータマ・ブッダが教えた、その〝次の世〟。せっかくの尊き教えではあるが、われわれの知は、自らを克服する為にもそれを無視せざるを得ないのである。ならば、知を以て知を制せというゴータマの修行の教えには背くものではないだろう。

われわれは、『創世記』によれば、神の被造物であり、その原料は土また塵（物質）であり、それを捏ねられた神の手の中から来たのである。そして「来た」とは、創造主の息を吸い込んで生けるものとなったということである。それ以上のことは一切わからない。それは、生命がどのようにして生じたのかが分からないのと軌を一にしている。それは、第一人類にかんする話である。したがって、『創世記』の前半部分の前半の話であると共に生命科学、発生から進化にいたる話だ。われわれにとってはもう終わった話である。われわれの関心は、われわれ現在の自身のこと、すなわちホモサピエンスの始まりと終わりの話である。そしてその始まり、すなわちサピエンス（知性）の獲得とその性質について、これも『創世記』の記すところにヒントを与えられたのだった。それが、いわゆる知の木の実の話であり、それは今日の脳科学の知見と何ら矛盾するようなものではなかった。すなわち、知がもたらした「私」なるものはバーチャルなものだということである。その原因をわれわれは人知に帰した（もちろん、勝手にではあるが）。人知は、自然具有の真の知ではないと断じたのである。

われわれが、今日ここに在るのは、「知」（人知）というものの作用の結果である。そうでないならば、われわれの祖先であるアダムとイヴとともに今も誕生の地である神の国に居た。すなわち自然そのものだった。ここで、「今（日）」とか「ここ」とかというのは、もちろん言葉であり、それは「知」によってアダムにもたらされたものである。「死」とともに。すると「不死」だとか「永遠の生（命）」だとか、「楽園」だとか「天国（極楽）」などとともに「明日」とか「未来、いつの日か」などという言葉も（ほぼ必然的に）生まれた。いもづる式である。このいもづるは、どこまでも際限なく延びたので、ついには自然全体を覆い尽くすまでにもなり、それをわれわれは「世界」とか「宇宙」だとかと言っている。それらは全て存在ではないもの、疑似存在、すなわち影のようなものにすぎない。言いかえれば、知られたもの、知識。そしてその知識は今や限りなく不足していることが明らかとなったのである。われわれは、ほとんど何も知らないということがわかったのだ。自然についても、われわれ自身についても。知れば知るほど、生命は不思議に満ち、宇宙は謎だらけということになった。そして一番わからないものとなったのが自分自身というものなのである。何しろ矛盾にみちている。熱烈に平和を希求しながら、平和は退屈で生きられるものではないと平気で口走ったりする。花鳥風月を賞《め》でつつ、それらを野蛮暴虐と非難してやまない。「善」の為に闘ってはいるが、「悪」の魅力に酔ってもいる。挙げたらキリがない。全ては、「知」、近似的に言葉というものの仕業である。それが無かったら、時空はなく、したがって世界も、われわれ自身も円満そのものだった。つまり、今もみんなして神の園に居た。居て、その飾りでありつづけている。

われわれが獲得した「知」の主たる作用は是非善悪の弁別である(と『創世記』は記している)。その〝善〟に「生」が、〝悪〟に「死」が含まれることとなれば、それは生死の弁別ともなり、〝善〟が「是」で、〝悪〟が「非」なら、それは是非の弁別ともなるわけだ。「知」はこうした弁別をこととするがゆえに、一種破壊的な力を発揮することとなった。破壊の憂き目に遭ったのは自然ばかりではなかった。われわれ自身が今や気息奄々のさまとなったのである。アダムとイヴの、この世における二人の息子は、父母がもたらした「死」に加えて殺人をもたらし、かくてヒトの歴史が始まったのだった。ライオンが、シマウマを喰い殺しても歴史は始まることがないのである。したがって、歴史とは兄弟殺しにほかならないものなのだ。それは「知」というものが、善悪の弁別をこととしながら、何をもってそれを「善」とし、「悪」とするかを知らないところから来ていよう。「知」は、すなわち「無知」なのである。この無知なる知こそが、われわれの歴史の、この世の生の、推進力であった。炎に群れるガたちとどこが違うのか？

われわれは、このような「知」を抱えて（脳に搭載してとでもいうべきか）この先何処へ行くのか。といってももちろん、そのようなことが脳にわかるはずもないのである。もし何かわかりうることがあるとすれば、それは単にわれわれの文化がこの先どうなってゆくのか、あるいはそれをどうするつもりなのかということだけであろう。この前半部分はいわゆる人間の運命（実は『人間』の運命）に関する問いであり、後半部分は人間一般のというよりむしろ個々人の問題、すなわち倫理に関する問いということになる。いずれにしても自然にはかかわりのないことだ。どころか、われわれヒトの内なる自然の問題でさえないだろう。何しろ、「知」がやって来たのは、アダムの努力によったわけではなく、知の木の実を盗んで食ったただけのことだったわけであるし。そうではなく、それが脳の突然変異によったのだとしても事態は何らかわらない。われわれがそれを引き起こせるというわけではないのだとしたら。とはいえ、ある種の努力が、それを可能とすることもあるとしたなら（キリンの首の例もあることだし）、ひょっとしたら歴史を終わらせることもできるかも知れないと期待してもいいことになるだろう。「何処へ行くのか」と問いつづけることもムダではないことになる。

2　行きつく先

われわれは何ゆえに自分たちの行方や意志を問うのか。ひとつには、前に述べた事情によって問わざるを得ないからであるが、誰もが実感している。より切実な理由もある。われわれは、もはや『人間』であろうとすることに耐え難くなってしまったということである。その不自然さには嫌悪すら覚えるほどにも。そして、『人間』を演ずることにはもう飽きた、というよりすっかり疲れてしまった。われわれは誰しも、多かれ少なかれみな後者の素質をもって生まれついたのだが、大半は生涯大根役者の域を出られず、それも多くはピエロ、またはフョードル・カラマーゾフ（イワンやアリョーシャたち兄弟の父親で、庶子の下男に殺害される）にすぎない。『人間』は、存在ではなく、人（ヒト）の営為（文化）であるが、ということはヒトが生きているかぎりやめるということができないもので、引退できない俳優のようなものなのである。できない、というのは、営為のもとであるヒト具有の知性というものがそうであるからだ。「知」というものは獲得するのは容易だが（もとは誘惑に負けて盗んだものだ）放棄したり、逃れたりするのは極めて難しいものである。それを教えたゴータマ・ブッダやイエス・キリストからもう二千数百年も経っているのに、数々の努力にかかわらず今もってできていないのだから、そう言うほかはない。するとわれわれはみな、知という車の中を走り回っているハツカネズミのようなものともいえる。走っても、走っても、どこへも行けないばかりか、永久運動よろしく同じことをただ繰り返すばかりである。それを「歴史」と言っているが、当然それは繰り返しの歴史ということになり、段々面白くもおかしくもなくなってくる。金太郎飴、その構造・断面みな同じ。俳優や、ストーリーは、取っ替え、引っ替えかわるが、ワンパターンの大河ドラマのようなものともいえる。劇場の体質に問題が生じているのだ。もはや誰も彼らの〝芸〟を愉しむ者などいないし、彼ら自身、ハツカネズミ同様疲れてきて、すでに限界である。それでも知力を奮い立たせなければならないとなれば、出し物をどんどん過激にするしかない。そうして出来上がった舞台の質の低下は目を覆うばかりである。それをしかし、喜ばないというわけにもゆかないから（他に喜ぶものがない）一応喜んだふりをしているが、内心はもういい加減にしてくれなのだ。ヘタな芝居はやめろ。

われわれは、『人間』であることにもはやこれ以上は耐えられない。『人間』というこのバーチャルな存在であることに安息を見いだすことはできない。第一、身体が悲鳴を上げている。安息は実在の中にしかない。身体《からだ》がよろこんではじめて、「私」は安心して眠ることができる。とはいえ、今更われわれが『ヒト』、第一人類に戻るなどできないことはまず確かなことなのである。それにはまず何より、脳が縮小して「知」を追い払ってくれる必要があるだろうが、果たしてどうか、あるいは現在の人脳が更に膨張して、別の「知」を搭載し、現「知」を吸収合併でもしてくれたらどうか？　どうか分からないが、いずれにしてもわれわれのどうこうしうるところではなさそうだ。われわれに今できることは、現脳を抱えてそれを（今とは違った方向に）何とか働かせることだけである。『ヒト』でありつつ『人間』であること（すなわち、ヒトであること）は可能かというさし迫った問題を解かねばならない。それはかつて「救い」という問題としてとりあげた。しかし今日、その「救い」を真に求める人は稀である（ように見える）。「祈り」も「修行」も、すでに死語と化した。イエスは、クリスマス・イブにしか思い出されないし、ゴータマはとっくの昔に別のブッダに駆逐されてしまった。しかしでは誰が、われわれを救《たす》けてくれるのか。そのような能力のある人はどこにも見当たらない。

今日、プライドの高い人々は、自分で自分を救けるのだと言い張っているが、その自分の行き着く先をどう考えているのか。それをちょっと見てみよう。そこから、「知」の不可能性が見えてこなければいいのだが。

行方その一。これを第一番にもってくるのは心苦しいところもあるのだが、誰もが心の奥底で密かに思っているにちがいないのでやむを得ないのである――「破滅する」がそれだ。これはすでに近代文学や諸芸術が散々っぱらそのすがたを追求してきているので多言を要しないだろう。ただそれが、「私」の破滅にとどまらず、人類という存在そのものの消滅にまで至るものかどうかは定かでないのである。かつてはノアの方舟《はこぶね》ということもあったのだ。人類が生き残るためには、ただ一組の男女が再びそれに乗せてもらえればすむことだ。ただその一組に、アナタが選ばれるかどうか、これまた不確かなだけである。誰が、どんな基準で選ぶのか、それによるであろう。それはともかく、ここで破滅というのはやはり『人間』のということにはなるのである。その余波が避け難くヒトに及ぶ。しかしヒト自身は、『人間』の暴走以外によっては決して滅びることはないだろう。なぜなら、ヒトの土台は自然にあり、その自然が自ら滅びるなどほとんど考えられないからである。その理由についてはすでに述べた。「調和」したがって「然り」がそれである。ヒトに即していえば、それは身体そのものである。何万年もの時を経て形成され、あらゆる危険を乗り越えてきたこの身体が、そう易々と壊れないことは考えるまでもないことだろう。人口の爆発的増加を懸念する人々もたしかにいるが、自然は、80億人程度のヒトを養えないほど貧弱なものではないはずだ。食糧不足だ、エネルギー不足だというが、それは一人で何人前をも消費する人々がいるせいで（といっても、せいぜい「一パーセント」程度とされてはいるのだが）、いざとなれば他の大多数の人々がそうした輩を追放するか、一人前に収めさせさえすれば相当緩和させられるだろう。新たな開発と称する自然破壊など必要ない、ミニマムならなおのことだ。すると結局、この世からもしヒト（第二人類である）が消滅するというなら、星の運行に異変が生じたとでもいうことがないかぎり、それはヒト内部の異変に起因することになろう。それももちろん、身体にではありえないのだから、残るはヒトをヒトたらしめているもの、「知性」のそれということになる。その知性の営為のことをわれわれは「文化」と呼んできているので、破壊はすなわち文化からということになる。今日これほど隆盛を誇っている文化、しかしまさにその隆盛こそが元凶となるのである。どういうことが生じるか。人々個々には自殺するとか、社会的には仲間同士が殺りくし合うとか、ついには集団自爆するというようなこともあるかも知れない。また人知を弄んだ挙句、さらに強力な殺傷能力をもつ武器や、そうでなくとも先端技術がとんでもないものを発明して（生命科学の産物もこのうちに入ろう）自らその餌食となるか。すでに開発ずみの核爆弾の脅威については有識者たちによる〝カウントダウン〟もなされているのである。その爆弾のスイッチは、主要核保有国の数名の指導者が持ち歩いているらしいのだが、それらの人々の誰かが、もしくは集団で発狂しないともかぎらない。そう言えば、世界中に何百基とある原発とて同じことだ。地震・津波、火山の爆発などよりそれらの運転にたずさわる人間の方が余程怖いとはいえないか。誰かの頭の調子がくるって、そこいら中のボタンを押しまくってしまうと原発はどういうことになるのか。だからといって全自動にすればいいというものでもないだろう。あらゆる機器は壊れるものであり、それは全て人間の原型にもとづいている。飛行機は必ずや落ち、船は沈没し、自動車は暴走、列車は脱線転覆するものと相場は決っている。要するに人知に完全はもっとも無縁なのだ。それが、われわれの運命にかかわるとすると、今後に生じるその運命はただ一発で決まることになるだろう。いわゆる高度化の帰結である。低空飛行の航空機が墜ちても、助かる乗客乗員がいることは期待できるが、高度一万メートルから落下するのにそれはまったく期待しえないのと同じだ。

行方その二は、すでに述べたがそれは『人間』が自らの弱点を克服して、ついには別の何者かになるというものである。一種の変身願望が正夢となるという、夢のようなはなしともいえる。『人間』の弱点についてはもうたびたび指摘した。一言でいえば、それはバーチャルであるということ、したがって実在を希求せざるを得ないということ、それゆえに、自然や自らの内なる自然性に対して、つねにコンプレックス（共感と敵意の同居）を抱いた状態にあるということである。しかしこの『人間』が何者かになるということは、それ自身が矛盾であり、不可能なことであることもすでに触れた。成った瞬間にそれは滅びるのである、と。しかしまさにその滅びに、かつて挑戦した人々もいたのだった。それは、カエルだの、ヒヒだのに成ることを拒否したゴータマ・ブッダや、元々そのように生まれついていた神人に目覚めることを教え、自らそのようであったイエス・キリストや、超『人間』を志したニーチェ等々多士彩々だった。古代の中国にもそのような人はいた。しかし、真人（アラハント）といい、神人、超人、道人などといっても、それらは結局全て人間（『人間』）は人間なのである。それを前には「非人間」と称した。したがって当然、われわれとのアイデンティティに疑いの余地はない。ということは、前段にいう破壊は回避されうるものである。誰かひとりでも、ふたりでもそれに成功し、あとにつづく者がいるかぎり、希望はある。ゴータマやイエスや、孔子や老子につづく人々が今後もでてくるなら、そこに一筋の道がさらにはっきりと見えても来ようというものだ。しかし、それには、並々ならぬ努力奮闘が不可避なのである。それを、機器に代行させるというわけにはゆかない。これは人脳の問題であって、AIの部品を取り替えるようにはいかないにちがいないのである。それに何よりの問題は、われわれ自身が、自らを克服することをそれほどには望まないかも知れないということである。誰にとっても自己否定ほどなし難いことはないのだ。いかに「人間であることには疲れた。うんざりだ」など言っても、イザ真っ向うから「悔悟せよ」などと迫られたらたちまちムキになって怒るようなものだ。それより、文化的伝統という檻の中で、永久運動しつつ死んでゆくハツカネズミの方がずっといいという人もいるだろう。しかしそのような人は、自分がそのハツカネズミであることを知らないのである。幸というべきか、不幸というべきか。

最後のひとつ、それが第三人類になるというものである。この「人類」という概念は、旧人類や現生人類とは異なる人類という意味でもあれば、当然、『人間』とも『非人間』とも異なるという意味でもあり、したがってそれらとアイデンティティを有するかどうか、その辺は定かではないのである。単に、「人類」という用語をひとつにしているにすぎないかも知れない、カエルやヒヒと区別する為に。われわれがかつて『ヒト』であったころ（または神の楽園にいたころ）のことをほとんど覚えていないように、来るべき人類もヒトであったころのことを記憶していないかも知れない。それは、たいていの人が、成人してしばらくすれば赤児であったころはもとより、幼年時代のことをほとんど忘れてしまっているのにも似ていよう。写真や育児日記、どころか手まめなビデオを見せられても、そこに写っているのがこの自分であるとはなかなか納得できないのとさしてかわらない。記録は、記録であって記憶ではないのでそういう事態になるのである。もし第三人類なるものが、われわれと非連続であったなら、こうした心配も無用ということになる。しかしそれではわれわれの未来、「……となる」というのはどうなってしまうのか。それは前ケースで述べたようないかなる努力も無駄ということである。「非人間」となるというのがそれであったが。そうなるともはやわれわれには、来るべき人類について語る何の意義もないことになってしまう。『創世記』でいえば、安息から立ち上がられた創造の神が、アダムたちとその子孫を見て、それが不本意な失敗作であったことを認め、すっかり全部を新たに創り直そうとされるようなことになる。運命は、その新アダムたちの運命ということになるのである。もちろんその際には、先立ってわれわれは全てが〝ゲヘナの火にくべられて〟消滅することになろう。神は、その土と灰を捏ねて、新アダムをお作りになるのである。すると神は、その仕事を終わられて、「よし」とされ、ふたたびお休みになろう。聖書によれば、そのとき(「最後の審判」といわれている)多少の第二人類が燃やされずに残ることになっているのだが。しかし残されても、所詮は少数民族、悲哀はいつまでもつづくだろう。何しろ失敗作の、何とか見られる程度で残されただけなのであるから。イエス・キリストから、二千年余りが経っても人類的「悔悟」がなされていないのなら、それも致し方ない。

しかしそれでは、身もフタもないとなれば、何とか少しはかかわりのある第三人類を想像してみるしかないだろう。われわれのこれまでの議論を踏まえていえば、それは自然に知とは異なる何かが付け加えられた存在ということになるだろう。少なくとも、盗んだものなどではなく、堂々全ての他の存在によって認められ、祝福されるような何か。それが、これまで時々使ってきた「神知」という言葉が含意するもうひとつの知なのか、あるいはより高度化した感性のようなものか、それはわからない。今われわれが叡智と呼んでいるところのものが、そのひとつであるなら、それはふつう〝大自然〟にすべからく備わっているものとされているから、それなら希望が湧いてくる。何しろ、われわれの半ばはたしかにその〝大自然〟の一部なのであるから。われわれは単に、いうところのミニマムでありつづけるだけでよい。それは、身体基準で生きるということであったから、いつの日にか人知は浄化され、神知とまではいかないにしろ、大自然の叡智に恵まれた存在になるかも知れない。それをこそ、神の園の園丁としてアダムを創造された神は、もともと彼に付与するつもりであったかも知れないではないか。すると未来のわれわれは、いやわれわれのことを記憶さえしていないかも知れない第三人類は、全ての生けるものの手本にしてかつ悪魔（サタン）との調停者ということになり、大いに面目をほどこすことになろう。誘惑のヘビなぞ、寄って来るきっかけすら見い出せないにちがいない。

しかし、そのような新たな知は、大自然に学んで、ミニマムに徹してさえいれば、ほんとうに身に付くものなのだろうか。どのようにして身に付くのか。外れたタガが、ミニマムによってふたたび元に戻るとしても、それだけで異形の知が神の与えようとしていた（かも知れない）それに変容しうるだろうか。その変容とはどのようなものか。多くの人々が、これまで考えてきたところによると、それはわれわれが個我（すなわち「私」）を脱却して、大我の存在となることを意味しよう。「大我」とは、この場合、人類の自我とでもいうべきもののことである。人類が、人類であるものとして己に目覚めてあること。知性というものは、まず第一に自我として現われているのであるが、現在のそれはもっぱら自然とは異なる「私」として、または他人とは異なる「私」として現われてしまっている。〝目覚め〟は、その「私」への目覚めであって、その瞬間、人は自然から離脱してしまうのである。いわゆる自他の弁別。その際、他者の認知と、己の認知と、どちらが先だったか、それは誰も憶えていない。イチジクの葉っぱで己れを隠したアダムとイヴに聞いてみるしかない。彼らは、互いに自分が裸であることを愧じたのだったが。しかし彼らがどう愧じようと、それは自分をこそ愧じたのであって、相手をではなかったのである。だから、それぞれに自分を隠そうとした。相手が立派に見えたのにちがいなかった。自我とは、この己を愧じるこころのことである。知がそのようにまずあらわれたのだった。人知は、比較をコトとするものだったので、まずは二人がそれぞれにその知を発揮したのである。そして、生じた自我はその裏返しで己を誇示する道を歩み出した。人はしばしば弱点を秘匿するかわりに、別の何かをもってそれを誇示して行うものだ。いわゆるカムフラージュするのである。あるいは、痛い所を人に突かれると威丈高になるようなものだ。こうして人は、『人間』としての営み（すなわち嘘）を始める。だから『人間』（すなわち文化）は嘘の塊なのである。それを正当化するのもまた知性と呼ばれている。馬鹿では嘘はつけないのだからもっともとはいえる。

こうした知性が、変容したとして、果たして人類の自我などというものになりうるだろうか。それは、ある人（部分である）が人類（全体である）となるということに等しいことだろう。人にして人類。これはかつて、部分と全体として考察した。ある条件下で、部分はすなわち全体である、と。その条件とは自然であること、したがって人知が棄却されていることである。すると、人知の変容などまったく話にならないことになる。人知には（このまま）突っ走って破滅するしか道はないということに。知を以て知を制す、ここに示した第二の道も、ゴータマとイエスをもって終わったということにもなろう。修行も祈りも成就する見込みはもはやない。

　もし人が、誰でも他者の痛みやよろこびをわがことのように知覚できたらどういうことになるだろうか。そのときには、自他の区別など、たとえあったとしても実際的には意味をなさないことになろう。たとえば誰かしら知らない人の腕が、知らないとき知らないところでへし折られたとしたとき、そのようなときにでも自分の腕に痛みが走るなら、その人は「人類」と呼ばれよう。その人の感官は、その人の身体を超えて、地球の裏側の人々のうちにまで張り巡らされていることになる。すると、そのような人の身体は、もはやわれわれが今あるような身体とはまったく構造が異なるものということにもなる。不定形で、巨大または微細で、眼には見えないかも知れないものに。そもそも身体というものは、すでに触れたように、モノというよりはモノたちが集うまたは通過する「場」のようなものなのであるから、そのような身体があっても何ら不思議はないのである。もしこの地球にいないのなら、他の宇宙のいずれかの星にはきっといるにちがいない。その星の〝人類〟は、巨大なアメーバのごとき形姿をしているかも知れない。〝知〟を担う〝脳〟は、その人類ではいたるところに分散しているということもありうる。しかし形姿は、手もあれば足もあり（二足歩行しているかもしれない、ゆらゆらと）、多数の眼や鼻も、その他ヒトにある全てのものが揃っている……ただその形だけが異なって。

　われわれの良寛さんは、アメーバではなかったが、そこいら中のものたちに神経を張り巡らしているヒトであったらしい。それゆえ、田中の一本松にも、夜中の峰のさを鹿にも、小笹に降りそそぐ雨にさえも、それらのものたちのこころを感受し、それらのものたちの中に自分自身のこころも見出すことができていたのだった。他者を知ることと、自分を知ることとが同じことだった。良寛さんは無私の人であったから、そのようなことが可能だったのだろう。無私とは、すでにこれも論じたが、「私が無い」ということではなく（「『私』ではない」とはいえるが）その私が全ての私であるということにほかならない。万物が「私」なのであって、他のもの（他者）ではないということだ。無私である人とは、自分を含めた全てのものたちを「私」（われ）として感受する心の持ち主のことである。もしこのような「私」（われ）のことを「大我」と呼ぶなら、良寛さんこそは典型的な大我の人であったともいえる。もしこの通りであるなら、良寛さんは菩薩どころではないことになる。いや、菩薩なら菩薩でもいいのだが、それをいうならむしろ「第三人類」（の走り）というべきだろう。菩薩は仏となる身であるのだから、すると第三人類とはその仏のことだといえなくもないことになる。「万物には仏性が宿る」ともいわれているのであるから、それも何ら不思議はないともいえるだろう。われわれに必要なのはただ〝仏心〟を起こすことだけということになる。それで即第三人類。

レフ・トルストイは晩年、〝人類の子〟たらんと欲し、家を捨て、家族を捨て、全ての作家としての事業を捨ててシベリヤ鉄道の寒駅に没したが、やや念力がそれでも不足していたらしい。もし念力（おもい）によってそれが可能であったとしたならばのことであるが。ただ、トルストイの〝人類〟というのは、今のこのわれわれの理想化されたものだったのである。『人間』の進化型とでもいうべきものだった。それゆえ翁の最後の思い詰めたその行動は、われわれの第二類型にすぎなかった。それゆえ全ての理想というものが辿る運命を免れ得るものではなかった。当時、レフ・トルストイといえば、世間的には功成り名遂げ、「人類の教師」とさえよばれて、世界中の人々（その中には最高の知性の持ち主とされた人々も数多くいた）に敬愛される存在だった。すなわち自身が彼のいう人類そのもの。したがって、最高最良の人知の顕現。それに老翁は絶望したのだった。すると彼のいう人類の子のその人類とは、どうもわれわれの思っているそれとは違ったものだったらしいことになる。あえて言えば、それはキリストが「人の子」というときのその「人」、すなわち神の子というのに近いだろう。「神の子の子」というものに。翁が、それでも自らに納得できなかったのは、「神の子」（彼のいう人類）たりえていないではないかというその点にあったのではないか。それではイエスの教えに従っているとはいえない。その教えに忠実であらんがためにこそ、彼はロシア正教会を破門されてまで言論活動に取り組んできたのではなかったか。しかしそれでも、肝心のそのトルストイ翁にも、自らがいう人類の具体的なすがたは見えていなかったにちがいない。われわれのことばで言えば、第三人類のすがたが見えていなかったということになる。ただ少なくとも、それは今の人類、すなわち自分を含む全ての人々とはそれは異なるであろう。そう思えば、齢八十をすぎた老翁には焦りもいら立ちも避け難かった。それを見極めないでは死ぬに死ねないと思い詰めもしたろう。その上、家庭内のごたごた（があったとされている）とくれば、もう家出でもするしかなかった。第二人類への訣別の家出。乗った列車が、シベリヤ行きで、第三人類行きでなかったことなど、どうでもよかったかも知れないほど、それは切端詰っていたらしい。それは死後まもなく、ロシア革命が起き、つづいて二度の世界大戦がつづく〝戦争の世紀〟の始まりが控えていたのだったから、もっともというほかはない。

ベルクソンは、列車に乗って第三人類へ行くなどのかわりに、生命の飛躍（エラン・ヴィタル）と名づけるものによってそれが生ずることを予言した。しかしその〝飛躍〟の具体的なありようについては、その生起時期とももども明らかにしたとはいえなかった。その飛躍は人間（『人間』）に生ずるのか、自然（身体）に生ずるのか、等々。そもそも、〝一寸先は闇〟などと言うしか能のない人知をもってしてはそれも無理からぬことというべきか。しかし、自然について敢ていうならば、飛躍とは遺伝子の突然変異のことにほかならないのであるから、人間の関与する余地は極めて小さく、ほとんど期待できそうにもない。なぜなら、今日の生命科学、その他科学は遺伝子の研究と操作改変に余念がないが、それは現在のわれわれの存続と都合に合わせて企図されているにすぎないだろうからである。人脳の構造・機能の抜本的変革など、誰も考えていないにちがいない。それにくらべれば、『人間』の側からのそれには多少の望みがあるかも知れない。レフ・トルストイに不足していたかも知れない念力が、より多勢の人々によって受け継がれてゆくならば。しかし、人知が、キリンの首のようには、その思いによって変容しうるかどうか、その辺はあやしいのである。この段で前に述べた感性といわれる能力もこれとさして違わないかも知れない。それもヒト具有の知性のあらわれ方のひとつにすぎないならば。

ともかく、それやこれやでこの第三人類というのはわれわれには雲をつかむようなはなしにしかならないのである。ただ「人類」という用語をひとつにしているだけで。そのうえ、ここまでくるともはやその「人類」という用語が何をあらわしているものなのか、それすらいぶかしく思われる。自然人類学も、文化人類学も、生物分類学も、それを明らかにしているようには思われない。それは、「人間」という用語の事情とまったくかわらない。人は、これらの用語を使用することによって、分かったことにしているにすぎないだろう。

人知は、過去は理解できても、現在や未来は同じ意味では理解できない。その理解というのはすなわち解釈のことである。現在は本質的に進行形であるので、解釈の余地に乏しく、未来にいたっては未だ存在していないものなのだから論外である。解釈のかわりにくる人知のはたらきは推理推論だが、それは過去の解釈にもとづかざるを得ないもので、解釈同様、百人百様、千差万別ということになる。それでは不都合というので、権威をもって幾つか、あるいはひとつにまとめるとなると、そこに社会問題が生ずることになる。不都合が更に拡大するわけだ。〝一寸先は闇〟の未来となるとさらにやっかいで、人は単に〝希望的観測〟をするか、妄想を膨らますかしかない。それが高じるとついには自己を見失ったり、自ら破壊したりということにもなりかねない。

しかしだからといって、何もしないでいていいのかということは、家出せざるを得なかったトルストイ翁のみならず、誰にもあるはずなのである。その理由についてはすでに十分に述べた。第三人類の実相は見えなくとも、またその出現にわれわれが直接関与できないとしても、それを念頭に置いて少なくとも、われわれは第二人類である自らの行く末については責任を負わなければならない。それは確かなことで、そのためにこそ「責任」という言葉もあるのである。責任とは、ある関係性にもとづいて、他者のなした結果の責めをこの私が負担することである。この関係性と他者の範囲は、この私のありようによって、いくらでも拡張されうる。第二人類というのがそれである。したがってどのような人も、第二人類の行く末についてはその責任を免れないのである。第三人類に逃げ込むなど、許されることではない。

（補足）利他主義ということ――または、文化兎について

第三人類とは、来るべき人類のことである。したがって、人類は人類なのである。ただ、未来のことなので、未来一般同様、それがどのようなものであるのかがわれわれ（第二人類）にはわからない。われわれが生じたようにして、それが生じるものか、それもわからない（というしかない、この知をもってしては）。しかし、わからないで済ませるというわけにもゆかないことは、これまで縷々《るる》述べてきた

ところである。そこで、われわれはわずかの望みを託してあるひとつの言葉に着目した。それが「大我」、すなわち人類の自我というものである。もちろんそこには、「人類」が「自我」の主体たりうるかという問題はある。しかしわれわれは、存在するのは自然であって、「私」なのではない。「種」や「生命」（全体）なのであって、個体なのではないと言ってきた。そこには、全体と部分との区別を離れた、一如の存在があった。それゆえ、人類の自我というものがあっても何ら不思議はないのである。むしろ、科学的には、個我すなわち「私」こそがバーチャルなのだということも参照した（「私が脳を持っているのではない、脳が私を持っているのだ」という例の考えである）。

ともかく、この「大我」によって、ただひとすじ二つの人類は切れずにつながっている。「われ（我）」がその糸である。しかしその「われ」は、われわれが具有する知性においては、自然（または「種」）が具有するかも知れない知性とは異なり、直ちに自然から離脱するしかない性質のものなのである。相当クセのあるもの、もしくはアクの強いものだ。「大我」は、われわれの考察ではちょうどこの逆のものになっている。全ての個我（だだっ子のようなものである）を大きく包み込んで、なおかつ己を失うことがない、毅然としたものだ。都合上、決して己を主張することはないが、しかし必要とあらば病根を切り落とすことも辞さない。それは、かのイエス・キリストが、全身が冒される前に、悪をなす手を切って捨てよと教えた、その教えの通りである。自然に悪なるものは存在しないが、そのかわり多くの不都合はしばしば発生する。大自然はすみやかにそれを取り除き、「種」もまたこれに同じ。そこに〝私情〟の入り込む余地などはまったくないのである。ゆえにこその〝然り〟であるのだ。しかし「大我」は、そうであっても、われわれの「私」ではないので、余程のことがないかぎりはその「私」をも含む全ての存在を呑み込んで悠然と構えているのである。

では、どのようにして二つの「われ」は連続しうるのか。どのようにして、「我」は「大我」に化けるのか。それが分からないので昔からこの種の話は右往左往するばかりだったのである。今もそれは少しもかわらない。ただそのなかで、ひとつの努力が注目されてきた。それがいわゆる利他主義（という生き方）である。古今東西にあまねきもので、仏教の菩薩もそのひとつの具現である。身近には、良寛さんが涙してやまなかった〝月の兎〟というものもあった。しかし、近代のダーウィン氏は、それを自然にはまったく観察されない不自然なものとして否認した。それかあらぬか、今日では世界全体が、「私」が他の「私」を食い合う、いわゆる競争に満ちたものになっている。しかし最終的に勝ち残るのは何者なのか、またその勝ち残るということがどういうことなのかについてはほとんど誰も明らかにしてはこなかった。さしづめ、人間のうちの誰かが、全世界をその意志の支配下に収め、それによって万々歳といったことを考えているのだろうが、そのようなことは果たして可能なのか、また、何か意味（意義）のあることなのかとは問わねばならないのである。それは、われわれの「私」というものが、「わがもの」という思い（ブッダのことばである）を免れ得ないところから生じている妄想の類いであろう。

ダーウィン氏の見解は、われわれの目に見えやすいように（自然を）見た結果生じたものであろう（とわれわれは考えた)。しかし自然というものはそもそも、さまざまに見えるものであって、それがどう見えるかは見る眼の性質次第なのである。その意味で彼の眼は、西欧的個我の色あいを帯び、それ以外ではなかったというほかないものである。もちろん、こう言ったからといって、今昔物語の兎が、自然の中に存在するなどというつもりは全然ないのである。自然の兎(つまりウサギ)は、ダーウィン氏のいう通りのものであろう。ではそれは非真実(嘘)なのか。文化は嘘でできているものなのだから、それもその通りであろう。利多主義(的行動)は、文化兎固有のものであるということになる。その文化兎に、なぜ良寛さんほどの人が涙を流して感動したのか。そしてそれをなぜ、われわれは何度も採り上げるのか。それはまさにそこに、かすかな希望を見出すからである。

一口に利他主義というが、それも簡単にわかるというものではなく、自利利他といったもの(それもひとつというわけではない)から単純にして正真正銘の利他行為までいろいろある。自利利他の純粋なかたちは仏教の菩薩さまにあるだろうが、世間には他人を利するという回り道をして結局は自分を利するという功利的とまではいわないまでも、ややちゃっかりした処世術もあるのである。それが「共存共栄」などということになるともう立派な政治主張にまでなる。しかしそれらは全て、利他の衣を被った利己、より大きな利を得るための手段にすぎないものである。要するに「私」のためのものだ。利己主義の一部ではカッコが悪いから利他主義の一部になっているというようなものだろう(カムフラージュである、文化得意の)。どのみち、主義(または「道」)であるから、そこに何らかの嘘の入り込むことは避けられないのである。これに対し、文化兎のにはその嘘が（文化であるにもかかわらず）まったくない。兎は、衷心から老人のために身を焼いたのであって、それによって得るものなど一切考慮しなかった。いわば純粋利他をいとも簡単に実行したのだった。したがってそれは「主義」とは無関係だった。ダーウィンが指摘したのはどの利他であったか。そこはよくはわからない。彼はただ、自然界には利他主義的行動は観察されないと言っただけらしい。その利他主義的行動が、文化兎のそれであるなら、それはもっともにちがいないし、実のところ文化、いや人間界にもそれはほとんど観察されない稀有な行動なのである。人間は、「私」を逃れられない存在なのだから当然のことだ。しかしそれをいうなら、自然は「非我」なるものであるから、話は逆になるのである。利他がありうるとすれば、ほんとうは自然においてしかありえないのだ。この問題を解く鍵はもちろん、その「非我」にある。したがって、利他と同じく利己もまた存在しないのである。いいかえれば、いのちの営みはわれならざるものであるということだ。それをわれわれはかつて歯車にたとえた。われわれを含む全ての存在が、歯車と同質（すなわち「非我」）であるなら、利己も利他もないばかりか、全ての個体の営みに有益も無益もないことになる。個はすなわち全体である、したがって個も全体もそもそものようなものはない。ならば兎に何のためらいがあろう。だから文化兎は、ためらうことなく己が身を焼いた。老人が生きることは、己が生きることであることを、考えるまでもなく知っていたのだ。ならば彼（彼女かも知れないが）を文化兎というわけにはいかないだろう。それをいうなら、純粋自然兎とでもいうしかない。文化が、己を突き抜けてその純粋自然に到達しているのである。残念ながら、ダーウィン氏の観察したと信じた自然は、自らの文化にすぎなかったともいえる。自らのすがたが自然という鏡に映っただけ。それを先には〝眼〟のせいにしたわけだが。しかし良寛さんの眼には、文化兎ならぬ純粋自然兎のすがたが映った。そして、できることならこの自分もそのようでありたいと強く希ったにちがいない。天帝の粋なはからいなど、そのときどれほどの意味をもっていただろうか？　そこはいわば付け足しにすぎなかっただろう。もっとも、そのせいで、涙は更に余分に流れ出たにはちがいなかったかも知れないのだが。その涙はもちろん文化涙である。

自利利他行をされる菩薩様は、兎ではむろんなく、どちらかといえば天帝に近いだろう。そして無事修行を了えられてブッダと成った暁には、天の父なる神同様、よき者のうえにも、悪しき者のうえにも、惜しみなくその光を降りそそぐことになるのである。利他主義は、あくまで経過的、過渡的なのだ。その目的は、ブッダというよりは太陽（大日如来）となること。自己自身との格闘に疲れ切ったラスコーリニコフに向かって、予審判事ポルフィーリィは言う、「太陽のようになんなさい」、と。われわれの第三人類もついにはそのような存在でありたいではないか。

（付）ロボットが人間になる日――その日、人間は何になっているだろうか

⑴　イミテーション

完全な出来の各部品を、完璧な仕方で組みあげると、申し分ない機器が出来上がる。少なくともそういう前提でつくられた多数のものたちが、今日のわれわれの暮らしを支えている。とはいえ、そうしたものたちの全ては、われわれ利用者が自ら操作し、用に供しているのである。その点、原始の昔、ヒトびとが発明したとされる数々の道具類と何らかかわるところはない。すがた・かたちはかわっても、機能の根幹はゆるぎないといえる。そして今日、それら道具・機器類は生活のあらゆるところで用いられ、日常的にまず不足を感ずることがないまでになっている。いわゆる便利快適である。それもすでに飽和状態に達していると指摘されることもある。ミニマムを生きるわれわれならばなおのことだ。

ところが最近になって、そのないはずの不足が生じるようになってきたのである。ひとつには、人々が長生きするようになり、したがってその日常生活を支える道具類が必要になってきた。さまざまな介護用の機器、医療用、健康増進用機器などなど。そのうえ、特にわが国などいわゆる先進国では、人口減少が進み（これは、「貧乏人の子沢山」の逆現象と考えられよう）、働き手が少なくなってその分機械に頼ることが多くなっている。しかし、たとえ移民等によってその働き手を確保したとしても、そうした今日的道具類は、完璧に作ることも使用することも困難なことになっているのである。いわゆる高度化した。

そこで、それら不足を埋め合わせるために（だけとはいえない、経済的理由もあるのであるが）自動機械（ロボット）というものが発明されることになった。あらゆる操作・作業を機械化して人手を省く、それ以上に手もとのくるいといった不都合を排除しようというのである。古来の道具は、まさにその手もとで生きるようにつくられているのだが、今日の道具は人の手はむしろ邪魔なだけなのである。しかしいずれにしても道具は道具なのである。おのが用に供するという目的からしても同じだ。

するとと今度は、そのおのが用というものが問題になる。どこまでそれを機器が代行してくれられるだろうか、と。それは、要・不要を超えて、どこまでも追求され、ついには黙っていても何でもしてくれるかつての召使いや執事然とした存在を求めるまでになる。何でも彼でも、自分で判断して御主人様にかしずく召使い。庶民も殿様を目指すようになるわけだ。モノがあふれかえって、庶民の家には置場もないが、これならまだ望める。創る方は売れる。だから、自動車メーカーがロボット開発に血道をあげたりしている。召使いのような機器のことを、ふつうロボットとしてイメージしているからだ。もっとも自動車メーカーの場合は、当の自動車の自動運転車というものの開発にも余念がないわけだが、それも自動的に働いて用を足す〝足〟というので、もはや用をなさなくなった足を抱えた年寄りなどには大変な恩恵となるはずのものである。王侯貴族願望とはやや趣を異にするが道具であることにかわりはない。召使いと違うところは、御主人様の意向を自主的に忖度しないということぐらいだろうか。しかしこの違いはいずれ決定的なものになってゆくものと考えられている。知能ロボットといわれるものが急ピッチで開発されつつあるのである。それは、もはや道具とは言い難く、友人とも言えないもので（この点はいずれまた問題になるのだが）、結局召使いまたは奴隷のような存在としかいうほかないものである。近代が廃止したものを、今まさに復活させようというのだ。今度は、人権は問題にならない、それは自分たちの創ったものだから、という論理。しかしこの論理が、いつまで通用するかは定かではないのである。それはいずれわかることになるだろう。ここには、自分たち自身も被造物であるという観点がすっかり忘却されている。それはともかく、人々は今や、限りなく人間に近いロボットというものの開発に熱中している。殿様、いや世界の支配の為に。そのロボットをもって、自然の全てを代替させようとせんばかりである。自然は、ネコ一匹言うことを聞かないが、ロボネコならその心配はない……。お年寄りでも、引っ掻かれる心配がないから安心して抱ける。

　知能ロボットというのは、人工知能といわれるコンピューター搭載のロボットである。その〝人工〟というのは、人が、限りなくヒトの脳に似せて作ったという意味らしい。しかも、人脳（ヒトの脳）の機能や能力をある面では凌駕していて欲しいという意味もそこには込められているらしいのである。するとそれはスーパー能力脳ということになるが、それでいてなお限りなく人脳に近いものをいうのだ。人脳には及ばないが人脳を超えている脳という奇妙な脳、それが人工知能というものらしい。するとその開発者は（開発中なのである）人脳の再創造を目指しているわけではないことになる。しかし、開発者の中には、まさにその人脳を、近似的に人脳の能力を凌駕するコンピューター脳を開発しようとしている人もいるらしいのである。それを搭載したロボットは、姿・形の外形もヒトに似せるとすると人間のそっくりさんになると期待されている。そのそっくりさんは、どこまでそっくりになれるか、それが次の課題ともなっているだろう、。しかしその点は後回しにして話を少し戻そう。

脳の機能といえば一般に、感受―判断―指令というのが基軸と考えられているだろう。そしてこのそれぞれに記憶と思考とがかかわっている。その記憶部分に、ヒトの指令にはさらに言語が、思考には推論がかかわっているのである。ここに指令という部分のうちには喜怒哀楽の感情表出も、もちろん含まれている。ヒトの場合にはそれが長期的記憶に触れると、そこにまた新たな感受が生じたりもする。ひとつの感受が、複数の指令を出して本人をも他の人をも困惑させるなどということになる。しかしそれでは人工知能としては不都合であろう。人工知能に求められているのは、単純明快かつ力強い能力といったところで、複雑性は要らない。感受、判断、指令の人脳機能の全てにかかわり、できれば利用者である人はそのいずれにもかかわらずして用が足りるという風であって欲しい。とすると、その人工知能を搭載したロボット（ロボット人間）というのは、ヒトからおそらくはわれわれ（『人間』）にとって不都合な何かを差し引いたものということにはなろう。その他は全て同じ、いやできればわれわれ『人間』以上であって欲しい。われわれの何倍もの力持ちで、何十倍もの計算能力を備え、何倍もの予測能力をもつなどは当然として、そのほかに人が一々指示しなくてもその気持ちを察し、喜怒哀楽を感受し、それに同情したり、忖度して予め不快なものを除去しておいてくれられる、そういう能力を具備した超優秀な執事または召使いであって欲しい。では一体、そうしたロボット人間（すでに、人が操作するものという概念を脱していよう、プログラムも、自己学習（ディープ・ラーニング）で更新するのである）から差し引かれているものとは、それがもしあるとするならば、それは何であるか。ふつうにはそれは自己意識（すなわち「われ（我）」）といわれている。ではなぜ、ロボット人間からはそれが差し引かれることになるのか。差し引かれざるを得ないからであろう。なぜなら、それほどの能力をもつ存在が、「われ」なる存在となったなら、彼らは自分を、自らが仕える人間たちに比較し、当然に「われ」の優位性を認識し、したがってこれも当然に、逆に人間共を支配しようとするにちがいないと疑われるからである。なぜ疑われるのか。もちろん、われわれ自身がそのようにしてきたからである。人間（『人間』）は、その優位性を自覚するにおよび、生みの親であるヒトで蔑視し、ついには使役するに至ったことを自分自身知っているからだ。「知」というものがそもそも比較をコトとするものであり、また支配を求めるものでもあるからである。

幸いなことに、今のところわれわれは人工人間（ロボット人間というのは、今やその用語自身が矛盾するものとなった）に、意識というものを、意識一般としても、自己意識としても、与えることができていない。それは意識というものが、そもそも何であるかが、少なくとも人工的に創造できるまでには分かっていないものだからであり、そうである限り人工知能がいかに進歩しても右のような心配をする必要はまずないのである。造れるのはせいぜいロボット人間ばかりで、それは人間のイミテーションにすぎない。贋物はどんなに精巧につくられていようと所詮見破られ、破棄される運命にある。とはいえ、そう遠くない日、本物の人間が、自分のイミテーションに是非善悪のお伺いをたてる日がくるだろう。その日は本物の方が破棄されることになる。

(2) 嘘が真に進化したら

人間というのは、意識を具有するに至ったロボット（すなわち自動人形）であるといえなくもない。そして自動であれ、操りであれ、人形というものは被造物である。その説明が気に入らないという人は、意識といわれるものが、どのようにしてわれわれに宿ることになったのか、そこのところを説明しなければならない。それは、同時に、人脳はコンピューターではないのだと説明することにもなるだろう。さらに同時にそれは、意識といわれるものが、情報の集合といったものではないことの説明にもなっていよう。実際的には、これらの順序を逆さに辿ってゆくことにはなるだろうが。

しかし目下のところ、これらの説明ができたというはなしは聞かないので、われわれは被造物でありつづけている。そして意識とは、創造主の息吹き、古代ギリシャでいうなら生命と同義のものである。どちらにしても、それらはわれわれが自らつくったというものではない。原始の海（または陸）から生じた一個の細胞が、漸次的に自ら獲得していったものとして意識を考えるなら、生命に限りなく近づいたロボットもいつの日にかはおのずから意識を獲得するかも知れないが、それは人間がその被造物であるロボットに生命を与えうるようになってからのはなしかも知れない。非生命体であるままロボットが意識を具有するとなると、意識と生命とは別物ということになる（註1）。

意識のない生命は生命ではないのか？　それは、植物やいわゆる植物人間が生命体ではないのかと問うことにもひとしく、常識にそぐわない。その常識によれば、意識は脳内にのみ存するもので、脳のない生命体にはかかわりのないものだ。もしその通りなら、脳のある生命体には、多少の差こそあれ意識は存するはずだということにもなる。そこでダーウィン氏が登場するとすると、脳が発達するとともに意識も発達し、その頂点にあるのがわれわれヒトであるということになる。またその発達というのは生命体が環境に適応するため、次々と生ずる遺伝子の変異を〝自然選択〟したということである。その結果、今日のわれわれの意識もある、人脳と共に。しかし、その肝心の脳は、何者の脳であれ、どうして生じたのか、どうして植物には存しないのか。それも細胞の〝自然選択〟の結果ということになるのだろうが、そのプロセスについてはよくはわからない。そのプロセスはコンピューター脳の発達プロセスと同じなのか、違うのか。というのは、コンピューター脳の発達は明らかに人為選択だが、それが自然選択とプロセスにおいて同じまたは酷似するなら、人為はついに自然に同化するものとなるはずだからである。ひいては人間は、全ての自然構成物を模造することができることになろう。それらを再構成すれば、もはや不都合な自然は要らないということになるかも知れない。

ロボットにもどろう。われわれがこれまで言ってきた『人間』というのは、ここにいうような見方では未来のロボット人間、いや人工（造）人間、すなわち純粋なヒトの被造物である。われわれ以外誰も手を加えていない、われわれが理想とする未来の人間だが、ただわれわれ（ヒト）の意識は（そのプロセスがもし違うとすれば）具有していない。たとえ意識を具有しているとしてもそれは彼ら自身の意識であるものを獲得しているのである。したがってヒトの意識とは一致していないだろう。『人間』で肝心なのはまさにその一点なのである。なぜなら、われわれはもう長いこと（ひょっとしたら、目覚めのその時以来ずっと）広大なヒト意識の、その広大さに悩まされつづけてきたのだからである。『人間』である（ことを希望する）われわれには、その全貌を知ることができていない。そこに、「知」に目覚めた者のいら立ちもある。思春期を迎えた誰もが、そのいら立ちの頂点に立つ。そしてそこで、たいていは人生最初の挫折を経験する。すなわち、それまで知っていたと思ってきたもののすべてが分からないものと化してしまう。その中でも一番わからないのが、他ならぬ自分たち、いや自分そのもの。自分の中に、他人を抱え込んだのである。人だけならまだしも、すべて他者なるものを。それをわれわれは逆に〝離脱〟と言ってきたのであったが。『人間』（自分、この私）には理解も感受もできない広大な意識世界というものがヒトの意識には広がっているらしい。意識下の意識とか、無意識の意識とか、集団意識とか、暗黙知とか、集団知とか……それでは、この「私」という意識は何なのか。何か意味あるものなのか。なぜなら、『人間』（であるはずの「私」）にとって、知ることも、したがってコントロールすることもできないものなどがあること自体不本意なことだからである。

人間（と人が思っているところのもの、すなわち『人間』）は、ヒトの広大な意識世界を、そのままにはもっていない。その人間がつくり出すロボット人間は、『人間』の意識は具有しているかも知れないが、おそらくはヒトの意識世界にはいないであろう。もしヒトの意識までをも具有するに至れば、われわれは完全に自分たちと同じような存在をつくり出し得たことになる。そのとき、どういうことが起こると予想されるかはすでに述べた。その存在は、やはり思春期を迎え、悩み（己が何であるかについて悩むのである）、悩んだ末に自らがバーチャルであることを把握し、本物の存在（ヒト、自然）であることを目指すだろう。同時に、己が能力の格段に優れていることを自覚し、己が目指すところを蔑視したり、排除さえしようとするかも知れない。要するに自己矛盾にも苦しめられることになる。しかし、ほとんどのロボット開発者（または人造人間開発者）は、こうしたことまでは考えていないらしいので、当分は安心していられるだろう。SF世界には、やがて人間に敵対する人造人間（サイボーグ）が登場するが、それまでには間がありそうだ。何しろ彼らは、まず目覚める必要があるわけだが、その目覚めのメカニズムは人間においてさえ分かっているとはいえないのだから。

ところで、人体のうち、脳を除くほとんど全てのパーツを進化した機器によってそれを代替しても、「私」は「私」でありつづけるだろう。「私」が脳の中にしかいないとするならば（註2）。そのようなことができる時代であれば、心臓はもとより、血液などの体液も人造液でまかなえるようになっているはずで、脳髄が壊死してしまうようなことはないにちがいない。もっとも、脳髄も細胞の集合体であるから、細胞の劣化を防ぐ方法が開発されていなければならないわけだが。ともかく、意識というものが脳とともにあるものなら、その脳さえ維持できていれば、他はすべて何によって代替（代置）されたとしても、それによっては「私」は滅びることがないと期待される。人類永遠の夢とされる永生実現の有力な道である。すると、その永生というのは、ほかならぬ「私」の永生のことになる。彼らが永遠に生きつづけても何の意味もないものだ。逆に、彼らが全て死に絶えても、この私さえ永遠に生きつづけるならばまずはめでたしということにもなろう。ただし、それでは話し相手にも不足し、少々淋しいというようなことはあるだろうが。その場合、その話し相手は、脳力が生み出したロボットで代用することにもなろう。そのころのロボットは、ここにいう脳人間の喜怒哀楽に十分対応できる能力を具備しているにちがいないからそれで間に合うわけだ。

「永生」を前にしたとき、要するに「私」は代替不可能である。するとそれは、「私の代わりに生きよ」と、弟ジノーヴィ（現ゾシマ長老）に申し渡した彼の早逝した兄マルケルの思いとはまったく相容れないことになる。マルケルの意識は、彼の脳髄とともに（のみ）あるわけではないことになるではないか。しかし世の中では一般に、誰かが、誰かの代わりに生き継いで、彼らの思いは永遠へと列なってゆくのである。ということは、人々がいつとはわからぬまでの昔から（とはいっても、「私」が生じてからのちのことにはなるはずなのだが）、憧れつづけてきた「永生」というものは、マルケルや、ひいてはイエス・

キリストが人々に教えた「永遠の命（とこしへのいのち）」とは異なるもの、少なくとも同じではないものということになるのだが……。「永生」というのは「永遠の生命」の略語ではなく、「永遠の生存」のそれと言ってもよい。生命の永久存続ということになると、人類の存続と同じで、もはやそこには個体生存、ましてこの私の生存など、ほとんど問題にもならなくなってしまうのである。個体は単に、全体の永遠性に奉仕するだけの存在になる。この私の脳だけわざわざ存続させる意味がまったくなくなる。

では、まったく逆のことにしたらどうか。脳だけを、もっとましな人のそれ、または進化したコンピューター脳に入れ替える。これもまた、人がいとも古くから密かに希ってきたところであろう。役立たずの自分の頭を、憧れの人のそれに替えてもらえたらどんなにいいだろう、と。しかしそれによって、私がこの私でなくなってしまうというのでも困る。アイデンティティは保持されなければ意味がない。方法はふたとおりある。憧れの人と私の意識が共有されること（同化というべきか）、またはこの私の意識をそっくり受け継ぐことのできるコンピューターを搭載すること。前者がもしできるなら、脳外科医師は必要ないことになるだろう。わざわざ脳を入れ替えるまでもないにちがいない。弟ジノーヴィ（ゾシマ）が引き継ぐ兄マルケルの意識というのもこのケースになるかも知れない。しかし、外科手術（脳の入れ替え）にかわるどんな方法がそれには必要なのか？　その点についてはすでにわれわれはこうした議論をつづけるうちにおのずからなるヒントを与えられているのである。それについてはあとでまたゆっくり検討しよう。それは、「理解」ということにかかわりがある。では後者、コンピューター脳への入れ替え案の方はどうか。それが、人の知情意を自己学習によって模倣することができるなら、もはやオリジナル脳は無用ということになるだろう。むしろ邪魔。そのうえ、そのコンピューター脳が、「私」意識をも継承するなら、変身願望はまさに正夢ということになる。ここに『人間』永遠の夢が実現ということに。そうなったら、旧「私」の肉体など、もはやそれも無用ということにもなるだろう。旧体は腐るのでむしろ困る。それも恒久的な素材のものに替えてしまえ。ここは好き好きだが、旧体の姿・形を保存したければすればよい、お安い御用。ひょっとしたら、これがいわゆる第三人類なのか？　するとそこに現代の生命科学など介入する余地はないことになる。生命科学がなしうるのはコピー（コピー人間）の造出程度かも知れないということになる。もっともそれでも、それが自在にできるようになれば、少なくとも社会生活上は本人の代行がすっかりできるということになり、恩恵はかなりあるはずである。ただし、コピーはコピーというやっかいな問題は残ることになる。真贋の間にある問題と同じだ。

意識は、情報や記憶と深いかかわりがあると推測されているが、それが生ずるメカニズムといったものは未だ明らかではない。記憶はまた単なる記録ではなく、情報同様、集積すればいいというものでもない。想起という、もうひとつの脳の脳力が作動しなければ、ただの点ひとつひとつにすぎないものだ。楽譜でいえばいわゆるオタマジャクシの類い。それらは、演奏家に読まれてはじめて音楽というひとつのまったりとしたものになる。演奏は、再現といわれることもあるが（「再現芸術」の類い）より秀れた演奏となるともはや作曲と同じ「創造」と評価される。記憶とその想起との関係も同様であろう。人は単に、昔のことを思い出すだけではないのがふつうというものだ。「私」というのもこれらに似ていよう。人は、あるときその私に目覚めるが、その日以来曲「私」としてそれを演奏しつづけることになるのである。そしてその「私」は、ついには比類ない作品となってゆく。それを人類規模にしたのが、これまでわれわれが言ってきた『人間』というものである。比類はないがバーチャル。

コンピューターも最近では絵も描くし将棋も差す。それもプロはだしで。ゾウさんのお絵描きどころではない。囲碁にいたってはすでにプロを超えている。それはコンピューターお得意の推論脳力のおかげで、絵や音響といった〝創造〟分野では未だしのところがあるようだ。それが少なくとも人間(ヒト)並みにならなければ、われわれの代行にも限度があろうかというものだ。アンドロイドでは満足できないのが人間である。しかしそれがいつの日にか可能となった暁には、名実共にわれわれと見分けがつかない存在となるだろう。違いはただ一点ということになる。それは、一方が人造人間であるなら、もう一方は神造人間(ふつうには「自然人」ともいわれる、法律用語ではあるが)であるという、由来の一点。すると最後に残るであろう問題もただひとつになる――由来の違いは、どのような影響をその存在に及ぼすであろうか、と。それは、天照大神(またはイザナギ・イザナミの命)由来の人と、『創世記』の神(またはアダムとイヴ)由来の人とが、その由来によってどう影響を受けているかと問うのとさして違わないだろう。しかし、人々は、いずれの世界にあっても、争いつづけ、今日では相互に戦いつづけることになっているのである。「文明の衝突」といわれる大戦も引き起こしている。そこに、由来の異なるもうひとつの新人類（〝人類〟と呼べるかどうかはともかく）が登場するとどういうことになるか。彼らは、その由来上、もともとスーパー人間なのであるから、われわれにとっては容易ならざることになるだろう。一定条件下では、彼らは自爆するとでもいう性質を具有しているのでないかぎり、われわれの立場は困難だ。もはや召使いにかしづかれる御主人様然としているわけにはいかないだろう。

ならば、そうなる一歩手前、われわれがいまだ主人の体面が保てる範囲で開発をやめておけばいいではないか。意識のみを外した、ロボット段階のもので。しかしそれは不可能であろう。それこそがまさに不可能。それが「知」というものの性質であることはこれまで十分に見てきたとおりである。「知」は、タガが外れたもの、人のコントロールの及ぶものではないのである、ふつうには。「知」には、天にも昇るプライドがあり、理性は、このプライドの前には歯がたたない。

その昔、神は御自身に似せてアダムを創造された（とされている）。今日、そのアダムの子孫たちは、創造主を捨てて、その命にも背き、この地上でこれを楽園となさんと生きている。

今日、人間は自分自身に似せてロボット人間（またはコンピューター人間、人造人間）を創造しようとしている。いつの日か、それが増殖して多数となったとき、彼らは自らの創造主であるわれわれを捨てて、その命にも背き（何かをきっと命じられているであろう）、この地上を彼らの楽園となさんと生き始めるだろう。われわれはそのとき、消え去るのみ……この地上を去って別の星にでも行ってやり直すか（註3）。


（註1）ロボットではないが、かつて盤余《いわれ》の池の畔で殺された大津皇子は、その墓穴の中で死んだまま意識のみを回復させるという話もある（折口信夫『死者の書』冒頭）。

（註2）ここにいう「私」は、「私であるという意識」のこととしている。それが、脳内にのみ存するというのである。

（註3）輝く〝電脳〟の前に全ての人々がひざまづく光景を語る人もいるが、それはまずないであろう。何しろ、全知全能の創造の神、主なる神の前にさえ、何のかの言ってついにそうはしなかったのであるから。

(二) 自由について――『人間』は自由ではありえないものである

1 社会的動物か私的動物か

われわれの動物としての一面は、『ヒト』がヒトとなったからといって喪われたり、縮小されたりしたはずはない。進化が、脳の発達によって生じたのか、進化が生じたから脳が発達したのか、その辺の事情は生物学者の領域であろう。しかしそもそも進化というのは、われわれが進化して今日在るというのは、われわれが動物だからのことである。知性の進化ということもしばしば言われるが、それは一種の比喩としてのことであろう。言うなら発達で十分なはずである。そしてまさにその発達した知性は、われわれの動物性を否認したり、縮小したりしたくてしょうがないのである。ヒトであることをさえ拒否して、『人間』であることを願望するまでにも。

いかに願望してもしかし、われわれは今もってヒトそのものである。当然われわれの営為、生のいとなみは自然のそれと軌を一にしており、その法則(註1)・原理・掟に従っているだろう(そういうものが自然にあるのであればのことであるが)。それらに逆らう(反自然ということになる)などということはありそうもなく、得策でもないだろう。何しろ自然というのは、巨大な実在であり(そうではないという人はいるが)、われわれはその一部分にすぎないのである(これもそれを認めない人々がいるらしいのではあるが)。ならば「尻っぽは犬を振れない」わけで、発達した知性でなくともそれぐらいはすでに知っているはずである。

だとすると、自然と己が内なる自然性に逆らい、そのうえそれらを改変しようとすることなど、知性のマヒしている人のすることというほかはない。では、ルネッサンス以来、今日に至るまで、人々が熱心に擁護しつづけてきた人間性なるものは、そのマヒした知性のことだということにならざるを得ないではないか。〝知性人〟たちは、その間一貫して自然と自然性を蔑視し、排除さえしようとしてきた。その結果、かのイエス・キリストもひょろひょろになってしまったのであろう。たしかに「自然に還れ」と叫んだ人もいるにはいたが、しかしそれも本物の自然というよりは文化としての自然、われわれのいう花鳥風月のたぐいだったのである。自然を都合よく理解してのことだ。その都合のいい自然理解は今日ではアングロサクソニズムとなって、自然の大きな迷惑になっている。

知性がマヒした状態の人のことはしばしば「ケダモノのようだ」とか「非人間的だ」とかといわれる。しかし知性のマヒというのも、その発揮同様人間特有のことなので、すなわち人間的なことなのである。本物のケダモノ、いや獣（けもの）は、人間のようには決してタガの外れたような行為はしないし、もちろん悪をなすこともないのである。「ケダモノ」や「非人間」を言う人の頭の中はすでに『人間』に汚染され、占領されていて、そこにいわれる人間というものには現実性がない。その現実性とは、とりもなおさずわれわれの自然性のことなのである。

シマウマの尻にかぶりつくライオンは、単にライオン的なのであって〝ケダモノ〟とはかかわりがない。彼らは幸いにして非ライオン的行為はすることができない。おそらく許されてもいないだろう、もし許す者がいるとしたなら。ひとり人間だけが非人間的行為をすることができる。それゆえその非人間的行為こそがまさに人間的なのだというのである。人間が、ライオンについて言われるようには(百獣の)王の品格を有していないのはそのためにちがいない。ライオンの品格とは何か。それは彼らには欲望というものがないことであろう。欲望を下品と感ずるわれわれの感性が、ライオンを百獣の王としているのだ。そしてこの百獣のうちには、われわれ人間も含まれてしまうのである。人間の王の多くは、欲望によって生み出されたものだから。生まれながらの王であるなら、もちろん彼はライオンに似ていよう。そしてさらに言えば、人間の下品は、「私」に由来するのである。「私利私欲」がその下品な行動の代表であることからもそれは容易にわかろうというものだ。しかしこれらのことについてはすでに他のところで十分に述べた。

知性というものには、自然性がそうであるようには、いわゆるタガがはまっていないらしい。それゆえ、知性が活動し始めると人はたちまち迷走してしまうのだろう。それは、ものごころついた子どもにも見られる困難である。適時適切な大人の助言や指導がなければ、彼らは〝自分で自分がわからない〟状態に陥り、ついには身の処し方を誤る。他人や社会が取り囲んでいればこそ、彼らのみならず全ての人が自分を保っていられるのである。それをもって、「人間は社会的動物である」というならしかし、それは正しいとはいえない。〝人間〟は、動物ではないがゆえに〝社会的〟であらざるを得ないというだけだ。われわれの営んでいる社会生活なるものは、自然から見ればむしろ非社会的と見えるだろう。それももっともで、われわれ（『人間』である）が営んでいる社会生活なるものの実態は個人（すなわち「私」）生活にほかならないものだからである。したがってその社会生活の中心にあるのは「私」同士のやりとりであって、「私」を超えるものとの関係なわけではない。「契約」はそのやりとりのひとつの具体的なかたちである。ユダヤ人はその昔、神と契約を結んだとされているが、しかしその神とは彼らの「私」物化した神にほかならず、いわばヴォータンのようなものにすぎないだろう。そのヴォータン（『ニーベルングの指輪』のややこっけいな主神）がいつも手にしている大槍が〝契約の槍〟なのである。

社会というものはそもそも『人間』以外の生きものに一般的なものであって、それあればこそ多くの生きものはその生を完《まっと》うすることができているのである。サルはもとより、昆虫にも、鳥類にも、魚の群れにも観察されうるものだ。そこには厳格なまたはより緩い掟があって、それに従っていさえすれば生存はひとまず安泰なのである。逆らって得るものは何もないのがふつうだ。そして、自然一般に属するものはみな逆らおうなど思いもしないらしいのである。

もしわれわれにも社会性というものがあるとしたら（特段にあるとするのが社会的動物説であろう）それはまず第一にヒトの自然性由来のそれであるにちがいない。『人間』のは、自然一般を観察した結果、それを模したもの、または改変したものだろう。それは自然を都合よく解釈した結果、頭でひねり出したもののはずである。すなわち人知の産出物。そうであるならば、われわれの社会が、歴史同様、かくも綻びだらけであるのも納得できるというものだ。その不自然なすがたは、今日いうところのアングロサクソニズム（補記一）社会に極まっている。彼らは、自然のうちに、強者が闘争によって生き残ったり、ボスが群れを支配したり（それらの結果、富や平和が約束されると信ずるのである）するのを見て、それを自分たちの社会の掟として取り入れるのである。「自然には利他主義は観察されない」などと言って、自分の利己主義を正当化したりもする。それをもって「自然に学んだ」結果だと言ったりもしている。しかしより正確には単に学んだと称しているにすぎないのである。本当の学びは、自然には己がないということでなければならないのだ。したがって利己も利他もない、と。自然の真実は、調和のうちに安立している、したがってそこに〝競争原理〟などいうものの入り込む余地はないということなのである。それをこそわれわれは学んでこなければならなかったのだ。

自然のうちに絶えざる闘争、弱肉強食の〝掟〟を見るという眼は、「私」によって曇っているものといえよう。そのうえ、そのゆがんだ眼を狡猾に利用しているものでもある。そこまで言わないとしても、単に視点の相違からくるものではあるだろう。弱肉強食というのは真実ではない。それはそう見れば見える、言えば言えるというにすぎないものだ。何のためにそうするのか、それはもちろん己が幸せのためである。それを弁護せんがため。そうであればこそ、アングロサクソニズム社会のシステムは「自分だけが幸福になって、他の全てが不幸になるシステム」と批判されたりもする。自然界にはそのようなシステムは存在しない。しかしこの点については調和について述べたところで十分に検討した（第一章㈡、㈢、㈣）。

（註1） 中んずく因果律といわれるものが好んで採り上げられてきた。「自由意志」の信奉者たちによって。

（補記一）「アングロサクソニズム」について

ここにいうアングロサクソニズムというのは、今日われわれ一般を支配している次のような考え方をひっくるめたもので、アングロサクソン人とその文化について厳格に検討されたものというわけではない。ただ今日のわれわれは、欧米系の人々の思考の一種の癖ともいうべきものに席捲されているので、それを言う便宜のためである。その癖とは、

(1) 個人の自由の尊重（ほとんど絶対視されている）
(2) 無限大の幸福の追求（これをわれわれは「マックス指向」と言ってきた）
(3) 「戦って勝つ」という倫理的価値観
(4) 科学（サイエンス）と技術（テクノロジー）の信奉（人間の可能性に対する無反省な信頼、いわゆる進歩主義）

いうまでもなくわれわれは、右のような思考に打撃を加え、もって自己を回復するとともに来るべき新しい生き方を模索しようというのである。それはいわば、弱者が勝って生き残る世界だ。そこでは「柔和なる者」が、地を嗣いでいよう（註1）。

（注1）『マタイ伝福音書』第五章−五

（補記二）『経済』様

法則・原理・掟——といったようなものが果たして、自然や知性にあるのかどうか、またあるとしてもそれらのどれがあるのか。どれでもない、あるのは何者かの意志（思）であるという人もいる。それもないとなれば、全ては行きあたりばったりということになる。いや〝因と縁〟とがあるではないかという昔からの意見もある。しかしそれは、人の知性をもってしてはいかんともなし難いものであるから、ふつうには人の勝手にはならない。因果関係など、しばしば逆転さえするのである。

法則も原理も掟もみなそろっているが、誰によってもコントロールされていない、され得ないというものもある。『経済』（『人間』に似ている）はそういうものの典型的なものといえよう。むしろその『経済』こそが、われわれをコントロールしている、いや支配さえしているように見える。するとわれわれ現代人は、『人間』に代えて、『経済』という擬似主体を（御主人様として）立てているとも言えよう。自ら立てているのならば、それが実体として支配であったとしても、われわれは被支配の憂き目を見ることはないのである。自由が奪われているなどということはない、『経済』様こそがわれわれ全てを自由に、したがって幸福にしてくださるのだと信じてさえいるだろう。そうでなかったならば、日々、その『経済』様のためにコキ使われているのに、かくも柔順でありつづけられるわけがない。

経済は主として社会問題であるが、ここでそれに言及するのは、それが『悪』の免罪符として都合よく利用されているからである。食う為にならば、悪事もやむを得ないということだけではない、自由を自ら喜んで放棄する人間の抜き難い奴隷根性が気になるからのことである。われわれはその意味では食わない自由というのも当然に自由のうちに入れているのである。

2 自由を阻むもの

かつては、人間の証し、人間が人間であることの証明ということがさかんに求められ、また行われてもきたのだった。そのなかからいわゆる人間性なることばも生み出され、それを完備する人は人間の中の人間（われわれいうところの『人間』）とされたのである。

人間が、人間であることの証しとして今も求められつづけているもののうちには文化の発展・文明の進歩といったこともある。今日のような、いうところの近代社会が誕生するごく初期には、それらの上に「自由・平等・博愛」といったもの（スローガンである）があったのだが、今日ではすでに過去のものとなった観がある。それは目下進行中の世界的規模の不平等や不寛容、そのあらわれとしての格差社会や戦争が十分に証明していよう。自由のみは現在でも真剣に希求されつづけているが、しかしその自由とは、進歩・発展を追求する自由以外のものではなく、追求しないという自由はそこには含まれていないし、含まれうるというものでもないのである。したがって、進歩・発展と不即不離の関係にある自由と民主主義を標榜するアメリカが世界中で起こしている戦争に表立って反対する自由な人々というのもいないわけだ。もちろんそこには、経済に束縛された人々の打算というのもはたらいているにちがいない。そのうえわが国のように、アメリカに「寄らば大樹の陰」を決めこんでいる国もあって、自由と進歩・発展を大義名分とする〝アメリカの戦争〟(かつてベトナム、アフガニスタン、イラクで遂行され、今もイランや北朝鮮などとの間でくすぶっている)に歯止めをかける者がいないのである。そのアメリカに、大量の移民・難民が流れ込んでいるのは、「自由・平等・博愛」のゆえか、その幻想のゆえか。しかし、ワラにもすがりたいほどにも溺れている人には、幻想ですらもがそのワラに見えるのである。アメリカの方が未だマシだというのだが、しかしそのアメリカはかつての希望の大地とは似ても似つかぬものと化しているのである。相対的貧困(格差)、差別、戦争。事態は悪化の一途を辿っているが、しかしここはそのようなことにかまける場所ではないので成り行きにまかせることとしよう。われわれのテーマは、ここでは自由と、それに向かっての解放ということである。かのフランス大革命が目指したところの第一のものだ。

しかし、いかにわれわれが文化の発展、文明の進歩、自由だ、解放だと言ったところで、「それが何だ」というひと声の前では誰しもたじろがざるを得ないだろう。知性ゆたかな人であればなおのこと。そのうえ感性ゆたかな人の耳には、たしかにその声が聞こえるのである。どこの誰の声とも言い難いのではあるが聞こえてくる。たとえそうした感性、知性が余程鈍化していたとしても、われわれがかくも誇る文化や文明が、風の一吹き、波の一寄せで跡形もなく消え去ってしまうことは誰でも知っていよう。ポンペイ、楼蘭はいうに及ばず、近くは東日本大震災もある。それらによって分かったことは、風も波も、大地も空も、われわれの文化・文明などへとも思っていないにちがいないということだった。実際、われわれの文化・文明、知性の証しであるその成果を、われわれ以外の何者が評価しているだろうか。敬意を払ってくれる者はさらに少ないのではないか。世界文化遺産に遠慮して犬がションベンを引っかけるのをためらうだろうか。その文化遺産にしても、数々の近代文明の所産にしても、それらは結局、人間の幸福追求の結果生じたもので、いずれの裏にも人間以外のものの迷惑と不幸とがべったりと貼りついているのである。人間が解放され、自由が当たり前となった近代以降はことにそれがひどくなり、最近ではそれらは〝地球問題〟と一括してよばれるものとなっている。迷惑が地球規模にまで拡大したわけだが、その地球のうちにわれわれ自身もいるのである。自由へ向かっての人間の解放というかつての大義が、単なる欲望の解禁にすぎないものに帰着した。その原因は、すでに述べてきた通りであり、ひことで言えば「私」にあったのである。

最近では、自由を叫ぶかわりに人は「尊厳」だとか、「自己実現」だとかいうことばを好んで用いる。そのなかに「自由」というものをみようというのであれば、自由もより内面化したと言うことができるだろう。その分、現代に革命は縁遠くなったともいえる。ともに語られる民主主義も曲がりなりにも社会に定着してきたわけであるし。解放されただけでは足りない、解放されたのちどうあることが自由であるということなのか、ということを否応なく考えざるを得なくなったのだ。自由の享受ということだが、それは幸福の手段と同じことで、享受しようと思えば思うほどことはやっかいなことになってくるのである。常時漂っている臭いを人間の鼻は感受できないように、常在する自由・幸福を人の心は容易にはそれと感得できないのである。いわば鼻が馬鹿になるように、人の心も馬鹿になるようにできている。いや、いつからかそのようなことにわれわれの脳がなってしまったのである。それがことばの獲得に起因するであろうことはすでに述べた。

われわれの脳は考える――自由であるという以上は、そのためにはそれにふさわしい何かをしなければならないだろう、と。死の恐怖から解放されただけでは足りない、尊厳死する必要がある、飢えから解放されただけでは足りない、〝美味求真〟こそ人間のすることだ、等々。その究極はおそらく〝自死〟(これも尊厳死のひとつの形ともいえる)というものであろう。これは、「死んで己(「私」)を守る」というもので、この点がいわゆる自殺とは異なるのだと主張するのである。大局的にみて単なることばのあそびにすぎないようにも思えるが、大真面目な本人にそう言っては失敬だから誰もそうは言わない。しかし、生命より「私」の方が大事なのかとはやはり問うてみざるを得ないだろう。しかしもちろん、この答えは容易ではない。その原因は、このような問いの設定そのものに問題があるからである。昔は、「死んで名を残す」という死に方（実は生き方）がたしかにあったらしい。その死にっぷりが当人の〝名〟となって世に長く記憶されることが期待されたのである。

ともかく、人間性と自由追求の結果（であろう）、今日では死ねない人が急増して困ったことになっている。ゆえにこそ、死の自由といった、かつてはマイナーな自由であったものも堂々、陽の目を見ることになったのである。とはいえ、〝尊厳死〟によって果たして死の尊厳というべきものは確保されるのだろうか。というのは、死はかつて人間にとって酷薄きわまりないものだったが、同時に厳粛なものとして敬意をはらわれ、人々を規律するものでさえあったからである。洋の東西を問わず死神という神が存在するが、それはその尊厳において貧乏神などとはまったく異なるのだ。

死の尊厳の反対語があるとしたら、それはひとつには生の尊厳ということになるだろうが、ではたとえば〝自己実現〟というものによってその生の尊厳は確保できるのだろうか。そもそも、それら尊厳とは何のことなのか。「尊」（とうとい）は、「生」についてはどうなのか。「厳」（おごそかである）は、「死」についてはわかるが、「生」についてはどうなのか。人はふつう、この「わかる」方については気安く語るが、「どうなのか」の方についてはあまり口にしないようだ。しかし、死の尊さ、生の厳かさというものはたしかにあり、昔から折にふれてそのありさまが伝えられてきたのである。それからみると、今日、生も死もやや軽くなってしまっているのではないか。地震や雷のような父や、観音様のような母が、今日では男友達・女友達のようになっているのと何だか似ているようでもある。

生死の尊厳といい、父母の尊厳というものも、それらは一体誰によって与えられるもの、いやどのようにして生じるものなのか。もしそれらが低下しているとするなら、それは生死や父母のせいなのか。そうではないだろう。それは、生死父母が私物化された結果であるにちがいない。私の生、私の死、私の父、私の母……となってしまったからだ。しかしその「私」は、〝実現〟に奔走しなければならないような怪し気な存在なのである。「私の尊厳」と言いたいところだが、言ってみたところでどうにもならないことは当の「私」自身が一番よく知っていることだ。

文化・文明のように自分（人間）以外の何者によっても尊重され得ないようなものは、真に価値あるものとはいえない。自由（また幸福）といい、尊厳というも、それが他者から祝福されない、結果として自己満足にすぎないようなものであっては、その自己満足すらが不満足ということになってしまうだろう。犬がフンと向こうを向き、猫が無視の居眠りをするような人間の自己実現（すなわち『人間』）では、何が実現したことになるのか。

人が、人間性や自由といったことをことさらに叫ぶのは、かつてはともかく今日では自分が自由であることに、また人間そのものであることに自信がないからであろう。尊厳だ、自己実現だというのも右に同じで、それらについての自信のなさの白状といえよう。そしてその自信というものは、大ていはまさに他人をアテにしてのものなのである。他人に認められてはじめて「自信がついた」と人は言うのだ。ならば、そんなに自信が欲しければ犬や猫にでも認められたらよいだろう。餌さえ与えればよいのだからさして難しいことではないはずである。しかしそのような自信では、人は決して自由になることも、自己自身であることも多分できない。自信というのは、自らが自らを信じる、いや信じているということである。するとあとは、それをどう保ちつづけるかということのみが問題となる。それゆえ、かのゴータマ・ブッダもこう教えた――「それ故に、この世で自らを島とし、自らをたよりとして、他人をたよりとせず、法を島とし、法をよりどころとして、他のものをよりどころとせずにあれ。」(『ブッダ最後の旅』－大パリニッバーナ経－第二章二六)この教えの冒頭にある「それ故に」の「それ」とは、ゴータマには人々を教え導くつもりがないというゴータマ自身の気持ちを指している。(同、二五)要するに、あれこれ言わず、黙ってしっかり修行せよというのである。そうすればおのずから自立した人間となり、人々から尊敬を受ける人間ともなれるはずだというのだ。ではその修行はどのようにすればよいのか。それもつづいて示した。「アーナンダよ、ここに修行僧は、身体について身体を観じ、熱心に、よく気をつけて、念じていて、世間における貪欲と憂いとを除くべきである」(同、二六後半)。ここで「身体」と名指されているものは、いわゆる肉体、生身の体というものではなく(それも含めてはいようが、何しろ九ツの穴が空いているわけで）「世間」における存在としての人の全体のことである。それゆえゴータマはさらに観察すべき対象を、感受、心、諸々の事象としている。みな、アテにならないものの典型だ。だから、よく見張っていて決してそれらに振り回される者となるな、と。

自由という言葉を口にするとき、人は自らが何によって束縛を受けていると考えているのか――他人（または社会）によってか、自然によってか、自分自らによってか。それは自由を言う人とその時々の状況によっていろいろだろう。それも、ひとつだけとも限らないかも知れない。しかし、いずれにしても、自由を叫ぶ以上は、それを妨げるものの存在を意識していないわけはない。かつてはそれは、少なくともその最も大きなもののひとつは他人、いや社会全体だった。この社会のうちには、多数の人々をツァーリの圧政から解放して成立したロシアの共産主義社会も含まれるのであるが、それらについてはここでは問題にならない。自然による束縛というのもやはり同じである。かつては、自然というものがわれわれにとって大きな制約だったが、それはあまりにも大きく強力であったので、そこから自由になろうなどと考える者はほとんどいなかったのである。毎年、台風やハリケーンの猛威にさらされていても、誰も逃げ出したりはしなかったようなものだ。自らの内なる自然性というものを見てみてもさしたる違いはない。たしかに老いや死は、幾つかの難病とともに今もって脅威であり、それあるがゆえに思うようなこともできない状態に陥っている人もいる。痛みから解放されたいと必死で希っている人もいよう。しかしそれも今日では発達した医療技術のおかげで大分軽減されてきているのである。それで今では、寿命もかつての二倍以上にもなった。同時にわれわれは今や世界有数の金持ちになったので、カネの悩みからもかなり解放されている（はずだ）。それかあらぬか、わが国では「貧乏人の子沢山」の逆の現象が生じていて、それが悩みのタネとなっているほどである。

ひとつの悩みが去っても、別の新たな悩みや願望がどこからかやってきて、われわれの心に棲みつく。一旦棲みついた悩みの虫は、不安や疑念同様、放っておけばどんどん増長して、ついには手が付けられないまでになる。それが「心」というものの性（さが）である。だからゴータマもその心をこそ心しての見張れと教えた。教えたのは、心全般に対する見張りである。喜怒哀楽、その全部が油断のならないものだと注意した。中でももっとも油断できない心、それが「楽」であって、欲望がそこから成長するのだとである。その欲望こそが「苦」の元凶、よって止滅されるべきものの筆頭とされた。人が、自分自身から受ける束縛というものを感じることがあるとすれば、それはこの欲望という心の働きが最高潮に達したときであろう。そのとき人は、自分のコントロール下にはない他人のような者の存在を感じないわけにはゆかないからである。よく〝欲望の奴隷〟ということが言われるが、まさにその通りだろう。欲望のままに振る舞って、俺は自由だなどと叫ぶ人は余程のノーテンキということになっている。

しかしその余程のノーテンキを、ルネッサンス以来、人々はよろこんで求めつづけてきたのである。求めたのは、欲望の解放であり、表向き掲げられた人間性の証しとしての自由とは欲望の自由にほかならなかった。それは今日、アングロサクロン族の人々がおおいに推進するところとなっている。その自由のおかげで、われわれはたいていブクブクと太り、糖尿病その他のいわゆる生活習慣病に悩まされることになったのだが、それも物かはである。何しろ昔の倍も長生きできることになった（その為に「苦である」期間が倍になったとはもちろん考えない）わけであるし。何より、人生が豊かになった、充実してきたと思えるようになった。命懸けで美味求真の道に邁進している人などは、その姿が求道者的であるとして、人々に敬意の念を起こさせてもいる。それほどまででなくとも、消費過剰のため借金まみれとなっているアメリカ国民だが、それでも彼らは自由と民主主義の民として世界をリードしつづけている。尊厳の方は、たび重なる戦争と肥満とによって多少傷ついているが、それでも大多数の人は、自分の欲望や文化（単に風俗習慣としても同じことになる）によって束縛を受けているとは感じていないだろう。戦争も肥満も尊厳の低下も、ことの成り行き、二次的現象として、それが真の自由の喪われた結果だなどとは思ってもみていないにちがいない。

もちろんわれわれの知性は、欲望やそれとすみやかに結託する『悪』（これについてはすでに述べた）を制止したり予防したりすることを知っているし、その気になりさえすればできもするのである。しかし現代ではそのつもりになる人などはもはや稀である。それほどまでに、「私」とその実現、その価値にたいする信念は強固なものとなっているわけだ。

かつてヒューマニストたちは、人間の〝理性〟というものを固く信じ、それあればこそ人間は動物たちのような欲求に身を任せただけの行動から守られているのだと主張した。そこに自由も尊厳もある、と。すると、彼らがアテにしたその理性なるものは、われわれのいう知性（欲望は、その知性ゆえに生ずるもので、それについてもすでに述べた）とは異なるもの、少なくとも特別な知性というべきもののことになるだろう。知性は元来、是非善悪の元であるが、理性は是と善を、非と悪とから守るものというわけだ。これがいかに怪しかったかは十九世紀、二十世紀の歴史が証明した。理性が全盛であった時代に、悪もまた全盛であったのだ。今日ではその上さらに欲望という心の働きも全開状態になっている（註1）。そしてその陰で、われわれの自然性は気息奄々である。要するにわれわれは今日すっかりタガの外れた状態にある。誰が、理性などいうものの存在を信じるだろうか。

理性と並んで、かつて人々がアテ込んだものに良心といわれるものがある。その心あればこそ人は悪から身を守られているのだ、というのである。これが逆に作用したのを「良心の咎め」と言い、それを受けることはいかなる法律上の咎め（罰）を受けるよりも厳しくこたえるものとされていた。しかしそれは、神仏とか、お天道様をアテにするようなもので、今日天にも昇るプライドの持ち主であるわれわれが表立って認められるようなものではないのである。他人から、あいつは良心の咎めを受けて苦しんでいるなどと言われてはとんだ恥だ。意地でも封印ということになる（なっていよう）。こうした意地もまた、いうまでもなく知性のなせるわざ、人間固有のものなのである。そしてふつう、意地を張ってトクすることは何もないことになっている。自尊心が満足するだけのことだ。

全てこれらのことは、要するに人は自分自ら、自らの知性、そのあらわれである文化というものによって、もっとも厳しい束縛を受けているということをあらわしているだろう。文化の一部である法律はしかし、ある意味束縛であると同時に解放でもあるものである。それゆえ今日では法律学の教え（「法は最少限度の社会規範である」という）に反して「法律を犯さなければ何をしてもいい」（法律は最大限度の社会規範）ということになっている。理性も良心も出る幕はないわけだ。ちなみに〝良心の自由〟という言葉もあるが、何のことやら。その良心こそは、理性と同様、知性の内なるものなのだ。そしてその知性こそ、二重性をまぬかれないために混迷のうちにあるものなのである――自由とは決して相容れない。ということは、『人間』であるということは、決して自由ではありえないということでもあるだろう。『人間』はヒトの知性の被造物（バーチャル存在）にすぎない。したがって元来ヒトに依存してのみ在るというもので、自由が問題となりうる主体性を有しないからである。その主体性を獲得しようとして、『人間』は生みの親であるヒトを（否認はできないとさすがに知るので）虐待するのである。今日多発している老父・老母の虐待と何らかわらない。動物のよくなすところではもちろんない。動物は、鳥も獣も、『論語』を読んでいないので親に孝養を尽くすことはないが、そのかわりいじめをはたらくこともないのである。それは、成長が完了すると、完全に親からは独立するからであろう。親も子もそれをこそ望んでいるから、いつまでもべたべたしたりはしない。

（註1） 全開しているのは「自由意志」だと言う人もいる。欲望がそれで〝自由〟になるならのことだろう。

（補記） 再び『経済』について

今日の経済とよばれる人々の活動は、全ての人の欲望を煽り立てることで成り立っている。そしてその経済によって社会も国家も成り立っている。決して他のものによっては成り立ちえないと言っているかのようである。誰がそのように言っているのか。いや、誰がわれわれの欲望を煽り立てている（「消費意欲を喚起する」などという風に言われる）のか。それについては一般的にほとんど何も語られてはいない。そのためにか、『経済』ということば（経済学用語）は、勝手にひとり歩きしていて、あたかも実体をもつ何ものかのような観を呈するに至っている。その見えない実体によって、われわれすべては一括して消費者と呼ばれ、統計対象として扱われてもいる。ほとんど身も心も経済という支配者に支配されているように見えるほどである。しかしこれは、いわば「魚心あれば水心」の類いであって、経済に支配を受けてもそれをよしとするわれわれ自身のなせるわざなのである。自由よりも経済というわけだ。かの『大審問官』も、イエスを荒野で試したサタンも大いにわが意を得たりと喜ぶ事態だ。

近代とよばれる人間の一時代は、その経済の時代でもあった。ルネサンスに端を発した科学と技術が、十九世紀になってついに極まり、産業革命を起こしたときから、経済の全盛期もまた始まった。それまで、王家や国家のものであったそれが、一般市民のものとなって爆発的に発達したのである。そして事実上の支配者（バーチャルではあるが）となった。この関係が、われわれいうところの『人間』とヒトとの関係に似ているというのである。

もし人が、脱近代ということを言おうとするなら、したがって当然に脱経済ということをも言わなければならないはずである。むしろその中心課題とさえなっていなければならない。何しろ、かつての支配者はもうほとんどいなくなったわけだし。すると、自由ということも、中んずく経済からの自由ということにならざるを得ないだろう。経済のことは、われわれ庶民は「カネ」として承知している。「江戸っ子は、宵越しのカネは持たない」というそのカネ。キリストが「財宝《たから》は天に積め」と教えたその財宝というのも、平たく言えばそのカネだ。少なくとも今日の理解ではそうなろう。しかしなぜか、「脱経済」を叫ぶ人はいない。それは『山上の垂訓』や『八正道』を叫ぶ人がほとんどいないのにも似ている。天から不可能だと決めつけているからか、ナンセンスだと見くびっているからか。しかしわれわれはこれからその不可能、またナンセンスを大いに語ろうとするのである。まっとうな道を、したがって自由を取り戻すために。

3　自由な人は——

自由については昔から、身体的自由と精神的自由というものがあるとされてきた。双方合わせて身心の自由というふうにも言われる。それは、身も心も、自分自身をも含む何者によっても拘束も束縛もされていない状態のことである(註1)。至ってわかりやすい、簡単なものだ。この観点から人を分類すると、自由である人とそうではない人との二種類だけになってしまう。少しだけ、身か心か、その双方かが自由である人というのもある(いる)だろうが、ふつうそういう中途半端な人は「自由人」とは言われないし、当人もそうは思えないだろう。片方の足だけ何かに繋がれていて、他の手足全てや心に思うことなどが何の拘束も受けていなかったとしても、それをもって「自由である(少しだけど)」などと言う人はまずいない。ところが、ある状況下にあってはそれがいる(ありうる)のである。全身がんじがらめになって身動きできない人でも(カネが無くても身動きはならないのである)朗らかな人、したがって明らかに自由である人もいる。その逆で、身心ともに何の束縛も受けていないように見える人でも、自由そうには見えない陰鬱な人もいる。そういう人の顔には固定観念の存在が刻印されていることが多い。この辺から、自由はややそう簡単ではないということになってくるのである。自由であるか、ないか、それが身心の解放によって獲得されるか、されないか、それが「自由」というものを巡る問題とされているのだが、果たしてそれだけか。というのは、人がかくも自由を希求するのは、昔も今もそれが己が幸せをもたらすものと考えられてきたはずだからである。最終目的は「幸福」。では、自由ならどんな自由でも人にその幸福をもたらすのか、と問わなければならないことになっている。そこから〝自由の重荷〟という観念も生じた。自由こそはまさに不幸の元凶だというのである。さらに問題はやっかいになってくる。「自由である」ということと「自己である」ということとは深いつながりがあるからである。それはたとえば今の固定観念を刻印された顔といったものによくあらわれている。その人は、ある観念に束縛されているというよりは、自己自身ではないのである。単に、自己ではない人。それゆえ自由ではないにちがいない人。なぜなら、幸福特有の表情がそこには見られないのだから。そこで自由というものはさらに二種類の人の元となっていることがわかる。自由（不自由）によって幸福（不幸）である人と、そうではない人と。そのうえさらに、見せかけの自由と真の自由というものがありうることは昔から語られてきてもいるのである。これらが全て組み合わされると自由の諸相とでもいうべきものがでてきあがることになるだろう。もちろんここでわれわれが問題としてとりあげるべきは最後に挙げた「真の自由」であり、それは昔のわれわれの間では〝悟り〟とか〝解脱〟とかといったことばで語られていたもののことである。

「自由」とは、ただ今現在自由であるという人の身心の状態を表わすことばである。したがって、その自由である人というのは、はじめから自由であるか、既に解放されて自由となっている人かのいずれかだろう。少なくとも、これから自由になるはずの人というのではない。また、身心の状態とはいっても、「自由」という以上、自分が自らを「自由である」と実感しているのでなければその意味がないだろう。ところが、それがそうでもない。もし真に自由である人がいたとするなら、その人にとってまさに「自由」にはその意味がないはずなのである。自由である人が、何ゆえ「自由」などということを思わなければならないのか。それにも意味がないはずだ（註2）。

中国の古いおはなしには、自分が弓の達人であったことを忘れてしまった、どころか弓が壁に掛けられているのを見ても、それが弓であることをすら忘れてしまった達人が登場するが、自由の達人がもしいるとしたらこれとさしてかわらぬこととなっていよう。「自由」という言葉はもとより、自分が自由であるという感覚すらもはや消滅してしまっているにちがいない。しかもまさに彼は自由であろう。自由を希求しつくして、それを妨げる一切を片付けてしまっているはずなのだから。

この「自由」のところを「存在」と換えると、それでも言わんとするところはまったく同じであるだろう。ただ今現在存在しているものに存在はない、と。まだ存在し得ていない者だけが「われ思う、ゆえにわれあり」など言うことになるのである。さらにそこに「幸福」を代入してもやはり同じである。人がこれらのことをさかんに言うのは、そうとでも言っていないかぎり、不安で、よるべなく、今日生きゆくことも難しく感ずるからだろう。しかし、『白痴』（ドストエフスキーの小説）に登場する肺病やみの青年イッポリートは、彼の目に映る一匹のハエの幸福について語る――そのハエは、自然の一部として「自分のいるべき場所を心得、それを愛し幸福である」のだった。（第三篇七）そのハエが幸福であるというのは、もちろんイッポリートの思いにすぎず、当の虫は全身に陽の光を浴びてぶんぶん飛び回っているだけなのである。彼がそれを「幸福」というのは、どこにも居どころというものがないわが身に比べて、存在の確かさというものを感知できるからだった。ハエは、われなる存在ではないが、それゆえにこそ確固たる存在だというのだ。

『戦争と平和』のピエール・ベズーホフは、モスクワ放火犯としての死刑を免れたのち、フランス軍の捕虜として、彼等のモスクワ撤退に同行させられていたが、凍てつく星空の下、突然大声で笑い出して叫ぶ、「俺は自由だ!!」と(註3)。そして幸福感に満たされる。彼は、そのとき置かれていた極限状態のなかで、己の確かに存在することを感じたのだった。そして、存在するもののその存在を縛ることは何者にも、またいかにしてもできないと悟った。銃殺の恐怖もそれゆえ消え失せた(行軍中に倒れれば、プラトン・カラターエフのように銃殺されてしまうのだった)。「生きる・死ぬ」なども問題ではなくなった。大事なことは、人間であるかどうかなどでも、自由であるかないかなどでもない、その内容なのだ。内容とは、安立しているということである。安立(ふつう、〝安心立命〟といわれる)とは、何者にも依存することなく、自らの力のみによって存在しているということである。他のどのような力にも頼らない、ということは他のどのような力の影響も受けないということだ。われわれの昔からのことば「悟り」というのも、この安心立命の境地を指していよう。ピエールが凍つく星空の下で自覚したのもこの安立、すなわち存在であっただろう。彼は何も「俺は自由だ」などと叫ぶ必要はまったくなかったのだが、そのとき彼が置かれていた状況が捕虜というものであったので、その状況に応じてそう口走ったにすぎなかったにちがいない。

星空の下ということになると、『カラマーゾフの兄弟』にも似たようなシーンがある。ほとんど唯一の頼みであった師ゾシマ長老の無惨な死に遭って、アリョーシャは悲嘆と絶望のすえに、突然何者かに突き動かされたように星空の下の大地にひれ伏す。その瞬間、彼の心の中には、「あの無限の大空のように確固不動な何ものかがそっと入りこんで」来たのであった。それゆえ、「彼が地面に身を投げ出したときには、弱々しい一人の青年にすぎなかったが、立ちあがったときには、もはや生涯びくともしない戦士だった。」（第三部第七篇四）

自由（である）ということは、存在（安立）しているということである。存在しているものは全て自由であり、自由である者は全て存在している、一匹の虫でさえも。言いかえればそれは、何ものにも依存しないということである。少なくとも自身が属している世界の他の存在には。束縛されていないというだけでは足りなかったもの、それは自立であり、非依存、すなわち存在である。ということになれば、自由は『人間』においてはまずありえないものというほかないことになる。『人間』というのは、実はまだ存在し得ていない、一種願望や幻影のようなものにすぎないからである。それは、いつかはなるというものであるかも知れないが、なったら即霧散してしまうはずの擬似的存在だ。『人間』が、もし存在となった暁には、彼は自由そのものであるだろう、たしかに。するとそのとき、もはや自由が希求されるということもやむ。それは、個人ならば死んだとき、または少なくとも「生きる」ことをまったく希求しなくなったときか、全ての〝なすべきこと〟をなし了《お》えたとき以外ではないだろう。しかしその〝なすべきこと〟とは、ゴータマ氏によればまさに『人間』であらんとすることをやめることにほかならないのである。すなわち生きないこと。

自由の反対語がもしあるとすればそれは依存ということになるだろう。その依存の反対語はといえばふつうには自立または独立ということになっていよう。すると自由というのは、自立または独立と同義であるか、少なくとも深い関係にあるものということになる。そして自由は、存在の別称というべきものなのである。すなわち、全てこれらのことはただひとつのことを言っているのだ。自己自身であるということ(註4)。この自己自身であるもののことをわれわれは「自然」と言ってきた。自然を構成し、その一部であるものもみな自然そのもの、一匹のハエさえもがその自然である。「自然」とは、「自ら然り」であること、またそのもののことであるから、そうである以上、他の何者にも依存するわけがないのである。元来その必要がない。自然が、たとえば神の被造物であるから神には依存していようなどと考えるのは浅はかというものだ。なぜなら、完全無欠の創造神が、自分を頼りとしなければ存在し得ないようなものを創るわけがないからである。自然は、誕生したその瞬間からすでに自立しているのだ。その意味では、ひとりでは立って歩けない幼児もすでに自立しているのである。そうではないと考えて、過剰に世話をやくのは人間ばかりであろう。パンダですら、何もしはしない。ツバメの親はかわるがわるせっせと食物をヒナたちに運んで来るが、そしてヒナたちはそれを大いに期待して待っているが、それとて当たり前のこと（自然そのものである、不自然なはずはない）をしているにすぎないであろう。依存とは、アテにする心のことであり、それによって自分はなすべきことを免れようとするのである。ヒナは単に、そのなすべきことがまだできないだけのことで、餌を獲る労を免れようとしているわけではない。しかし人間は、『人間』に近づくほど、この労力の回避を考えるのである。

しかしこれらのことについては、部分と全体との関係、そして『調和』ということを語るなかですでに採り上げた（第一章㈡、㈢、㈣）。

（註1）これを「融通無碍」と言うこともある——一切の束縛が無いのなら、その人は水や空気のように「融通」が効くだろう。

（註2）ここにいう「意味」は価値といっても同じである。しかし現に自由であることの価値と「自由」という言葉のそれとが同じであるかどうかは簡単には言えないだろう。

（註3）『戦争と平和』第四編第二部十四。なお、ピエールの達した心境については第四編第三部十二参照。

（註4）ゴータマ・ブッダはこれを次のように教える——「この世で自らを島とし、自らをたよりとして、他人をたよりとせず、法を島とし、法をよりどころとして、他のものをよりどころとせずにあれ」（『大パリニッバーナ経』第二章二六）前出。

（補記一）幸福ということ

それは、自由の同義語、別の観点から右の議論を言い換えただけのものだ。それゆえ、ピエール・ベズーホフも、そのとき同時に幸福感に満たされていたのだった。幸福の反対語はといえば不幸などいうものではなく、これも依存ということになる。実際、依存する心あるかぎり、人は幸福感を味わうことなどないのである。まがりなりにも、独立・自立の実感を得てはじめて幸せをも実感するのだ。依存とは、自己束縛に類する心の不自由のことともいえる。自分という自由な心に、他人・他者（アテこむ相手）というワクをはめるのだ。それが一見ラクなように思われるので人はつい依存に傾く。

（補記二）「人間疎外」について

近代ヒューマニズムの中心課題であり、大いに流行したせりふである。しかしそこでは、一体誰が〝疎外〟されているというのかについては語られることはなかった。われわれはそこで、〝疎外〟されているのはヒトか『人間』かと問うのである。もちろん、答えは前者にあるわけだが。それだけではない。まさにその『人間』こそがヒト疎外の張本人だと言っている。被害を受けてきたのはヒトの内なる自然性だったのであり、決して『人間』性なわけではなかった。むしろ、人間性とは自然を否認し、結果、自然を疎外することだったのである。「人間扱いされていない」と人々は口々に言ってきたが、それは内輪もめにすぎないものだった。そもそも人間というのは自由ではありえないものなのだから、言ってもムダなだけだったのである。

㈢ 生きる・死ぬ――それは問題か

1 生死――生・死も対立するものではない

⑴ 定義と決定

われわれ人間の知力は、かつ（AにしてB）という言葉が苦手であり、ほとんど無力でさえある。それもそのはずで、「知」とは、AとB、あれとこれとを弁別するはたらきといってもいいものだからである。単なる識別ではない。それなら昆虫にもカラスにも備わっている能力だ。それなくしてはしかも生きてはゆけないほどのもの。しかし彼らは、自分とそうでないもの、自分にとって有益なものと有害なものとは確かに識別するが、人間がするような自分とは直接かかわりがなかったり、それら同士の関係性を見抜いたりといったことはしないであろう。実際そのような能力は備えていないらしい。人間にその能力があるのは、人間の知性が言葉から成っているためだろう。人間は、己が外部にある全てのものを識別し、それに〝名〟をつけて、それらのものを関係づけ、それによってその中に自分自らをも位置づけするのである。この位置づけ、関係づけこそが人間の「知」の特徴と言ってもよい。ただしこれには時々失敗が伴う。すると、「自分で自分がわからない!!」などということになる。そのもっとも典型的なケースが「かつ」という事象を前にするときなのである。

私は、一体生きているのか、いないのか――生と死の弁別のはてにはこういう疑念につきあたることもある。何も考えずにいた時には、ほとんど明らかであった生と死も、「生とは」、「死とは」と考え出すと、ついには生が死に、死が生に思われてくるなどといったことさえ起こる。そういうとき、人はしばしば「死んで生きる！」と叫んでみたり、生きている人を指して「生ける屍」などと言うのである。それは、「生」と「死」というこの言葉には未だにこれといった定義がないことによるだろう。なぜないのか。おそらくはできないからにちがいない。

「生」（せい、生きているということ）の定義は、もしするとするなら、それは「生命」の定義と同じになるか、密接なかかわりのあるものになるかだろうが、しかしそれだけに収まるというものでもないことは確かなことである。言葉は文化なのであるから、自然を超えた何かがそこにつけ加えられているはずのものだ。その事情は、「死」についても同じだろう。生命の活動停止（または終了）が人の死であるとは必ずしも言えず、多くの人はむしろ言わない。少なくともむかしは言わなかった。それが最近になって、別なある事情のために少々変化した。臓器移植の為に法的な「死」の定義をする必要が生じたのである。そうでないと関係者のうちには殺人罪に問われることになりかねない者が出てくることになるのだ。

「死」を定義することになれば、それは「生の定義」とは裏返しの関係になっているはずで（そうでなければ、「生」と「死」という言葉が成り立ってはいなかったであろう）、もしそうなら「死」を定義できればそれによって「生」も定義できたことになる（はずだ）。ところがそれがそうでもないのである。それは何より「死」を定義することの難しさから来ているだろうが、それをたとえ克服したとしてもなお「生」を定義するまでには至らない可能性があるからである。ということは、「死」と「生」というこの一対の言葉は、単純な反対語の関係にあるものなわけではないことを暗示していよう。

最近行われた「死」の定義、それは「脳死を人の死とする」というものである。「死」の定義とはいってもしかし、なされたのは「人の死」のみであって、他の生物のいわゆる死、死一般なわけではない。ということは、それら他の生物（脳を具有していようといまいと）の死と、「人」のそれとは異なっているかも知れないが、それらは考慮しないということだろう。カラスは、脳も心臓もわれわれと同じように具有している生きものだが、彼らの死には関心がないのだと言っているのである。なぜ関心がないか。カラスの心臓はわれわれにとってさしたる使い道がないからであろう。しかしその点は今はさて措く。

右の定義は、より正しく言えば「決定」である。「とする」がそれをあらわしている。定義なら「である」だ。誰がそう定義したのか。もちろん、法律を制定した日本国民である。とはいえ、法律はたいてい他の決定同様、わが国では多数決で制定されるものであるから、これには多少なりとも「反対」の意思表示をした人もいただろう。すると、その反対の人にこの決定を強制することはこの場合大いに問題である。交通信号の意味を決定するのとはわけが違う。そこでこの決定には不服従の規定も設けられた。ただしそれは、医者たちから「脳死」の宣告を受けても、心臓その他臓器が摘出されるのを拒否することができるという形で行われたのである。実務的には、あからさまにそれを拒否するというのではなく逆に、元気なときにあらかじめ「死んだら、臓器を提供する」と積極的に意思表示しておく（そういうカードを作っておくのである）形式がとられた。

あらゆる法律の制定（すなわち国民の決定）には必ず「目的」というものがあり、それが冒頭に明示されることになっている。この場合、その「目的」は人の臓器移植を円滑に促進することである。そのためこの法律は臓器移植法とよばれている。すると当然、先の死の定義、いや「人の死」の決定は、いわゆる為にするものということになる。いってみれば便宜的なものだ。しかしたとえそうであっても、生・死を分ける「脳死」というものには科学者が自信をもって裏付けの太鼓判を押しているはずなのである。ただしそれら科学者が、別の科学者、生命科学者がいうところの「エントロピー最大」（分子が完全な無秩序状態になっていること、最小はそれが完全な整列状態になっていること）をどう考えてのことかは定かでない。また、「生命」の定義のもうひとつ、例の「動的平衡にある流れ」をどうとり込んでいるのかも。ふつうに考えれば「死」は「生」の逆なのであるから、死の定義のウラには、いやオモテには「生の定義」（ここでは決定だが、それは今のところなされていない）が貼り付いているはずである。もしその通りならそれは、「脳生を人の生とする」ということになっているはずだ。そうであればこそ、脳以外の臓器は他人のものであったものでも、ブタのものでも可となるのである。しかも金属製であっても何ら差し支えないということにもなる。では、脳のみを金属製、いやコンピューターをもって代置したら「人」はどうなるのか。これらについてはすでにロボットのところで述べた。要は、今日ではいわゆる人というのは人間のことで、その人間は『人間』としてヒトの脳の中に在しているということである。その『人間』は人間一般なのではなくひとえに「私」というもののことである。したがって、法律もこの前提に立ち（明示的ではないが）、決定は「脳死は私の死である」またそのウラで「脳生は私の生である」という意味になっているのである。ゆえにこれに反対するこの「私」は、予め特段の意思表示をしておくことが必要なのだ。そうでなければたとえ法の下とはいえ争いは必至。

われわれのこれまでの理解では、脳とは身体のこと（そのごく一部）、人とは人間（『人間』すなわち「私」）のことになるのであるが、するとこの話は、脳＝身体＝自然の生・死と、人間＝『人間』（私）＝文化の生・死とは必ずしも一致しないのだが、それを法的に一致させようという話になる。法（法律）は典型的文化であるから、それは文化の中の問題、文化をもって文化を変えようという話ともなる。一見いいことのように思われる。進歩だ、という人も少なくないだろう。心臓死が脳死になったのだから、と。脳死は、心臓の鼓動という、かつては誰にも明らかだった生の証しを反古同然にしてしまった。かわりにそれをモニター上に現れる脳波なるものの波動を充てた。それが水平状態をある時間継続すれば「死」が宣告されることになる。その宣告は、「心臓生は、人の生ではない」と言っているのと同じである。それゆえ、その心臓をえぐり出しても殺人には当たらないのだ、と。首尾はたしかに一貫している。科学の勝利ともいえよう。この勝利はわれわれに、「永生」を、少なくともその可能性をもたらすだろう。何しろ、脳さえ永久保存する道を拓けばいいわけだ。そしてそれによって保存されるのは、ほかならぬ（この）「私」である。そして「私」だけなのだ。自然が完全に欠落している。

一体「脳」とは何なのか――それは「私」の家であり、持ち物のひとつであり、また生みの親のようでもあり、逆にこの私の子どものようでもあるし未開拓の大地（脳科学者が好む考えである）のようにも見える。しかしこの見え方は（どのように見えようとも）あくまで「私」の眼に映った（だけの）ものである。自然から見れば、ただの身体の部分にすぎない。あればあってもいいが、なくても差し支えはないようなものですらある。「生命」にとっては、ただの細胞の塊のひとつで、生命体にとっては、あるのとないのとでは行動様式に違いがでるというだけのもの。動かない植物には、無用だからそれはない。もっとも、それがないから動かない（動けないのだと人は言う）のかも知れないのだが、それはそれで生きるのに不都合はない（らしい）のである。たとえ脳を具有していても、ヒトのそれ以外の全ては、われならざるもの、すなわち自然そのものである。だからこそ、サケのような小さな小さな脳でも（心臓さえ健全なら）何年も大海を回遊して、のち生まれ故郷の川へ還ってきては子孫を遺すことができるのだ。そして大いに大自然に寄与している。生きているのはサケであって、サケの脳なわけではない。サケ全体である。脳はそれに重要な役割を果たしてはいるだろうが。もし技術が発達して、サケの脳にタイの脳を除く全ての身体を移植できるようになったとすると、そのタイサケというべき魚は、やはり大洋を回遊しサケのような大きな体となって故郷に錦を飾るであろう。タイの味を好む人には朗報ということになる。しかし、人間にとっての朗報の多くは、自然にとっては悪い報せなのである。すなわち、自然がそれであるところの調和の崩壊になる可能性がある。崩壊すればそれは、自然全体の死、すなわち消滅となる。

そこまでは言わないとしても（考え過ぎとも言われよう）、しかし異形の「私」を、自然は快く、祝福して迎え入れてくれるだろうかとは心配しなければならないだろう。何より、「私」の内なる自然はどうなのか？　自然は、人工物が一切嫌いである。同様に、「私」たちは人工的なものを抱えていては決して心安らかではありえない。ついには脳乱して死に至るかも知れない。人工的につくられたものは、やがて自らの出自に疑念を抱き、自らを生み出した者をも、自分自身をも傷つけるに至るであろう。これらのこともすでにロボットのところで述べた。

臓器移植は、自然科学的、技術的、社会的問題である。すなわち文化の問題。生も死も、そのうちにある。ゆえにそれを「決定」するなどということも可能なのだ。人々が互いに納得すればよい。しかし、ではそれでヒトの生また死はどうなのか。三途の川を泳いで渡り返して来たなどという人もいる。「お前はすでに死んだのだ、今死んでいる」と決定され、宣告された人、すなわち脳は死んでも心臓は動いている古典的生者のことはどうなるのか。定義的に死んでいるのだから、新鮮なうちに心の臓は頂戴する、脳が生き返ったらそれはお返しするというわけにもゆかないだろう。それより、今日的な問題は別にある――いずれは心臓どころか、尻の細胞ひとつで元の本人が再生できるようになるかも知れないのである。そのような技術的研究もすでに行われていて、そうなると脳の再生も可能となるかも知れない。したがって「私」の再生も。ただ、前後の「私」のアイデンティティがどうなるのか、そこは定かでないとしても。これらの背後には、「生の定義」とは別に「生命の定義」というものが控えているだろう。〝エントロピー〟概念をもってする、または例の〝動的平衡にある流れ〟式の。すると、脳波をもって生死を判定する医療現場の生死観は穏やかではいられないことになるだろう。もっとも彼らにしてみれば、臓器を摘出された後の身体のほんの一部をもってしても「私」であるものが再生されうることになれば、いわばムダがなくなって一層結構ということにはなるかも知れない。元々身体は消耗品なのだ、と。しかしそこまでくると、技術に失敗はつきものという別の問題を考えなければならないことにもなってくる。「私」を再生するかわりに別の何かを〝創造〟してしまった、とか。するとたちまち、それが自然、全存在に及ぼす影響ということも考えねばならなくなってくる。原発も爆発したことだし。

いわゆる植物人間は生きているのか、死んでいるのか。植物は動物とならんで堂々生物とみとめられているのだから、こうした疑問を発することはおかしいのだが、それでも大多数の人は心のうちでそのように思っているだろう。それは人々が、文化のうちにいるからである。自然のうちにいる人なら、そのようなことは思いもしない。動けもせず、「私」もない生きものは自然では珍しくも何ともないからだ。しかも、それら生きものは「生命」の一部として等価である。植物人間なら、野の百合のようなものとも言える。

ここで、ひとつはっきりさせておかねばならないことがある——身体は、たとえどのようなものであるにせよ、決して誰のものでもないということだ。〝のもの〟というからには、本人が自分でそれを手に入れたのでなくてはならないが、誰も自分や子や孫の身体を自ら手に入れたり、作ったりはしていないはずなのである。世間ではよく子作りなどというが、より適切な言い方をするならばそれは「子作りへの参画」とでもいうべきことなのである(註1)。そうでなかったらどうして、世には子ができないで悩む人が数多くいるのか。それゆえ昔は「子はさずかりもの」と言っていたのである。もっとも最近ではいわゆる試験管ベビーというベビーもたくさん生まれていて、すると子はやはり人が作るものではないかということになる。しかし、試験管で行われるのは、卵子と精子の結合という発生プロセスの冒頭部分だけであって、それを済ませればやれ安心というわけではないのである。全プロセスを人が自在にコントロールできることになればやや「作る」に近づくことになるのではあるが。

それやこれやで、特に今日では子は親のものではないというのが一般的である。たまにペットと間違えているような親もいないわけではないが、それは不心得というものだろう。欧米では、親子関係すら夫婦関係同様、契約概念で説明されるほどである。

身体は誰のものか――についてはもうこれまでに十分述べた。誰のものでもない、とくに「私」のものなわけではない、と。それをいうなら、「私」こそが身体のものなのである。なぜなら、「私」（われ）というものは、ヒトの脳が具備することとなった知性が、己自身を認識するときに幻のように現れるものなのであるから。それをわれわれは「バーチャル存在」と称してきた。その知性なるものが、ヒト、いや『ヒト』の知らないどこからかやって来て、ヒトの身体に〝宿った〟というのなら、そのようないわばよそ者が身体を〝わがもの〟と言いつのることが許されるだろうか。そのように言われうるためには、その知性が身体を己が宿として乗っ取ったということでなければならないが、それでは無法のそしりをまぬがれないだろう。それをこそ野蛮と言うべきである。身体は、誰かのものという存在なのではなく、大自然の一部である独立した存在、すなわち実在なのである。所有など超越したものだ。だとすると、それは誰でもが勝手に切り刻んでいいというものでもない。誰のものでもないのなら、誰もが手を出せないはずのものだ。自分のもの以外のものに手を出すことは盗っ人強盗のすることである。それでも、ただひとつのケースだけはそのような汚名を着せられることがない――それをわれわれは「ミニマム」と言ってきた。ミニマムにおいては、「全てが許されている」、と。それは、全てのものに対して、全てのものが赦すところから来ているとも述べた。実際にはその話は、「すべてのものに対して罪がある」という形でなされたのではあったが。

（註1）フランスの哲学者G・マルセルはこれを「仲介者」と言っている（『技術時代における聖なるもの』一九六六年。マルセル著作集・別巻―春秋社刊・渡辺義愛訳・五四ページ）。

⑵「死は生である」（註1）

さて、生と死、それは生命のふたつの相《すがた》である。それは、「生まれる」と「死ぬ」というふたつの現象としてわれわれの眼前にあらわれるが、それはまた「生きている」と「死んでいる」という生きもの固有のふたつのすがたとしてもそこにある。「生」、「死」はその双方を表わす言葉である。「死んでいる」というのは、生きもののすがたではないと言う人もいるかも知れないが、石をそのようには誰も言わないのであるから、それが生きもののすがたのひとつを表わすことばでなくて何だというのだろう。また、石のように、今生きてはいないものが死ぬわけもないのであるから、それも当然に生きものの現象である。要するに、死のうが、死んでいようが、どちらにしても生まれて、生きているもの、すなわち生きものの固有のすがたなのである。死んでしまったもの、ゆえに今死んでいるものは生きものではないなどと言うのもおかしなことというほかない。生まれなかったもの、したがって生きてはいなかったもののことは、石のように生きものではないものといわれる。しかしその石も時に「生まれた」などと言われることがある。「石の誕生」などとも。それは比喩、言葉の使い方の問題だ。ここではそのような言い方の問題は考慮していない。と、言いたいところなのだが、そうもゆかないのではある。生とか死とかという言葉自体がすでにその言い方の問題そのものだからである。これが、この項の主題でもある。生、死、それは生命、またいのちあるもののふたとおりの見え方に対応する言葉である。したがって、ヒトの眼の性能に深いかかわりがある。その性能性質についてもすでに触れた。たとえば電子顕微鏡でそれを補強してやると、生・死は「生成」、「消滅」などという言葉に取って替わられてしまうことになるだろう。すると石のそれと何らかわらない現象に見えてしまう。ゆえにこそ「石の誕生」式比喩も表現でありうるのである。するとそこで石も生きもの（のような存在）と化してしまう。文化はこうして古来〝成長〟してきたのだ。

しかし生命体、生きているもの（また、死んでいるもの）は、決して石や土くれなわけではない。土・石も、条件次第でさまざまにその姿を変えるが、それをそのつど生まれた、死んだなどとは言わない。どう姿形を変えようと、それは土・石、生きてはいないものでありつづける。しかし生きものは、その姿形（この場合はかなり抜本的なことになろうが）を変えるたびに、古いものが死んで、新しいものが生まれたなどと言うのである。高性能化した眼で見ると、そこには分子がランダムに運動していたり、整然と並んで静止していたりするように見えるだろう。そうであっても、われわれはそれを石の生成・消滅と同一視しはしないのである。生・死という言葉の裏には、それが同じ自然現象のひとつであるとはいっても、生成・消滅とは異なるのだという思いがあるだろう。どうしても分けて考えたい。それが人間について語られるとなるとなおさらで、セミやトンボの死と一緒にしてくれるななどということにもなる。だからウジ虫などは「湧いて出る」などと言われることになる。するとそのように言う人は、自分は人間なのであってヒトでさえないと主張していることになる。何しろヒトはウジ虫などとさしてかわらぬ生きものなのであるから。人間は単なる生きもの（の一種）なのではない、それ以上のものだという思いは高じて、ただ「生きる」というだけではもの足らず、「人間として生きる（生きている）」などとも言う。そのとき、そのような人はまさに『人間』なのである。したがって生きものではない。いわばバーチャル生きもの。すると当然、そのような生きものには自然の死も生もないであろう。『人間』が知り、主張している「生」・「死」は、高度化した文化である。文化の中の文化ともいえる。したがって自然ではないものである。しかしこの点は、のちに改めてゆっくり検討することにして、今は自然とともにとどまろう。

死とは何のことか。それは、生の極みであり、帰結であり、その完了または完成である。ゆえに生である。全て生まれたものは、この死に向かってひたすら歩む。この歩みのことを「生きる」という。人は誰でも、魚や虫が死ぬために生まれてきたのではないことを知っている。生まれるのは、生きるためであって、生きたものは必ずや死ぬということも心得ている。死ぬのは、もはや生きる必要がなくなったためであるとも心得ていよう。その生は、新たに生まれたものたちによってすでに引き継がれているのだ、と。三年の大洋回遊ののちに、生まれた川を遡上し、産卵を終了するやいなや死んでしまうサケは、そのようにわれわれに語っている。彼らは、死ぬためはもとより、生きるためにでもなく、ただその生を完うするためにのみ川を遡る。それが生きるということの極みである。そこには、生と死という区別がみられない。彼らがそれを区別していないからだろう。それゆえ、遡上のはてに待っている死など思うことすらなく、したがって恐れを抱くわけもないはずなのである。しかし人は、生に帰結（終わり）が無いことを希ってやまない。死の訪れ（向こうからやって来るのである）を回避しようと日々、やっきになっている。そのおかげで、わが国の健康保険会計はクライシスに瀕してしまっているほどである。それは、「生」とか「死」とかという言葉に毒されているのである。それらのことばが、「死」なら死んで腐った屍体とその臭いを想起させ、生身の体を身震いさせるのだ。言葉は、生、死をまったく別のことであると主張してやまず、そうである以上、ことばに就く人々は死を避けて生に固執（しがみつく）せざるを得ないのである。たしかにどんな生きものも、死に対しては警戒心露わである。一見、われわれと同じだ。しかしよく見れば、彼らが警戒しているのは生の中断であって決して死なわけではないことがわかる。こころみに、どんな生きものの前にでも、彼らの仲間や他の生きものの屍体を置いてみればよい。彼らは何の関心も示さず（食おうとするやつは多少いるが）それを乗り越えたり、跨いだり、迂回したりして通り過ぎてゆくだろう。彼らは、己が生命が奪われることをこそ警戒するのである。彼らにはみな、それぞれになすべきことがあるから。そしてそのことを十分によく知っているから。

しかしわれわれに即して、その言葉を用いてあえて言うなら、「生きる」、「生きている」ということは、生と死とを同時に生きているということ、言いかえれば半ばは生きており、半ばは死んでいるということになるのである。実際、若者といい老人というも、その比率の違いのことでしかないはずである。人は、誕生の叫びとともに、その瞬間からずっと生と死の二人三脚を始める。死んだ部分は捨て、死にそうな部分は取り替え、全体として「生きている」と呼ばれる状態を維持しつつ、次第にその終わりに向かって歩んでゆく。そうであればこそ、かの生物学者の〝動的平衡にある流れ〟も生きてこようというものだ。それは細胞、いや分子レベルでのことであるが、生活レベルであっても同じことである。〝動的平衡にある流れ〟（すなわち生命）は肉眼では（眼のサイズと性能上）見えないので、生活の便宜上、見える現象にたいして「生」だとか「死」だとかという名称を付している。現われるとそれを「生まれた」と言い、動かなくなるとそれを「死んだ」などと言う。

右のとおりであるから、すると「死」をもって「生」の中断、中絶などというのは適当でないばかりか、現実に即しているとさえも言えないだろう。一種の錯覚とでもいうしかない。どうしても中断（または強制的中止）を言うなら、何らかの外的事情が「生死を中断した」と言うべきである。その結果不幸にして生じた「死んでしまった」という現象は、死というよりは事故（事故死）と言われるべきものだ。生死の事故である。車輌の事故と同じもの。「死」の名に値するものではない。

全て生きものは生と死のダイナミズムのうちに生きている。それはたしかに、生まれるに始まって死ぬに了るものである。しかしだからといって、その間の「生きている」うちに、生と死とが闘争を繰り広げているなどということはない。そのような言い方をするのも適切とはいえない。西欧絵画によくある「死の勝利」などという画題も同じである。死に神が、鎌を持って生者の首を刈りに来るなど、子ども向けの話としても為になるものとはいえない。

死は、生きた者が到達する到達点であって、生きていなかったり、生き了らない者が到達できるというものではないのである。したがって、死にたくないという人は生きなければよいのである。逆に、「死にたい!!」とたびたび叫ぶような人は生きればよい、そうすれば間違いなく死ねる。かつては、どのような事をであれ、自らがなすべきこととしたことをなし了えたと感じた人は必ずや「もういつ死んでもいい」と言ったものである。「この世にもう思い残すことはない」などとつけ加えたりもした。人は死すべきものとその人は心得て生きてきたのだ。死すべしとは、死ぬのが定めというだけのことではない。——これ以上生きていてはいけないという強い思いが込められたことだ。諦めではもちろんない。それをいうなら悟りというべきである。しかしこの死すべしにはさらに強い意味も込められていたはずである。そのなしえたことをまもれという意志である。それだけ、「なすべきこと」には精魂が込められていた。己が命がそこに移されたのだともいえよう。移した以上、そのまわりをうろついていてはいけない。それでは第一、なしえたことの不備を自ら白状しているようなものだろう。だからそこに潔さということころも求められた。

しかし今日、生に固執した人々は、こうした命懸けの生にはほとんど縁がない。生きるとは、いつの日にか生きるということになってしまっているからである。今日のところはその準備に忙しい、と。いつの日にかその準備が完了すればそれでもいいのだが、果たしてその日は本当に来るのだろうか。マックスを指向する人に来るわけはない。そう疑う人はそれゆえ、「生きることは空しい」などと嘆いたりもするのである。生と死のダイナミズムの渦中にある人がそのように嘆いているひまはあるだろうか。一生のうち、その時々に、誰にも「なすべきこと」は絶え間なく生じているはずなのだ。赤児にも、少年少女にも、青年壮年、老人、後期高齢者にも。

（註1）「そうか、死とは—眼ざめなのだ」（トルストイ『戦争と平和』第四編第一部一六　中村融訳）というのもある。

(3)　不都合な真実

「生まれることは苦である」と悟ったゴータマ・ブッダのような人なら、「もう一度生きたらどうか」と誰かにすすめられても即座に拒否するだろう。終わることのない、単なる「生」は「苦である」とも言うだろう。「生きる」ということがもし、生と死のダイナミズムではなく、苦（苦しい）と楽（楽しい、ラクだ）のそれであるなら、それはまさしく『苦』である。なぜなら、苦楽は人間固有のもので、したがってそれ自体では終わりのないものだからである。禍福は糾える縄のごとしとよく言われるが、その縄も果てしなく長いのではもて余すばかりだろう。「苦しい」には底がなく、「楽しい」には天井がない。

底も天井もないところでは人は首を吊ることもできないだろう。とすると、死するということは、そのような『苦』を救う唯一にして最良の道ともいえる。自然のままの生命個体にはつねにその最良の道が用意されているように見える。ゆえにこそ、セミは夏の日一日を安心してひたすらに鳴きつづけるということができているのにちがいない。死後のことなどさらさら思ってはいないだろう。そして夏の終わりには、道端に転がっている。「オイ、ヨカッタナ」と思わず声を掛けてしまうくらい安らかに。それはもちろん、なすべきことをなし了えた者に特有の安らかさである。

永生は、個体存在にとっては拷問にも等しいものである。それが恵みであるとすれば、それはおそらく〝種〟についてのみいえることだろう。個体存在は死んで（すなわち生きて）〝種〟の永生（永遠の存続）に寄与する、それが窮極の〝なすべきこと〟になっているだろう。それが個体の役目であり、喜びであり、誇りであるにちがいない。その〝種〟と生命との関係もこれと同じことになっているであろう。これらのことについてはすでに〝部分と全体〟のところで述べた。しかし人間ばかりはこの関係を理解せず（できないのか、したくないのか）「永生」（「私」の永遠存続である）を希求してやまず、死の有難味も本当のところでは理解できないのである。ただ進退極まったような時にだけ、いわば破れかぶれに理解する。それは、「生」をわがものと思いなし、「死」をカレのものと決めてかかっているからである。死に神がよろこんでやって来るわけだ。

生きることは死ぬことであり、生きないことは死なないことでもあるが、これは逆もまた真である。「死ぬことは生きることと見付けたり」とは洋の東西を問わず古くから語られてきたことだ。イエス・キリストも、「一粒の麦」のたとえをもってそのように教えた。「もし死なば、多くの実を結ぶべし」、と。それが成り立つのは、生きとし生けるものみなが、部分にしてかつ全体である存在だからである。一粒の麦も、全ての麦である。そして、全ての麦も一粒の麦だ。生と死というときには、それが時間差を伴っているというだけのことである。全て個体存在は、切り離されるトカゲの尻っぽではない。いや、その切り離された尻っぽがそもそもトカゲそのものなのである。これについてもすでに十分に述べた。トカゲとか尻っぽだとかというのは観点の相違にすぎない、と。有機的に結びついている存在は全てこのように言うことができる。ただ人間だけがそうではないことになってしまっているのである。手や足は「私」ではない、「私のもの」だ、と。ではその「私」は誰なのか。どこに居るのか。脳の中にいる、いや脳の外にいるのであろう、脳も「私のもの」なのだから。この考えに対する科学者の反論についてもすでに述べた。しかしいずれにしても誰もが納得するまでには至っていないのである。「私」は中吊りになっている。それでも人はその「私」から離れられないでいる。

科学者側に少し味方して言えば（科学の時代なのだから）、われわれは頭（脳）だけ健在であれば人間として認められるだろう。それが永生のひとつの道であることについてもすでに触れた。しかし、それではヒトであることはおそらくできないことだろう。ヒトは自然の一部であり、自然はヒトにその頭だけを期待しているはずもないからである。ヒトの身体も自然の一部として、自然全体に大いに寄与しつつ存在している。身体は、海の岩礁のようなもので多数の生命体の存在する場なのだ。そして生命ないものもそこを往ったり来たりしている。ならば、アタマだけのヒトなど何程のものであるのか。自然はそのようなものを保護しはしないにちがいない。もっともそれが、海にぷかぷか浮いているなどなら容認してくれそうではある。クラゲはそのようであるのだから。

もし以上のとおりであるならば、それは「生死は一如である」ということである。昔からよく語られてきたことだ。その生死は「しょうじ」と読まれるもの。そして「一如」とは、同じということである。それがなぜ、「生」と「死」なのかはすでにこれも十分に述べた。ひとつのことの異なる見え方それぞれに「名」を付してしまったがためにできてしまった言葉である。眼の問題。

しかしこの至って簡単なことが今日では常識的でないことになってしまっている。とくに現代では、あるクセの強い思考によって、誰も彼もがただひたすら「生」をのみ希求して生きている（実は生きようとしているだけだが）ので一層である。その分、「死」が遠いものとなっている。故意に遠ざけられているのである。なるべく見ないようにもしている――〝不都合な真実〟というわけだ。そのためか、今日の子どものなかには、「人が死ぬところを見てみたかった」と言って殺人を犯す者が何人も出て来ることになった。好奇心がかきたてられているのである。その逆に、おばあちゃんが死んでしまったからといって異常な大泣きをする子どももいるのである。

生きものの生・死を眼のあたりにした原初の人々が、精密な両の眼をもっていて、時々刻々生・死が入れ替わるすがたを見ていたら、「生」、「死」という二つの言葉は思いつかなかったであろう。それなら、その後の人々（われわれ）が、かくもこれらの言葉によって翻弄されるということもなく、粛々とその生の営みを完うすることができていたにちがいない。言葉の壁のおかげで、生きものの真のすがたに参入する無用の努力が必要になってしまったのである。実に不自然なことと言わねばならない。

（余談）幽霊について

いわゆる幽霊というのは、死に損なって（われわれの言い草では生き損なって）この世をうろついている人間のことである。化け猫などいうものもかつてはいたらしいが、それはいわゆる化け物のことで幽霊とはふつういわない。ただ、どちらにもたましいというものがからんでいるのではある。人のたましいと猫のそれと。しかし猫のは、かなり擬人化されたもので、それが本当にネコの霊魂のことなのかとなるとややあやしい。野良ネコが化けて出たという話はあまり聞かないからである。野性の、たとえばイリオモテヤマネコなどであればなおのことだ。幽霊も化け物も、ともに人間世界固有のものにちがいない。すなわち文化。

では、人間はなぜ死に損なうのか。それはもちろん、ヒトに置いてゆかれてしまうからである。ヒト（『ヒト』）は、時至れば確かに死ぬのに、人間（『人間』）は永生を希求しつづけるのでその時を失ってしまうからだ。あるいは、こちらの方がより真実らしいと思う人もいるかも知れないが、強いてそのことを見たり思ったりしないようにして自分を欺いているからだろう。堂々、首斬り役人の前に首を差し出すような人は、もちろん化けて出たりはしなかったのである。

　ではハムレットの父王は、何ゆえに幽霊となって現われたのか、生き損ねたからか、死に損ねたからか。これももちろん、死に損ねたからである。もちろんとここでいうのは、本文ですでに論じたからだ――父王は、強制的な生死の中断を余儀なくされたのである。生きる（生ききる）ことを阻害され、それゆえ死ぬことができずにやむなく事故死したのである。いやさせられてしまった。殺人も、当人からみれば事故と何らかわりはないものなのだ。ただ、その事故は仕組まれて生起した。それも王位と王妃をかすめとろうとする邪悪な心によって。王は、単に死に損ねた（つまり生き損ねた）のではなく、その邪悪な弟の心に怒りが収まらなかった。このままでは死にきれないと、王子のもとへ真実を告げるために現われたのである。単に怨みをいうだけなら、またそれを晴らすだけのことなら、自ら弟王のもとへ現われればすんだことである。いわゆる取り殺せば。しかし王の希いは真実を明らかにすることにあった。そしてあるいは、簒奪者《さんだつしゃ》の悔恨に。王は高潔だったからである。ゆえにこそ、その簒奪者を、機を得たからというだけで殺害することはハムレットにもできなかった。それでは父の希いはどうなるのか、と。彼は〝優柔不断〟だったとよくいわれるが、父の怨みを晴らすのが目的ではないと知るがゆえの当然の思慮なのである。何ゆえに父王は、子のもとへ幽霊となってまで現われたのか、それが彼の思慮の内容だった。

今日、昔ほどには幽霊に「出られた」という人の話は聞かないが、それはなぜか。それにはおそらく出る方の事情と出られる方の事情双方があるだろう。しかしその事情については人さまざまであるにちがいなく一概には言えそうにもないが、ひとつ確かそうなことは、そもそも幽霊となってまで「出る」という人が稀になってしまったことが考えられる。それは、死に損なうというも、生き損なったというも、生・死が阻害されるほどには生きも死にもしない人が多くなったということにほかならないだろう。「化けて出てやる!!」と絶叫して無念の死を遂げるなどという強烈なことが今日ではほとんどなくなってしまったにちがいない。〝生〟の実態がかなりな薄味になっているのだろう。それはそのはずで、今日ではほとんどの人がひたすら〝生〟をのみ求めて生きているので、生は永遠的に不可能、ならば当然に死に損ねるなどあるわけもないのである。損ねられているのは、それがあるとすれば（あるだろう）生でも死でもなく、「生死」である。今日では、したがって死は限りなく事故（生死の中絶）に近づいてきている。それでは、人をこの世につなぎとめる程の無念の情念など生じようもないだろう。事故はあきらめが肝心なものだ。それはたいていうっかりミスや心の油断から生じるもので、怨むとしても自分を怨むより仕方のないものである。

2　何をなすべきか――人間だけが、それを知らない

(1)　現代ペシミズム

この世にせっかく生まれてきたのだから、それにたった一回きりの人生なのだから、生きているうちに、何か少しでも意味のあることをしておきたい――というのが、今日ほとんどの人の考えだろう。気持ちはわかる、もっともであると誰もが言うはずだ。しかし……と、またたいていの人は思いもするのである、何をすればいいのか、と。中には、人生に意味なんてあるのか、と問い返す人もいるだろう。ただ生きていけばいいのではないか、とも。これらのことを自問自答しつつ、その「ただ生きる」を生きて、結局「それで、自分は一体何をしてきたのか」などと人生の終わり頃になって自分自身に問うはめになる人も少なくないにちがいない。それならまだしも、問わずにただ晩節を汚すなどという人もいる。その人の日々の〝意味〟が、その晩節を汚す方に結実したのだ。

ごく一般的には、冒頭のようなことは人生の入口に立った若い人達の問題と受けとめられているだろう。それに答えることは教育的なことで、そうである以上答えは前向き、建設的で立派なものである必要があるとも。では、一体どうすることがその答えでありうるのか。候補ならいくらでも挙げられる。でもさしあたり、この私にはそのどれが適切であるのか。

十九世紀末から二十世紀始めにかけて、人生の教師と仰がれたレフ・トルストイも『われら何をなすべきか』を書いて、こうした問いに答えようとした。彼は、二千年以上も前から純粋な個人問題として

同じ問題に答えつづけていたイエス・キリストやゴータマ・ブッダとは異なり、その個人問題から入って社会問題に逢着したため、その答えも社会的な色彩の濃いものとなった。時代は煮詰まっていて、共産主義革命と戦争の世紀が目前に迫っていた。彼はキリストのように「悔悟せよ」と叫んだが、しかしキリストではなかったので、その叫びはまず自分自身に向けられずには済まなかった。彼は、全財産を人々の為に投げ出そうとして果たせず、教会からは破門の憂き目に遭い、ブッダにならって家を出るしかなかった。最後の大作『復活』の主人公ネフリュードフに込めた彼自身の復活への思いは遂げられることなく終わった。そして誰もが知っている二十世紀が成ったのだった。革命の、ホロコーストの、戦争の、飽食の、狂躁の二十世紀。

そもそも——人生は「たった一回きり」であるのか？　そのように考えるのは、実は近代、というよりわけても現代に特有であって、どの時代にあっても大半の人々はそうは思ってこなかったのである。人には、過去生があり未来生があるというのが、いわば常識だった。特に未来生についてはそうであって、人は誰でもが死んだのちは、次の世に再び生まれかわって、その世を生きてゆくことになるのである。ある人は天国や極楽浄土で、ある人は黄泉の国や地獄などといわれるところで。また、その生まれかわりのとき、カエルやヒヒに生まれつくなどということも信じられてきた。今生今世で、よくないことをやらかした者は、次世でヒキガエルとなり、人々に嫌われたり弄ばれたりして苦しむなどというのである。そうして人は、何百年も、何千年も生きつづけてゆく。死とは、したがってただの転換点もしくは結節点にすぎないのである。少なくとも、何らの慰安ももたらすものではなかった。そしてそれは生についても言えたのである。生（生まれ）こそは恐るべきものと説かれることさえあった。ゴータマ・ブッダの教えの根底にもそれはあった――「生まれることは苦である」、と。しかしそれは、ゴータマが生を享けた西北インドの地では、いつからとも分からぬ昔から、人々のいわば常識だったのである。そのためゴータマは、「もはや次の世に生を享ける者とはなるな」と言って、終生そのために自らが編み出した修行の道を歩みつづけたのだった。

要するに、人生は今世今生の一回きりでは終わらない、終わらせることも簡単にはできないというのが、ブッダをはじめ多くの人々のかわらぬ考えだった。その上、イエス・キリストが生まれたパレスチナの地でもほとんどかわりはなかった。ユダヤ人たちは、生きかわり死にかわりして、もう何十世代、何百世代も神が約束を果たされることを待ち望んできていたのである。その為に救世主（キリスト）が派遣されて、彼らは流浪の旅という苦役から解放されるはずだった。しかし、今から二千年ほど前、そのキリストを名乗ってイエスが現われたとき、明らかとなったのは、近い将来「最後の審判」が実施され、彼らのうちほんのわずかな者だけが神の国に召され、その他大勢は悔悟しないかぎり地獄へ落とされて、そこで永遠の責め苦を受けなければならないということだった（既に死んでいた者も、その時には墓をあばかれ、審判を受けることになるのである）。それによると、いずれにしても今生はもう長くは残されてはいないのだが、次世は永遠の永きにわたって続くのである。

何か「意味」のあることをしたいというなら、こうしたスパンで考えなくてはそれこそ意味がないことであろう。


その意味、人生の意味とは何なのか。今日ではたいていの人はそれを自分にとってのものとして考えているはずである。この世で、この自分が輝くこと、何らかの輝きを放つこと、と。そこには、あの世や次の世で輝いてもしょうがないではないかという現代特有のいわばペシミズムがあるだろう。まずは第一に、この世以外の世があるなど信じられないということがあるにちがいない。一歩譲って、たとえ次の世があったとしても、そこでこの自分が輝けるかどうか定かではないではないかという疑いはある。〝千の風になって、なつかしい人々の周りを吹く〟という考えもあるが、何だか惨めっぽいではないか？

彼らが気づかなかったり、私のことを忘れてしまったりしていてはもはや輝くどころではないことになる。この私は、この世で、自分が知っている人々の前で輝いてみせて、「どうだ!!」と胸を張りたいのである。あとは野となれ、山となれ。要するにそれは、今生至上主義とでもいうべき考えであり、他者を信じようとしない点も含めると立派なペシミズムなのである。すると冒頭のような考え方は、そのペシミズムの表明ということになる。

(2) 「それでいいのだ」

十九世紀の西欧では、ゴータマ・ブッダの悟りと教えとは、ペシミストの手本だった。この場合その悟りとは、「この世に恒常不変なものごとは一切なく、全て存在するものはわれ（我）ならざるものであり、それゆえ生きることは苦である」という知識のことだった。この知識ゆえにゴータマは、「それゆえ何も望むな、何も希うな、ただひとり遠く離れて瞑想して生きよ」と教えたというのである。世界にも、人生にも、否定的見解をもつ人々が、ゴータマを輝くペシミストと認定したのもむりからぬことだった。

しかし今日のわれわれは、かなりペシミスティックな人までもがほとんどゴータマを手本としてはいないばかりか、むしろ否定して見向きもしないほどである。それならなぜ修行なぞしなければならないのかとも考えているだろう。それは半ばは当たっているともいえる。

ゴータマ・シッダルタが王城に訣別し、荒野で苦行すること六年、その苦行そのものを否定し、ネーランジャラー河の畔の菩提樹の下で開いた〝悟り〟、それは漢語で「諸行無常・一切皆苦・諸法非我」といわれる知識だった。彼はこの知識をもととして、のちに八正道といわれることになる修行の道を編み出したのだったが、それは最終的に人々をこの知識の全肯定へと導くところの道だった。「諸行無常？　それでいいのだ。そうと知って、失われゆくものも、去って行ったものも、それぞれあるに任せておけばよい。悲しみ嘆くのは無用、いやそれらはひとりでに止むであろう」、「諸法非我？　それでいいのだ。そうと知って、わがものという思いに惑わされるな。いや、そうと知ればこそ、それが妄想であると知られてひとりでに止むことだろう」、「一切皆苦？　それでいいのだ。そもそも一切は苦であるのだから、苦だ楽だと一喜一憂してもはじまらないではないか。一切皆楽など求めて何になるのか、楽も苦の内だというのに。ならば、苦楽への思いはひとりでに消えて、心は静まるだろう」、何よりしてはならないことは諸行無常だからといって恒常不変を求めたり、諸法非我だからといって諸法是我を目論んだり、とりわけ一切皆苦を回避して一切皆楽を目指したりすることである。「修行」とは、そのようなムダな行為や希求をすっかり滅ぼし尽くす工夫のことである。それは、やればできる。その手本をこの私（ゴータマ）が示そう。そのようにしてゴータマはのちに「勝利者」と呼ばれることとなったのだった。そしてその到達した心境（「それでいいのだ」）のこともまた「悟り」といわれている。絶対肯定の心境である。

ならばたしかに、それは今日のわれわれには程遠い、というより正反対である。今日のわれわれは、現状というものを一切認めず、否定さえして、そのかわりに何か別の、より価値あるものをそこに据えようとするのである。それを「進歩」と言ったりする。何もかも「それでいいのだ」では進歩がないではないか、と。ゴータマの教えを認めるのはただ天才バカボン（赤塚不二夫の漫画）ばかりである。

ゴータマ・ブッダの教えを一言でいうならそれは、「人間であることをやめよ」ということになるだろう。この「人間」は、もちろん『人間』のことである。われわれのこれまでの議論では、『人間』はヒトの文化であり、中んずく「私」であるから、それは「文化であり、私であることをやめよ」という意味になる。さらにいえば、それらの根柢をなすものはことばであるから、それを捨てよということでもある。ことば（語）や、文化や『人間』が、われわれの内に棲みつき、取り憑いて、われわれを走らす。そこにさまざまなる苦が、生死病死楽、不自由が生ずる原因があるのだからそれを取り除け。

よりゴータマに即していえば、「苦」とは次の世にふたたび生を享けることである。その原因は、人が生きてこの世に「業（カルマ）」をつくるからだ。だからその「業」（この世においてすることなすこと思うことの全てである）を止滅せよ。その為の修行の数々だった。生まれてしまったのは仕方がない。それは前世の業（宿業）によるのだが、過去は誰にもなかったことにするのはもとより修正するなどということはできないのである。ただ受け容れ、背負ってゆくしかない。だが、新たな業をつくって次の世に生まれ出るのだけは避けようではないか、それは可能なことだというのである。全てを受け容れて、あとは何もしなければいいだけのこと。そうすれば、身体の消滅とともに、「私」また「わがものという思い」も当然消え去るだろう。何しろそれは、ヒトの知性の営為なわけだから。

しかし当の人間は、したがってこの私は、そうした終了を認めず、永生を希求してやまない。人間の精神活動は結局この一点、永生に帰するのである。そしてこの一点においてのみ、天上の生というものも認めて希求しもする。昔はそれこそが窮極の願望だったのだが、今日ではそれは二義的であって、第一義は現世今生でのそれなのである。その為に必要とあらば何でもする。殺神すら辞しはしない。とはいえ、この希求には、遺伝子によって生命が永続的に継承されているようには、そこに何らの保証も見当たらないのである。身体と共に、または身体を超えて、「私」が次の身体に遺伝するならばそれでもいいのだが、なぜかそのようにはなっていないようだ。自然は、「私」など眼中にないからであろうか。

(3)「これでいいのだ」

イエス・キリストは、人々に天国という世界を示し、一刻も早くこの世を捨ててそこで生きるようにと奨めた。その天国は、近い将来の〝最後の審判〟において、その扉が開かれることになっている処であった（それが天におけるキリストの仕事でもあった）が、しかしイエスにあってはいつでもどこでも誰でもが、その気になりさえすれば、その天国で暮らすことができるのだった。何も最後の審判の時まで待っている必要などなかった。それは実は、いつでもどこでも誰に対しても行われているものだからである。ただ本人だけがそうとは気づいていないだけのこと。それゆえ、いつまでたってもこの世をうろついている人は、すでに審判を受けて不合格となっている人なのだ。では、今スグにでも合格するにはどうすればいいか？　悔悟して、天の父なる神を信じ、イエスをキリストと認めればいいだけのことである。その為に具体的になすべきことといえば、ただ祈ることだけ、ひたすら祈ることだけである。

この「祈り」というのは、ゴータマ・ブッダの「修行」に相当する性質のことである。全てを肯定し、ありのままなる現実をそのままに受け容れ、悪魔（サタン）の誘惑を退けつづけること。そうすれば、この世は直ちに、そのまま天国となる。この世はそもそも天の父なる神が創ったものなのだから、そうでないわけがない。八正道に対応する道が、それでも何かあるとするなら、それがいわゆる山上の垂訓である。八正道の全てを完全に修得する必要が必ずしもないように、この『山上の垂訓』もまたその全てを完全に行う必要がないのは当然のことというべきだろう——キリストが合格点を与えればいいわけで。人は、キリストを信じ、自分にできることを、できる限り行えば足る。幼児などは、全然何もしなくてもいいほどである。心の貧しい人もこれと同じだ。はじめからもう祝福されている。

そのイエスは、人々の前に出てゆくとき、荒野で悪魔の試みに遭い、「人はパンのみにて生くるにあらず」と答えた。それは、「神の口より出ずることばによる」ということであって、物質的（身体的）満足よりも、精神的満足の方が大事だという話ではなかった。それはイエス以後または以前の人々がいうことであって、イエスが言わんとしたところは、物質的であれ、精神的であれ、自分の満足などということは思うなということだったのである。なぜなら、神は「これでよし」と満足されて世界の創造を終えられ、それゆえいつも「よし」ということばを口にされたいと望んでおられるからである。「神の口より出づることば」とは、その「よし」のことだ。モーゼの十戒ごときもののことではない。だとすれば、人のなすべきことは、その「よし」に向かってすること以外ではないのである。それは「天の父なる神をのみ愛せ」ということにほかならない。父が「よし」と言って喜ばれること、それをすることが「愛せ」ということだ。それは、世界との融和（すなわち調和）であり、そのために全てを赦すということであり、自らを害する者のために祈るということである。万物万象は神の手によって成り、それゆえ神はそれら全てを等しく愛されているのだからである。われわれは、「髪の毛一筋だに、白くも黒くもなすことあたわ」ざる存在であり、窮極的には天の父によって生かされているのである。しかしてその父は、「汝らの必要とするものをすべて知り給ふ」のであるから、物質（パン）であれ精神であれ、不足しているものなどあるわけがない。今ここに、すでにあるもので十分なはずである。たとえそれが、貧しい心であったとしても。するとまた、「生きる」とは、すでに生かされているわれわれが、その大もとである神を讃えるということにほかならないことにもなる。野の百合も、空の鳥も、たしかにそのようにしているように見える。雀は日がないちにち庭をつついて乏しい食物をあさっているように見えるが、その食物が得られないかも知れないなどとは考えていないだろう。考えたら嫌になってやめてしまうに違いないからである。

彼らとは違って人間は、いつも何かが足りないといってこぼし、得られなかったといっては不満に腹を立てている。そのくせ、それは人間にしかできないことだとしてむしろ自慢にしているのだ。度し難いとはこのことだ。

(4) 今を生きる？

多くの人は、ほとんど口癖のように「未来のことはわからない」と言って嘆く。ならば現在のことはわかっているのか？

もちろん、それもわからないのである。未来がわからないのは現在がわかっていないせいなのであるから。その現在がわからないというのは、たとえば何らかの飛行物体が地球めがけて飛来中であるということが「わからない」というようなことだけでなく、今この自分の身に生じていることの真の意味が「わからない」ということでもあるのである。それは、コトが終わったのちしばらくしてやっと「わかった!!」ということになるのがふつうである。したがって、まずは〝後の祭り〟なのだ。たとえば、忘れものをするということは、現在すでに忘れているということにほかならない。しかし人は、その現在においては「忘れものなーし!!」と自信たっぷりに言って家を出るのである。このようなことを人はよく「神のみぞ知る」などと言う。それは、自分の知らない（気がつかない）ことが実際に今存在し、それを知っている者（神）が同時にまた存在しているということを言っているはずである。すると、万事この調子であるなら、全てを知っている者は必ずやわれわれの外にいて、われわれ自身ではない者ということになる。そのような存在のことを感知した人々はそれを、あるいは神とよび、あるいはお天道様などと言ってきた。そして、未来を完全に見通して、一切誤りを犯さないような人の仕事を「神わざ」とも言った。「神がかり」などとも。しかしそうはいっても、言われた当人を含めて誰もが、その神のことはほとんど知らないのである。したがって、都合に応じて便利に利用するということもできない。第一どこにおられるのか、今何をされておいでか、それが分からないから呼んで来るというわけにもゆかない。「神わざ」といい「神がかり」というも、それはもっぱら「神頼み」ということになっている。そうしない人も多く、それらの人々はもっぱら自分のみを頼りとして技（わざ）を磨き、「神の領域」に踏み込もうとする。しかし大体はそこまでであって、時が経つとあちこちに綻びが出てきたりするのである。それが人間のなす技というものだろう。だから創造の神のように「よし」と一言いって寝てしまうというわけにもゆかない。

神が、たとえたしかに存在したとしても、知りうるのはそこまでであって、神を分析したり、利用したり、単にそのことばを理解するということだけであっても、それらはまずできない（試した人々は数多くいたが、ほとんどできなかった）。ゆえにこそ、人の子にしてかつ神の子であるイエス・キリストの出現が必要だったのである。イエスは、神のことばの人語への翻訳者、または通訳だった。それが可能だったのは、イエスが本来の人間、すなわち〝天の父なる神の子〟であることを保っていたからである。別の言い方をすれば、人間とはいえ『人間』ではなかったからだ。少なくともわれわれのようには『人間』に汚染されてはいなかったから。一般に、翻訳家というのはAにしてかつBである人のことである。その人には「私」心が無い。無い人だけが本物の翻訳者になれる。

現在や、自分というものをリアルタイムで知り得ていない人のことは盲人といわれる。心の眼が見えない人。それが見える眼のことは心眼といわれる。「盲人、盲人を導かば」という、イエスの教えにいう盲人とは、そのような人のことだが、悪いことに、そのような人ほど人を導きたがるものである。そうではなく、盲人なら盲人でもよい、それならくらやみを照らす光を求めよ、というのがそのイエスの教えだった。頼るならその光。そしてイエスは自らがその光であることを示した。しかも、すべての人が、本当に人であるなら（天の父なる神の子であるのだから）イエスと同じく光なのである。「汝らは、世の光である」と、だから告げた。盲人などであるわけがないのだ、と。ただ、今のところは、眼にゴミが入っていてちゃんと見えないだけである、とも。

キリストの〝盲人〟は、ゴータマ・ブッダのいう無明の闇をさ迷う人である。無明とは、自分で自分がわからないということ、自分のしていることの本当の意味がわかっていないということだ。「現在」は、たしかにある。その現在にこの「私」もたしかにいる。しかし、いかにしても、「私」には、その現在も私もわからない。それで、とんちんかんなことばかりしでかしている。万事、〝後の祭り〟で。それは、人知にその能力がないせいにちがいない。人知は、弁別能力であり、したがって絶対的なもの（他の何ものにも依存せず、それしかないというもの）に対しては無力なのである。人知が把握できる時間は過去と未来だけである。それがしかし思い込みにすぎないのは、過去も未来も（未来は、過去を期待によって再構成したものである、したがって過去である）現在がわからない以上、つくりものや推測以外ではありえないからである。歴史は、そのつくりものの代表的なものだ。したがって、現在というわからないものが、過去として認知されてゆくごとにつくり変えられてゆかねばならないものだ。絶対的歴史などというものはない。中国人や韓国人が、今日の日本人に対して要求している歴史認識というものも結局相対的なものでしかないのである。それをたとえば学校でどう教えるかも時とともに変わってゆくだろう。以前の教科書の記述は誤りであったなどということが何度も繰り返されるかも知れない。それは、それだけ現在がわかりにくいものであったことの反映ということになる。

一般的に言って、人は過去・現在・未来を同時に生きているものである。それしかやりようがないからだ。過去に生きるとか、未来に生きるとか、そのように言う人もいるが、それは程度の問題にすぎず、生・死を同時に生きている人間の本性からいえば生・死の比率に対応しているのである。両極端は、すでに死んでいる人と未だ生きてはいない人。いずれにしても、今生きているというには値しない人だ。しかし、その現在の生というものも実は生きることはできないのである。盲人であり、無明の闇をさ迷っている限りは、未来は不透明だから、過去は不愉快だから、自分は今この時を生きるのだなどというのは嘘としか言いようはない。だいいち、未来や過去に対する責任逃れの批判を免がれえないだろう。そのような現在は生きづらかろう。

(5) 自己不実現

仏教では昔から「苦集滅道《くじゅうめつどう》」（いわゆる四諦《したい》）ということをいう。お釈迦様の教えがこの四文字に表わされているというのである。〝苦〟には原因（煩悩である）があるのだから、修行してそれを滅ぼせ、そうすれば絶対安楽の境地に達することができる、それがゴータマ・ブッダの教えだというのである。するとその〝道〟（修行）というのは、煩悩を滅ぼすための苦しい苦しい闘いということになる。なぜなら、煩悩は概して楽しいものであって、必ずしも苦しいものばかりなわけではないからである。するとそれ（楽《ラク》）を取り除いてしまっては人生苦しくなるばかりではないか？　老・病・死・労にかくも取り囲まれてしまっているというのに。それに、そもそもそうした苦しい闘い（苦行）は、当のゴータマが経験して否定したのではなかったか？　いや、苦行は体を痛めつけるだけのもので、心の問題である煩悩の止滅には役に立たなかったから、ブッダは新たに八正道を拓いて心の修養によってそれを達成しようとしたのだ、ということだ。なるほど、八正道にも「体をいたわれ」（正命）という修行もあることだ。ならそれはそれでよい。しかし、煩悩の止滅が容易なことでないことは古来誰でもがよく知っていることである。そのうえ、今日ではその煩悩がむしろ〝楽〟として奨励されてさえもいる。その結果にちがいないが、人生は楽であると心得る人々も少なくない。煩悩なくしては芸術も成り立たないではないか。もし修行というものが、人生にとって必要であるとするなら、それはむしろ煩悩をいかに花開かせるかというところにあるのではないのか？　それはちょうど、食卓を豊かで、より楽しくするために美しい器や花で飾るようなもの。その器を作る為に日々精進、刻苦精励するようなものでもある。職人はみなそのようにしている。充実の日々は、そこから賜物のように与えられる。スポーツアスリートもやはり同じであろう。

今日の多くの人の考え（というより好みとでもいうしかないのだが）、それは人生は波乱万丈、疾風怒濤であるにこしたことはないというものだろう。のっぺりした平穏無事では生まれてきた甲斐がない、と。たしかに。終わってみれば「面白かった、楽しかった」、そんな風なことになりさえすればよい。それには、涙は多く流すに越したことはない。中には、手足の一本や二本失くしてもどうということはないと思っている人もいるかも知れない、それにはそれなりの生き方もある、と。こうしたわれわれの前から、天国や極楽浄土が、いや来世そのものが消え去ったかのようにみえるのはもっともである。さらに、仏教でいうような修行の道が消え去ったのももっともといえる。〝四諦〟の真実は、いわば人間が食えない時代のもの、少なくとも生命を維持してゆくのが著しく困難であったころの話ということになるだろう。

しかしゴータマは、自らの「苦である」という悟りをもととして、人々にも「苦であると知れ」と教えつづけたのだった。なぜそうしたのか？「知れ」とはどういうことか。それは、ひとつにはそれが真実だからであり、ひとつにはそれが『苦』（絶対苦、ひらたく言って生老病死楽）を克服する、したがって真の安楽（ニルヴァーナ）に至る唯一の道だからである。そして「修行」とはその道のことだ。その道を辿ることによって、結果的に煩悩は滅びてゆくのである。真理（真実）に就くことが肝心なのであって、煩悩を滅ぼすことがそうなのではないというのである。たしかにゴータマは、「力を尽くして、煩悩の激流を渡れ」とは教えたが、その問いに、あらゆる問い（戦い）につきものの策謀などは無用なのである。その意味ではむしろ闘わないのだ。

ブッダの真理の教えは、とりわけ今日的にいうなら「修行して、苦であると知れ」ということになろう。真理が『苦』（絶対苦）なのである。それを知る（自分のものにする）ことさえできたら、修行は完成である。なぜなら、知られてしまったものはもはや怖くはないからである。「知」にはそういう働きもあるのだ。知れば知るほど怖くなってくるというのとは真逆の作用である。この「知」のことはふつうそれも「悟り」とよばれている。あとの方のは人知とでもいうほかないもので、それは知識をもたらす（だけ）のものである。「悟り」としての「知」は、それも「知識」とよばれることがあるが（「大」を付与して区別したりする）むしろ境地というべきものである。「それでいいのだ」という境地についてはすでに述べた。

修行して、すなわち八正道を学び、実践してついに「苦である」ということを「知った」、同じことだが苦であるという境地に達した人はどういうことになるか――ふたたび苦である存在となることを免れている存在となる。この存在のことをゴータマは「最後の身体」とよんでいる。「すべてなすべきことをなしつくして、最後の身体をまもる者となれ」。最後の身体は（輪廻の最後なのだから）もはや次の世にふたたび生まれ出るなどという心配はなく、安らかとなったのだからそれをまもれというのだ、跡形もなく消え去ってゆくその日まで。全て消え去らないものはないのだから、その日は必ずや来るのである。しかしそれ以前に、『苦』は自ら去って行ってしまう。それまで、花見でもしていればよい――「アーナンダよ、ヴェーサーリーは楽しい、ウデーナ霊樹の地は楽しい、ゴータマカ霊樹の地は楽しい」（『ブッダ最後の旅』第三章二）。もちろん、この「楽しい」は、「楽《ラク》」とは何のかかわりもない。

ところで（やっと思い出したのだが）この項の目的は「何をなすべきか」ということだった。

それは、トルストイ的な意味での「われら何をなすべきか」であるとともに、ゴータマ的な意味での「なすべきこと（をなせ）」でもあったのである。いずれにしてもそこに共通するのは、われわれのことばでいえば「私」（われなるもの）を滅ぼせということ、したがっていわゆる自己実現とは真逆のことになるのである。社会的にはそれはただ一点、悪をなさない、馴染まないということに尽きるだろう。「私」がいなければ、定義的に悪はありようがないのだから、トルストイ翁の〝苦〟も雲散霧消しようというものだ。そして、「私」がいなければ、次の世はもうないのであるから、ゴータマ氏も教え甲斐があったということになるだろう。

「何をなすべきか」がとりたてて問題となるのは、ひとり『人間』においてばかりである。ヒトはすぐれて身体的存在なのであるからそれが問題となるわけがない。誰でもがすでに、その〝なすべきこと〟

を十分になしつつある。生まれた子は成長し、たしかにおとなになり、次の世代の為になすべきことをなし、それが完了したらすみやかに消え去っている。その間にも、新しい命の無事を守り、親としてのつとめも果たし、子どもたちの未来に幸あれかしと常に念じてもいる。どこをとっても、他の生きものたちに比べ遜色はない。なすべきことが何であるかを知らない生きものなどなく、人もその生きものであるのだから当然のことである。そして、全ての生きものは「自ずから然り」なるものであり、それゆえそれ以上の何を必要とするものでもないのである。それでいいのだ。

(補足)「生命《いのち》は地球より重い」ということについて

宇宙全体を見渡したとき、たしかに生命は貴重なもの、したがってその一部であるわれわれにとって大切なものである(といえる)。しかし、その大切な生命を、われわれの『人間』が危険にさらしているというなら、『人間』は死滅すべきであろう。したがってわれわれはそれを滅ぼさねばならない。

そもそも生命が宇宙の奇跡であるのなら、それが存続しつづけるのは何もヒトである必要さえないのである――〝進化〟がたしかなことであるなら、原始生物であっても何ら問題はなかろう。

もし人がこれらのことに反対するなら、その人の主張する生命とはおそらく、他ならぬ「私の生命」であろう。するとその人は、「私の生命は、地球よりも重い」と言っているのと同じことになる。それは明らかに誇張である。アナタがいなくても困ることは何者にとってもさしてないはずだからである。

代わりはいくらでもいる。すでに用意さえされている。それが自然というものだ。

真実は、もし言うなら「すべての生命は地球よりも重い」というところにあるだろう。何しろ地球類似の星は宇宙全体ではほとんど無数に存在すると推測されているのに、そこに生命体の存在は未だ確認されていないのである。多分奇跡に近いと科学者も考えはじめているほどなのだ。ただし、そのすべての生命も、元はといえばただひとつの生命体であったらしいのであるから、すると「すべての生命」は「ひとつの生命」とほとんど同じ意味になるのである。その「ひとつ」が「私」である特段の必要はない。ならば、この私は、全ての生命をまもるためになら「私の生命」は必要に応じて棄て去るのが「私」のなすべきことであるだろう。

㈣　人の一生、生きものの一生――『人間』に一生はなく、成り腐れあるのみ

1　身心ばらばらな人間の成長。成長してもばらばら。

子の成長というものは、どんな生きものの子でも極めてすみやかに成し遂げられるもので、ヒトの場合、それはおよそ十数年であると昔からされている。ただしもちろん、それがすみやかだというのは寿命とされているそれぞれの生きものにとってのことである。そのうえ、その生きものの自然界における力関係（相対的な生きゆく力）にも大いに関係があるだろう。

ごく一般的にみて、成長に要する期間は、小さくて弱い生きものほど短くなっているといえるだろう。それは多分、そのような生きものほど、早く成長を遂げないと、天敵などに襲われてせっかくの生命を完うすることができなくなることを恐れてのことであろう。その裏返しで、早く一人前にならないと自分より弱いものを捕食することができずに飢えて死んでしまうからともいえるだろう。もっともこのようなことについては、生きもののそれぞれの〝種〟がすでに対策を講じているのではある。種としての存在を完うする為に必要なだけの子を生み出すことになっているのである。生まれたとたんに死んでしまう子の数など〝織り込みずみ〟であるのがふつうだ。それでも子というものは、どんな生きものの子であっても全速力でオトナになろうとしているのである。「なりたくない!!」とダダをこねているようなのは見当たらない。セミなどは、成虫としてわれわれの前に現われている期間はほんの数日間にすぎず、

あとの数年間は地中にあって卵、幼虫、蛹として成長の日々を過ごしているわけだが、それをもって成虫に「なりたくない」とごねているとはいえないだろう。それはセミという種の何らかの都合でそうなっているにちがいない。都合というより戦略と言うべきかも知れないが。

かつては、われわれ（ヒト）の子どももたしかに大人めざして全速力であった。その結果、だいたいにおいて十数年で成人したのである。かつてはそうだった。しかし現今にあってはそれがそうでもなくなっているらしい。身体の方はそれが短縮される傾向にあり、他方いわゆる精神面では逆に延期される傾向が強まっているというのである。成長に身心の跛行《はこう》状態が生じている。それを敏感に察知して、またはは反映して子どもは「大人になりたくない!!」とダダをこねるのだろう。別の言い方をすればこのようなことは、自然と文化との間に引き裂かれているヒト存在のありようを子どもがより鋭く体現しているのだということになろう。成長途次にあるがゆえに、将来の自分（たち）のありようが鋭く予感されているにちがいない。

それはともかく、成長が完了すると（成長は完了するもの、いや、しなければならないものである）どんな生きものでもまずはさっそく自らの子を次代に遺すことに取りかかる。他のことには目もくれないのがふつうである（多少の例外はあるかも知れないが）。そしてヒトの場合、数年程度でその仕事を達成する。ただしこれは大雑把も大雑把、大バッハやレフ・トルストイのように長年にわたって一ダース以上もの子をつくりつづけた人もいるのである。しかしごく一般的には二、三年毎に一人ずつ、五人程度で終わりということになっているだろう。近年はそれが二人未満ということになり社会問題化している。いわゆる少子化現象である。この現象はわれわれ（個人問題を扱っている）にとっても興味のあるものだが今は先を急ぎたい（註1）。

ヒトの子作りには〝適齢期〟というものがあるとされている。それは、今日人生百年時代といわれるようになっても依然二十台半ばに据え置かれている。誰の経験からしてもその頃が生命力のもっとも旺盛な時期である――その時期こそは子孫を遺すのに最適だというのだ。もっとも、そのとき当事者たちが、子作りだの子孫を遺すだのといったことを考えているかどうかは定かではないわけだが。たいていは、自然な結果としてそれを受け容れているだけのことだろう。「つくる、つくらない」などとあからさまにいうのは、適齢期をとうに過ぎてしまって、もはやそれが可能かどうか、かなり怪しくなってきた人々、それで心配して医者通いするハメになっているような人の間のことにちがいない。飛躍していえば、文化がそのような人々をどんどん生み出すようになったのである。その結果、今日は晩婚化したなどといわれている。しかしそれにしても限界はある、どんなに遅くなっても子作りは五十歳前には終るはずである。

では、あとは何に使われるのか――種播きから結実まで、手が掛かるのは社会的に約二十年である（「成人式」もそのころに大々的に挙行される）から、そのあと人は何をして生きるのか？　こういう「？・」がここで出てくるというのがまた、われわれ（ヒト）に固有のことらしいのは他の生きものたちの一生を観察してみればすぐに分かろうというものだ。かつてわれわれ（人間）が言っていた「余生」といったものはまず観察されえない。子作りや子育てが終わったとたんに死んでしまう生きものは少なくない。サケを例に出すまでもないだろう。一般的に、生きものの一生とは、生まれて、成長して、子孫をのこして、すみやかに死ぬというものだといえるだろう。多少の道草を食う、食わないはあるかも知れないが。またこうしたプロセスにおいて中ヌキをするなどの横着な生きものもまずないだろう。

人間のいう成人とは何のことか。なぜそれを人々はこぞって祝うのか。何にしても、「成る」ということは目出度いことであるから、それを祝うというのはもっともである。二十歳を期して祝おうと、十八歳でそうしようとさしたる問題はない。その「成る」が、ヒトの生殖能力獲得を意味するなら、もっとずっと早くともよいだろう。昔なら十五、六歳で「元服」して一人前の大人として扱われていたのでもあるし。しかしその「元服」も「成人」も、社会人としての資格の獲得というもうひとつの意味があったのである。そこにいう「人」とは社会人ということで、人間は社会人としての要件を満たし、それによってその資格を獲得してはじめて「一人」とカウントされることになっている。資格のひとつに選挙権というのがあって、そこでは「一票」と数えられることになる。半票の選挙権というものは制度上存在しないが、世の中には半人前でも通用することはままある。それが一人前となるのだからめでたしである。

ところが、ここにも近年は跛行性がみられ、能力はたしかに具備したが、資格の方はどうかなどということになっている。その逆で、資格は具備したが能力の方はどうもということもある。たとえば、子は産んでも育てられないなどという事態が珍しくなくなっている。そこには、子育てにカネがかかりすぎるという社会問題、にもかかわらず働いても子育てにまで回せるほどの収入が得られないという経済問題が絡んでいるわけだが、それだけなのか。個人問題としての側面はないのか。ひとくちに言ってそれは、子どもが子どもを育てられるのかといったことだ。先に言及した精神的成長の遅れ（と言えば非難は避けられないだろうが）といった〝跛行性〟の影響はないのかということである。

それにしてもこの育てられないという現象は、生物界一般から見ると何とも奇妙なものである。産みっ放しで、子育てをしない生きもの自体は特に珍しくはないが、それはその生きもの（種）のシステムが元々そうなっているからのことである。産んだ親以外の者が育てる、それが自然全体であることになっているなどというのさえある。しかしわれわれ（人類）のシステムは、産んだらその産んだ者が成人するまで責任もって育てることになっている。種としても、文化としても。したがって、本来子どもを虐待死させたり、子育てに悩んで親が自殺（子を道連れにすることも多い）したりなどあるはずもないことなのである。

ともかく、生まれて、全速力で成長して、その成長が達せられるということは、ヒトを含む大ていの生きものでは、次世代のいのちを生み出し、そのいのちを護り育てる能力を具備するに至るということである。そのことは、大ていの生きものが、一人前、一頭前、一匹（尾）前となったその時から一目散に子作りに励み出すところから見て明らかである。逆に、子作りに励み出したその時が、その者の成長が完了した時であると推定してよいといえる。死ぬ前になってやっと子作りを思いついたなどという生きものはまずいない。しかし死ぬ前といわず、生殖能力を喪失する寸前になってということになれば、今日のヒトではそれが珍しくもないことになっているのである。それもやはり、ヒトの自然性と文化との乖離をあらわしていよう。

ところで、一人前になったということは、実際問題として自分のための食を得るだけでなく、子どもたちの分までをもそれを確保することができるようになったということだと言えるだろう。もちろん、衣・住また同じ。一人前の大人と言われるためには、そのほかにも世間ではいろいろなことが条件とされているが、それらは人間（『人間』）として社会に在る為に要求されている事柄がほとんどである。したがって、それらは生きものとしては（ヒトとしては）必ずしも条件と考える必要はない。するとこの観点からは、大人と子どもの違いは明白である――自分のためにのみ生きているのが子どもで、自分と子どもの双方のために生きているのが大人だということになる（ちなみに、親のために生きるという大人は、これもやはり人間だけだろう、それは親孝行という『人間』的思考によるのである）。しかも、大ていの大人は自分のためというよりはむしろ、死ぬまで子どものために生き、また生きようとしている。ゆえにこそ、「オレ、オレ詐欺（振り込め詐欺）」という悪事も成り立っているのである。それに引っかかった大人（親）を愚かと言う人は、もしいたら心ない人と言うべきである。

それで昔は、大人は子どもの成長を見とどけると、すみやかに死んだ。もうそれ以上することはなかったからだろう。生き続けておれば、成長いちじるしい子どもの食い分を横取りしかねないと危惧された。それゆえ（かあらぬか）姥捨ての風習も、当時の人々には是認しえたのだろう。

円滑な世代交代は、いつの時代にも、またどんな生きものの間でも最重要課題でありつづけている。植物の場合には特に、親たる者は自らが子の養分と化してその成長を促進しているほどである。それはキリストの〝一粒の麦〟のたとえにも用いられた。「もし死なば、多くの実を結ぶべし」と。動物でも、親の存在が子の成長の、またその後の生存の障害となる例はいくらでも見出せる。かつては、われわれの祖先もそのようであっただろう。それゆえ、織田信長のころは、人生五十年といわれていたようだが、それでも平均的にはやや長目であったにちがいなく、縄文時代にはせいぜい三十年くらいだったらしい。それしか生きられなかったと考えるのは現代的早計というもので、それが適当だったからとか、それで十分であったからとかと考えるべきではないのか。しかし個体存在に固執する現代人にはそれが極めて難しいことになっているのである。自分が生き続ける為には子すら喰わんばかりである――ゴヤのあの〝サトゥルヌス〟の絵のように。

（注1）「貧乏人の子沢山」の逆現象ではないかということについては以前に触れた。それは言い換えれば、豊かになった人々は子どもたちに夢を託すということがなくなったということであろう。

2　人生百年時代の到来、それで？

ひと昔前までは百歳という年齢を数えた人は大変珍しく、それだけでテレビに出られた。いわゆるきんさんぎんさんは、そのうえ双児の姉妹であったのでたちまち国民的アイドルとなった。もちろん、そこにはきんさん・ぎんさんの超俗的人柄もあったわけだが。

しかし今日、その百歳は珍しくも何ともなくなり、県知事もお祝いに駆けつけるのをためらうほどである。祝っていいことなのかどうかが、今や問われようとさえしているのである。

この変化が、どうして生じたのかはいろいろにいわれる。親子共々生きてゆけるほどにも食料事情がよくなった、衣住の調達も容易になったというのはその通りだろうし（もちろん、自分たちのことしか念頭にないのである）、特に現代の医療技術の進歩が人を死から遠ざけている（人工的に死なないでいる人も少なくない）ということがある、それも確かだ。日本の場合だけで言えば、この七十年間、大人が大量死する戦争が無かったということも大きいだろう。さらに言えば、世の中が個人主義やヒューマニズムの時代になって、大多数の人が自分は死ななくてもいいのだと信ずるようになったことも影響しているかも知れない。これらを一口にいえば、〝種〟の存続より、私、個体存在の生存が優先されることになった、その結果だということになるだろう。今日では、人類存続の為に日々奔走するような人はきわめて稀になった（厳密に言ってのことであるが）。そうでなかったなら、どうして環境問題、いや地球問題などといわれる問題が生じ、それが深刻であること明白であるのにほとんど何の実効的対策もとられず、会議は踊ってばかりいるのか？

　それは社会問題であるからともかくとして、人生はかく延びたが、くだんの適齢期といわれる時期は今でもほとんど変化がないらしい。たしかに、昔なら〝四十の恥かきっ子〟などと陰口をたたかれた高齢での出産は珍しくなくなったが、それでもやはり変わらない。そのうえ、二十歳をもってする成人式などはわずかながら引き下げられようともしている。むしろ、昔に戻ろうとする動きだ。身体は、栄養分の回りがよくなったのと、文化的刺激（脳が、刺激を文化的に受けているのである）のせいで早熟になっているらしいからそれはもっともである。しかし、精神状態はというと、前に述べたように跛行しているのである。とても成人した（成長が完了した）とは言えない若者も多数いる。ゆえかあらぬか定かではないが、その辺で人生の大仕事を成し遂げる人も少なくなり、それがいわゆる少子化の一因となってもいるだろうと推測される。少なくとも、成長するなり一目散ということはなくなった。その結果、タイムリミットに直面してあわてて医療機関通いをする人も増えている。するとこんどは倫理問題という別の現代的問題に直面することにもなるのである。この問題こそは、種の存続にかかわる真の大問題というべきなのだが、今のところそれは医療関係者の間でしか語られていない。全ての人の問題であるのに医療倫理の問題として矮小化されている。しかしそれも社会問題の側面がつよいから今はさて措く。

個人問題としての関心から言えば、人生百年時代の到来によって、長大ないわゆる余生が生じてしまっていること、そして『人間』としてのピークがどんどん彼方へ押しやられ、したがって若者ほど何をすべきかが分からなくなってしまっていること、それがひとりの人間の中に同時に生じていることなどがこの際問題なのである。これを、われわれ老人の立場から言わせてもらえば、昔の人々のようには余生を愉しむということが事実上できなくなってしまったということになるのである。そもそもその「余生」という、昔は明らかなことであったことが、今や分からないことになってしまった。死語化したのでもある。社会的には圧殺されてしまってさえいる(註1)。サルに余生は無いではないかといわれれば、なるほどそうだといわざるをえないようなものだ。しかしわれわれはサルではなく、ヒトなのである。やむをえず、いや不可避的に『人間』もやってる存在だ。したがって、体と心、自然と文化の間に引き裂かれている。それゆえ、余生などというものの余地がなくなり、しかもそれをこそまさに必要としてもいるのである――昔の人の比ではなく。

そうしてみると、人生百年時代の問題と言えば、このギャップを埋めることこそがそれというべきではないか。「余生」(人生の余った時間)の復権とでもいうことに。

しかしどう見ても、われわれがしていることといえば、まさにこの逆のことなのである。そのうえ社会においても、今やいかにして年寄りを働かせるかに関心が集中している。それはひとつには少子化で労働力人口が急減しはじめたからで、ひとつには年金や医療費支出が国庫を圧迫しているからである。それで「老人」の定義も後送りを繰り返している。「定年」も、かつての五十五歳から六十歳に、それが今や六十五歳になろうとし、さらに七十歳までは「働ける」(実は「働け」)ということになった。

全てこれらのことの背後にある人々の考えはどのようなものか――は、これまですでに十分に述べてきた。いわずと知れた例のアングロサクソニズム。別名近代主義である。

ヒトの身に右のような有史以来ともいえる一大変化が生じたのと軌を一にして、われわれのいう『人間』の側にもはやり顕著なひとつの問題が生じた。誰しもがことさらに「生き甲斐」だとか「自己実現」だとかと言うようになったのである。そして子の成長や家運の隆盛、ダンナの出世などといったことは相対的に地位が低下してきた。それが問題として意識される場合であっても、その裏または奥には生き甲斐・自己実現の類があるようになったのである。仮に、それらのコトが成ったとしても、少なくとも「もういつ死んでもいい!!」などということは言わなくなった。実現されるべき〝自己〟は、そうしたところにはないのだと考えられているのである。ではどこにあるのか。そう聞かれれば、大ていの人は口をもごもごさせるだけで、これといった答えは示せないのがふつうである。まして、自己とは何であるかなど、哲学者以外は考えたこともないにちがいない。キルケゴールや道元禅師のような人の答えにはまず縁がない。そしてゴータマ・ブッダの教え（まさしく、その自己実現の教えなのだが）などさらに縁がない。「サイの角のように、ただひとり歩め」ではそれももっともと言えなくはないのだが。

「自己実現」という用語は、どちらかといえば若者や女性たちに好まれているようだ。若者は、身体的成長を遂げて、さあこれから『人間』になろうという局面（「生きよう」という局面である。それまでは生きていなかったわけだ）にあるのだし、女性たちは今まで（歴史的に）男の陰に隠されて〝内助の功〟を強いられ、〝自己〟であることができなかった（と感じているらしい。しかし、母はいつの世にもかけがえのない、ただひとりの人として全ての子たちに敬慕されてきたのである）ので、いずれももっともといえばもっともっともである。

一方、「生き甲斐」ということばは、概して中高年以上の人の間で人気がある。それも、子育てが終わったり、会社を定年退職したり、その他第一線を退いたような、いわゆる熟年に達したような人々のほとんど口癖となっている。したがって、生涯現役を貫いているような人には無縁の言葉だ。切実なのは、長い長い（と予想される）余った人生を抱え込んでしまったような人だ。はっきり言って、あとはただ死ぬのを待っていればそれでいいはずなのだが、なぜかそうする人は少ない。医者にガンだと言われて「しめた!!」と言う人が少ないようなものである。ガンは、今のところ世の中では死病とされているのだから、それで死ぬということは立派な原因ある死のカタチなのである。門前で自動車にハネられて死ぬ（事故死である）のとはわけが違う。もっともこのわけ（理由）の違いを知る人がまた少ないわけであるが。ともかく、死に至る病を告知されて、堂々、その病とともに生きる人は今日でも少数派で、中にはますます長生きしたいと願望をつのらせる人さえ珍しくはない。涙を浮かべて「助けてください」と医者にすがったりもする。

たしかに、長生きしたいというのは、ごく自然な全ての人の希いである。それが「長生き」というのではなく、単に生きていたい、いつまでも生きつづけたいというのなら、全ての生きものに共通した希いといえる。それは「生命」そのものの存続の意思を素直に反映していよう。それが、「長」に異常なまでの力点を置き、「長生」ということばが人の心を領するようになると、それを自然とはいえなくなる。「永生」ともなればもはや不自然としか言いようはない。それは、強烈な『人間』の願望、いや欲望である。「生き甲斐」だとか「自己実現」だとかというのも、「長生き」レベル以上の『人間』の願望と考えられる。人によっては一種の強迫観念と化しているかも知れない。そこに自然性はもはや一片も見出すことはできない。明らかに『人間』に固有の問題である。成る程、ツルもカメも長生きで通っているが、だからといって彼らがわれわれ同様の願望を抱いているとも思われない。願望とは異なる別の理由（または原因）があるにちがいない。キリンの首が長くなったワケというのなら聞いたことがある。それは、キリンという生きものが生きてゆくための必要から生じた、と。すると、われわれヒトが生存の都合上、どうしても長生きが必要ということになってくるなら、ヒトの寿命はおのずと延びることになるだろう。

今日のいわゆる人生百年というものが、そのようなものであるなら、まずは目出度いということになるかも知れない。しかし、必要から生じたものに目出度いも何もないとも言えるのである。キリンの首は、ちょうど必要なところまで延びたところで伸長は終了した（と考えられる）。われわれの寿命はどうか。もしそれが、必要ではなく願望によって今日のようになったというなら、終わりということはないだろう。ヨレヨレになっても、まだ生きていたいというのがその願望、いや欲望というものだ。欲望の常で、そこには「長生き」という観念が取り憑いているのである。だからいつまで経っても「もう長生きした、十分だ」と思うことができない。人は、自分自身が『人間』という言葉と化してしまっているので「長生」などという言葉とは相性がいいのである。取り憑かれやすい。「類は友を呼ぶ」式ともいえる。それを自然なことというべきか、不自然というべきか。

こういうことは言いたくないが、大人が長生きすることとなったがために、子どもたちがすでに大いに迷惑をこうむっているらしい。それは、昨今の社会事情に次第に露わになりつつある。政府が国債を乱発し、したがって現在の消費のツケを子どもたちの世代に回しつつあるというのも、その過半以上は大人の長生きのせいである。膨大な社会福祉支出の大半は、その長生きのためで、子どもたちの福祉のためでないことは明白だ。そのうえ、その子どもたちは、せっかく成人して世の中に出て行っても、そこには席を空けない大人たちが延々と居座っているので、彼らの居場所はなく、空しく齢をとるばかりなのである。たとえ望む居所を見つけても、そこには今度はいじめ、パワーハラスメントといったことが待ち構えているのだ。しかも、いじめてもそうした人々は、自らが先輩たちから受け継いだ様々なノウハウを決して譲り渡そうとはしないのである。こうしたことは老害と呼ばれて嫌われているが、しかしそれも何のそのなのだ。

　こうした不利益は今や社会全体のものとなり、すでに耐え難いまでのものになっているのかも知れない。蔓延する閉塞感といわれるものもこれと無縁だろうか。閉塞とは、頭がつかえている、押さえつけられている、出口が見えないといった一般的状況のことだ。それはいつでも時代が煮詰まった時にあらわれる現象で、今に始まったことではない。さまざまな事柄が一斉に飽和状態を呈するのである。われわれの長生きは、その原因なのか、結果なのか、過程で現われたひとつの現象にすぎないのか、その辺は社会学者の研究に任せよう。

　子どもたちは、親たちのその長すぎる（ように見える）一生をどう考えているのだろうか？　それは聞いたとしてもこれといった返事はないにちがいない。子どもである以上、親の存在をアテにしないわけにはいかないことだろうし。しかし心のどこかでは、無意識のうちにではあるとしても自分の未来の姿を想って、言い知れぬ不安を感じとっているかも知れない。百年もの間生きつづけなければならないとなれば、何をたよりとして生きてゆけばよいのか。目標だ、目的だ、希望だ、願望だといってもそれらは全てほんのいっときのもの、仮そめにすぎないものなのではないか。そしてとどのつまりは、あんなふうになるのだ、そう思えば、考えること自体イヤになってくる。万事はとりあえずでゆくしかなかろう。そんなふうに考える子どもが実際にいるとは思われないが、子ども全体という存在を思ってみると、そのようにも言えそうなのだ。どこか覇気が無いように見えるのもそのせいかも知れない。

『ヒト』にはそもそも生き甲斐などというものは全然必要がない。あえて言うとすれば、成長して（これが昔は大変困難なことだったのである、他の生きものと同様に）、子どもを遺し、それゆえに安心して死ぬ、それがその生き甲斐だったが、それは生きることそれ自体だったから当然そのような思いも意識もありはしなかったはずなのである。にもかかわらず、その後のヒトは、所要年数の何倍もの間生きなければならないことになってしまった。大雑把にいって三倍、したがって人生の三分の二は、「生きる目的」を必要とすることになってしまった。長生きは、結局人の永生願望の結果であるとすると、その「生きる目的」というものも同根であろうと考えられる。

ツルやカメは昔から長生きで知られた動物だが、どう見ても右のような「生きる目的」や長生き願望とともにあるようには見えない。そして、その長生きは代々受け継がれ、種の特長となっている。したがって、何の努力もそのためには必要としない（だろう）。しかし人間は、ひとりひとりがそれぞれに、願望を実現させるべく奔走し、それをやめれば本来の（または種としての）長さに（おそらくは）戻ってしまうのである。遺伝もおそらくはしない（長生きの家系といったものはあるらしいのだが）。その努力のおかげで、たとえば医療技術は進歩し、社会保障制度は充実、それがさらなる長生きを助長して好循環をなして今日のわれわれは在る。それは文化・文明のなせるわざである。したがって、人間の自然性（ヒト性）は多少なりとも影響を受けざるを得ない。ヒトは、春夏秋冬、それも朝昼晩、四六時中発情しているといわれるが、それはヒト本来のありようだろうか。動物一般に観察される発情という現象は、ヒトについては〝適齢期〟にあらわれるそれと、引き延ばされたそれとでは脳内の所轄部署も異なっているにちがいない（記憶の例もあることだし）。しかし脳の行動指令部は、その要求が、自然由来のもの（生命上の、または種にもとづく）なのか、文化由来（想像上の、または欲望にもとづく）のものなのか、区別できていないにちがいない。そうとでも考えない限り、人間のこの異常な生殖行動（とはいえないまでのものになっていよう）を説明することはできないだろう。

（註1）　最近、政府は「一億総活躍社会の実現」などということを言い出している。大変迷惑なことと言う外はない。

3　死なないことと、死ねないことと

——ゆきつきて道にたふるゝ生き物のかそけき墓は、草つつみたり　迢空

なにゆえに『人間』は長生きを願望するにあたって、身体の長生きを必要とするのか（魂は、なにゆえに身体を必要とするのかというのに似ている）。というのは、われわれの身体が、自らは長生きをと

くに必要とはせず、それを願望しもしないのならば（そのようだ）、そうするのはヒトの内の『人間』以外にはいそうもないからである。しかしその『人間』は、自らのことを魂と言ったり、霊と言ったり、時に精神などとも言ったりして、それを永遠不滅なものと信じているのである。少なくともそのようなものの一部であるとは思っているだろう。ならば、無常なる身体などどうでもいいではないか。身体が作動しなくなったら、別のと取り替え（または乗り換え）ればよい。昔の人はだからきっと今日のわれわれ程には死を恐れなかったにちがいない。いや、身体の壊れ、すなわち死はやはり恐ろしかったかも知れないが、だからといってそれを避けることが第一義とは必ずしも考えなかった。死を賭してものごとに当たるのはふつうのことと言ってもよい程だった。そしてそれができたのでもあった。ただし、こうした考えが成り立つためには、自分用の、未だ他の霊魂が宿っていない、いわば未使用身体が少なくともひとつ、できればさらなる予備が用意されているという事実が欠かせないのである。でなければ、コトののち魂は空をさ迷っていなければならないことになる。ゆえかあらぬか、人々は人間以外の生きものの身体までをも考慮に入れ、それらには魂は宿っていないものと（都合よく）みなした。一部の心ある人々のみが、「一寸の虫にも五分の魂」などと言って、そうした生きものを擁護したのだった。しかしそのような人も、人間の魂こそが魂の大元締にもっとも愛されているはずだとは思っていただろう。それゆえ、いよいよ必要ということにでもなれば、虫の魂にもそこを退けと迫ったにちがいない。ちょっと、虎の威を借る狐の感なきにしもあらず。しかしどうして、人の魂のみが、魂の元締（または大いなる魂）にもっとも愛されているなどと思うのか？　その逆はないのか？

全てこれらのことの真実は、魂というものが身体に依存していて、それなくしては在り得ないものだからということではないか。単に依存しているというだけならそれはヤドリギ（寄生生物）のようなものだが、魂というものは身体から生じ、身体とその運命を共にする。いわゆる一心同体のものと考えるべきだろう。そういうものとしてのみ在る。そうと知ればこそ魂（また『人間』）は、自らの永生の願望と共に身体の永続きをも希求せざるを得ないにちがいない。


しかしその頼みの身体は、どうあっても死すべきが定めなのである。昔からそう言われている。しかしなぜ個体は死ぬのか。子孫を遺すなど面倒をするより、自分が死ななければよいではないか。それは生命科学的問題というほかないが、われわれとしてはそこに自然の叡智といったものを見たいところでもあるのである。そしてそこにはまた、生命のダイナミズムや『苦』の問題があることをすでにみた。

生まれたものは死なねばならぬ、生じたものは滅せねばならぬ、ということを自然一般の掟と認め、かつ生まれたものは全生命体の一部として子孫を遺すことがその使命であると認めるならば、子のために親は死なねばならず、むしろそれを意志とすることが理に適っているということになるだろう。事実、身体はその意志とともにあるように見える。

そうは言っても、生きものはみな死を恐れているではないかと反論してもムダというものだろう。それは自然観察の不備を露呈することにしかならないにちがいない。真実は、死など恐れてはいない。今生きているこの生の中断をこそ恐れているのだというものだろう。この世に在ってなすべきことを未だなし遂げていないのに、それが外的事情によって妨げられることを恐れる、だから襲われれば逃げないわけにはゆかないのだ。夏の終わりに、生ききったむくろを道端にさらしているセミやトンボが、どうして死を恐れ、おののきつつ死んで行ったと思うのか？　彼らは、生きて、その結果死んだにすぎない。そのとき何も思うことなどなかったにちがいない。それゆえ、そのむくろたちにはしばしばアリがむれをなしてたかっているが、その光景さえもが安らかに見えるのである。これでいいのだ、と。

しかし今日のわれわれの間では、死は稀ではないにしても少なくとも異例の事象として日常から遮断され、できれば見たくもないものとして視界から消されてしまっている。あるのはほとんどが、われわれいうところの「生死の中断」ばかり。全ての死が、本来の死（生の完成としての死）を離れた事故死になってしまっている。死の原因が、生ではなく事故になったといっても同じである。死に神との遭遇もその事故のうちだ。もちろん、事故を回避するためにいろいろ努力は怠っていない。誰もが死なないように、用心深く生きている。その点では昔の人の方がずっと軽率とさえ言えそうなほどだ。命を粗末にしていた。果たしてそうか。生きることに、生ききることに急だっただけなのではなかったか。

今日、命を、したがって自分を大切にする人々はさかんに〝生前葬〟だの葬式の演出だの〝エンディングノート〟の作成だのに余念がない。死という事実（事象）のまえに「死」という言葉があるのだと考えられる。死が文化と化しているのである。文化だから、いかようにも扱える。厳粛な死との対面はチョットだけにして、盛大または簡素な葬式に死者の生前を偲ぼう。ならばそれは日常であり、娯楽とさして変わらぬものというほかはない。バーチャル死（死という言葉）が弄ばれているのである。しかしどうあっても死というものは窮極の非日常なのだ。全ての日常は、そこへと向かって流れ込んでゆくものだ。それが、今日的日常はその逆方向になっている。ならばその日常は嘘であるにちがいない。死のゴマ化し。それはすなわち生をゴマ化して生きていることにほかならないだろう。

現代人は、ものごとの終了、完結、成熟といった言葉を好まないようだ。特に経済人は、学者・事業家のみならず一般消費者さえもが、こうした用語を避けたり時に敵視したりしている。文化一般を語るにさえ「成熟」は今や禁句である。それは、成熟が終わりと理解されているからだろう。日本国が「成熟した債権国」の段階にあるということは、ほとんど日本はもはや終わったというに等しいことになっている。もはや未来に向かう活力はない、と。しかしかつてのわれわれは、その成熟をこそ価値として、老いも若きも日々いそしんできたのである。早熟であろうが晩熟であろうが、熟することはいいことだとして。それが今は未熟が愛され、熟しているものすら未熟が装われているほどである。

「なすべきことはなし了えた。もうすることは何もない」などと言う人は滅多にいない。大抵は「それには時間が足りなすぎる」と言って嘆いている。では、時間があれば（それにカネもあれば）何かできるのかといえば、それがそうでもない。何をすればいいのかがわかるかも知れないと期待するだけだ。そこへ突如ガンでも発病して余命幾ばくということになればどういうことになるか。ほとんど、自宅の前で道行くダンプカーにハネられたのと同じことになるだろう。とても、あのゾシマ長老の年若くして逝った兄マルケルのようにはなりそうにもない。

こうして死は、その本来の姿をもってしてはわれわれの前からすっかり消えてしまった。世間で〝大往生〟といわれるケースであっても、昔の人のように辞世の歌や言葉を遺してゆく人は少なくなった。それには認知症などという昔にはあまりみられなかった病気の影響もあるだろう。〝エンディングノート〟は、その点現代的辞世の役割を果たしているのかも知れない。〝自伝〟を自費出版する人も増えている。「元気なうちに」というわけだろうが、そのウラには「元気」でなくなってもなお相当の間生きつづけなければならないかも知れないという思いがあるだろう。身体はこの世に在っても、心はこの世の生に一応の区切りをつけてサッパリとした気持ちで死の時の来るを迎えたいという思いもあるかも知れない。要するに心満ち足りて死にたい、と。まあ、もっともといえる。

しかし、〝生前葬〟となるとどうか？　一種の遊びとも、「我」の支配欲のあらわれとも、死の練習とも考えられるが、それはいずれにしてもやりすぎというものだろう。結果というものが訪れて来るものなら、練習するべきは生の方だろう。練習ではなくアート（演出）だというなら、それは要するに娯楽の一種である。娯楽は、生きることではなく、それからの逃避の一法である。現代ではその生きることがそもそも生からの逃避と化しつつある。なぜなら、依然として「生」は「苦」でありつづけているからだ。その「苦」を生きることは苦しいので、娯楽に逃避するというのでは「苦であると知れ」というブッダの教えも空しいというものだ。「苦」にとって、娯楽は最悪の苦である。成熟とは、この「苦である」ことを知ったということで、反対に未熟とは「楽である」と心得ていることとも言える。「死にたくない」というのはその証拠だろう。しかしそれにしては、「死にたい」という若者が増えているのはどうしたことか？　もちろん、それは「生きたい」という願望の切実なあらわれだろう。生きようとしても生きられない現実社会の状況の表現だろう。成熟の表現とは何の関係もないにちがいない。

4　登ること、と下ることと

人の身心のピークはいつごろか。身の方はすでに述べてきたように二十歳代から三十歳代ぐらい、心の方は、こちらはそれほど判然とはしないのだが、昔から「四十而不惑」というくらいであるから四十歳前後と考えて大きな間違いはないものと言えるだろう。身・心のこの差、約十年程は人の社会人としての成熟期間をあらわしていると考えることもできよう。この間に、多くの人は社会に在っていわゆる揉まれるのである。そして〝不惑〟に至るわけだが、そのころには体力はすでにピークを打っていて無理がこたえる体となっている。しかし心は充実し、気が漲っているからそれもなんのその、社会的要請に応える働きをつづけてゆく、「五十而知命」というがごとく。そして、会社員や役人なら停年。そうでない人もそろそろ子どもに道を譲って……ということになる。四十代、五十代の働き盛り、それを身心の高原状態とすると、それ以降は長い下り坂と言うことができる。

仮に四十歳を身心のピーク（峠）とすると、人生百年時代となれば、のち六十年間は長い下り坂ということになるだろう。身の方はそれより十年は先駆けてピークを打っているはずだから、すると人生の三分の二はその下り坂と言うことになる。しかしかつては、ほとんどこの逆だったのである。人生の三分の二は上り坂で、峠に達したのちの三分の一が下り坂だった。人生六十年時代にも、人の身心のピークはさして変わらなかったと考えられるからである。江戸時代には、三十を過ぎた人には「老」の敬称が付せられていた。今日、成熟嫌いとなった人々に六十過ぎたからといって（いわゆる還暦の祝いに）そのような敬称をもって敬意を表しても迷惑がられるだけである。相手は、それにしてはお若いなどと言ってもらいたいのだ。

そうはいっても、身の方の衰退は誰しも覆うべくもないから、正直、言ってもらいたいのは気の方ということにならざるを得ない。気は若々しい、ココロは万年青年。それなら、還暦はもとより古稀を迎えても意気軒昂でいられるというわけだ。

しかし、どうしたらそのようでありうるのか？　長い、だらだらな下り坂（あくまで図形上のことである）を、あたかもかつてそのようであったように充実した登りができるのか？　その為には、人生のピークを六十歳ころにもってくる必要があるだろう。場合によっては七十歳（古稀）ころまで延期するか。しかしそれでは、身の方はどうなるのか。すでに久しく下降線を辿りつづけている身体の方はどうするのか。考えるだに気が滅入る。

心と体のギャップというのはいわゆる思春期に誰もが悩むほどのごくふつうの現象で（体の成熟に心の方がついてゆけないのである）、数年も経たないうちにそれはひとりでに解消してしまうものだが、熟年期にあらわれるそれはまるきり逆のことになっている。「体がいうことをきかなくて…」とこぼす人が多くなった。「時間が足りない」だけではなく、体も足りなくなってしまったというのだ。それくらい「なすべきこと」は多いというのだろう。ならば、それだけ心が豊かになったのでもあろう。では、その豊かになった心というもの、いや、若返った心というのはどのようなものか？　当然その心は、若者がそうであるように何かを求めて燃えているのであろう。かつて、多くの若者が、その何かを求めて激しく岩壁に立ち向かった。谷川岳や穂高、剱岳の大岩壁に。彼（彼女）らは、自分がもって生まれたいのちの炎が燃えるのを見たかったにちがいない。まざまざとその眼で。それを今日的に言えば自己実現と言ってもいいかも知れない。ただしそこに社会的意味合いはほとんどなかったのである。もちろん、若者らしい功名心には満ちていただろうがそれ以上ではなかった。そこが今日いうところの自己実現とはやや趣が異なるかも知れない。純粋さという点で。

いづれにしても、社会で功成り名遂げた、もしくは遂げ損ねた熟年者に、今更「自己実現」もないだろう。〝自己〟は、すでに知られ過ぎて今や白けてしまっているはずである。自分自身にも、他人にも、社会的にも、知られ過ぎだ。そうなると、万年青年のいのちの炎はどうやって燃やすのか？　体が足りなくてとこぼすほどのそのいのちは。そこで多くの人が「生き甲斐」ということを言うようになった（と考えられる）。そこで私のいのちを燃やすのだ、と。その燃やし方それ自体が「生き甲斐」ということにもなりうるのである。それなら、わが人生のピークはもっと後でもいい、かも知れない。そう考えれば滅入り勝ちな気も少しは晴れようというものだ。

とはいえ、その人生のピーク、いや「生き甲斐」というものにはピークなどというものがあるのだろうか。いつ、それは到達するのか。それがない、あるいは分からない、そこがいいのだと人は言うだろう。そうであればこそ、わが命の炎も燃えつづけることができるのだから、と。そのように言う時、人はまさに『人間』そのものとなっているにちがいない。ただその『人間』自体はピークではないのである。あってはならない。なぜなら、『人間』は永遠に成長し続ける存在、いや成長してやまないからこそ永遠の存在であるものだからである。「あの人は、このところ人間的に成長が著しい」といったようなことを人に言われたいのでもあろう。間違っても「人間的に衰えが目立ってきた」などと言われてはならない。

では、人類全体ではどうか。人類のピークはすでに過ぎたと断じる人は少なくない。ただそれを、十七世紀だという人もいれば、十八、九世紀だと主張する人もいるというだけである。もっとも、科学技術を信奉し、それをこそ人類の「生き甲斐」と思う人々にとっては、自分たちのピークは未だ未だずっと先のことと言うにちがいない。人類は、これから輝くのだ、と。人類の身体はもうかなりきついことになっているが（それは確かだろう）それも科学技術で十分カバーできるはずだ。脳の劣化はAI、人工知能が補完するだろう。いや、人類の脳はまだ三分の一も使われていない、安心しろと脳科学者も太鼓判を押しているではないか。そうかも知れない。しかし、ではその人類の輝き（輝くピーク）とは何のことなのか？

ごく一般的に言って、登ることを好むか、下ることを好むかは人それぞれなのであるが、いずれにしてもそれを好むというからには、そこに何らかの楽しみも価値もあるからということになるだろう。何をもって楽しみとし、価値とするか（楽しみがあるということが価値なのだということもあろう）が人それぞれということになる。それらを求めることにかわりはない。

一方で、水は低きに流れゆき、人は易きに就くものだと言う人がいる。登るとは、その逆であることがふつうであるから、そのように言う人は、高きに向かい、難きに取り組む人など不自然なこと、非人間的なことだと批判するかも知れない。ただし、そのような人でも、早朝、太陽が山の端に姿を現わすときには、至福の表情とともに「バンザイ」を三唱したりはするのである。自分が苦吟して登る（昇る）

のでなければバンザイなわけだ。それは厳しいアスリートたちの戦いを観戦する人にも見られる。

水が、低いところに流れてゆくというのは、たしかに自然なこと、というより自然そのものである。しかしわれわれが、自然である、少なくとも自然的であるということは、ではどういうことか。なぜなら、イエス・キリストは「力を尽くして狭き門より入れ」と教え、ゴータマ・ブッダも峻厳な修行の道を説いたからである。その教えを奉じる者のことを信仰者というなら、登山者はその信仰者に似ている。登山者は、自然を愛し、自然と共に常に在り、自然と一体化することさえ夢見る者であるが、一方でそれゆえに易しい登路よりは少しでも困難なそれを選択する習性があるのである。生命が危険にさらされるようならなおいいとさえ思う。しかし死んでしまっては元も子もないから無茶はしない。指一本折れ、爪一枚はがしても身体全体が危機に瀕してしまうから、とりわけ体は大切にする。体のいうことをまず第一に聴く。いやそれ以上に、山の語ることに耳を傾ける。ただのヒロイズムで山登りはできないと知るのである。もしそれをもって謙虚というなら、同時に自然とも言って然るべきだろう。上に昇るのもまた自然なことなのである。同じ水でも、雨は落下するが、水蒸気は上昇する。自然も「一筋縄ではいかない」。

高齢化社会になって世には「下ってゆく生き方」などということばが聞かれるようになった。なるほど、そういう生き方もないとはいえないか。しかし、ではそもそも生き方というのは何のことなのか。それはもちろん、『人間』の身の処し方そのものか、あるいは少なくともそれにかかわることだろう。ヒトにそのようなものがあるわけはない。必要がないからである。もしそれでもあるとすれば、それは間延びした、長すぎる余生にかかわることだろう。なぜなら、特に余生である身体は、たいていブヨブヨしていたり、ヨタヨタしたりしていて扱いに困ることになっているはずだからである。それを何とかしなければならない、となればたしかにテクニック（「生き方」はこの場合、文字通りのものである）が要る。そういう指南書も沢山出ている。しかし、いうところの「生き方」というのは、そういう下降中の身体をケアしつつ、それ以外のところで何かもっと積極的なものを求めてゆこうというものだろう。それもテクニックと言えばそうだが、ただのそれではない、何か価値あるものをつけ加えたいというのだろう。そういう意味で、それも上昇指向のうちである。なぜなら、単なる下降の楽しみというものもたしかにありはするが、それは娯楽（したがって日常）であって、いずれ飽きるものである。定年になった人が、ゴルフ三昧すると、たいていは半年程度で飽きてしまうといわれる、それと大差ないだろう。下降の楽しみというと典型的にはスキーだが、実のところこれも本当の楽しみは上昇の方にあるのである。下降の腕を上げるという楽しみだ。スポーツとしてスキーをやる人なら誰でも知っていることだろう。それは当面苦しみを伴うものである。そしていつの日にかは「苦も楽の内」となるはずのもの。登山と何らかわるものではない。その点では、お釈迦様の教えの逆をゆくものである。ただし、その同じお釈迦様がまた厳しい修行の道を説いていたのだ。苦労して楽を滅ぼせ、と。

では、「下ってゆく生き方」なるものが右のような「生き方」、またわれわれいうところの「ミニマムに向かってゆく生き方」などいうものではなく、単純に下りにも楽しみはある、それも楽しめる、だから大いに楽しもうということならそれはそれでもっともなことと言えなくはない。たしかに落日に美を見出し、鉛色の空がいぶし銀に輝くというのも下りならではの発見だろう。高いところから下を見下ろすのは楽しい。第一、下ることはらくちんだ。しかし、そうした下りの楽しみというものはたいてい、苦吟した登りを、登り切ったところにあるものなのである。いわば登りに依存している。ヘリコプターで高みを一気に手に入れ、下りだけをやるということでは決して得ることができない。手に入るのは、入ったとしても娯楽に類するものだけである。すみやかに消え去ってしまう。残るのは「楽も苦の内」ということにならざるをえない。ヘリコプター代の支払いもあるし。

登山者は、苦吟した登りを完了すると一目散に山を駆け下りる。立ちどまっている意味などない。すでにすでに胸の中は、やり遂げた充実感で一杯になっている。ほかに思いを領しているものがあるとすれば、た下りきったのちに待っている風呂やビールといったようなものだけである。人によっては、自慢話といったものもあるかも知れない。しかしそれらは全て、登りに依存しているのである。登頂に失敗していては決して手にすることのできないものばかりだ。

仮に、ゆるやかな下り道を、ゆっくりと下りてゆく歩き方というものがあるとし、またそれをよしとするとしても、それが可能であるためにはやはり何らかのなすべきことはなし了えたという背景が必要だろう。ところがそれがなかなか容易ではないのである、現代にあっては特に。われわれはそもそも、なすべきことの何であるかを知らず、知っていたとしてもそれが終わることを喜ばず、『人間』であることをやめられない存在だからである。八十歳になっても登山家が登山をやめられないのは登山家の〝業〟というべきものだが、『人間』であることはヒトの〝業〟である。もちろん、ヒトは山登りなどしはしない。いやするにはするが、必要に迫られてのこと以外ではないだろう。しかしヒトの中に棲みついた『人間』は、ヒトをして高みに登れと命じてやまない。そこにはもっといいものがある、いいことが待っていると誘惑しもする。ヒトはそれに抗えない。水のように低きに流れ、最短距離を行きたいと密かに希ってはいてもそれはできない。生きることは「苦である」。

「下ってゆく生き方」という「生き方」の話であった。体力のピークも、人生といわれるもののピークも、とうに過ぎた年寄りにとって、それは長いだらだら坂を下ってゆく（ゆかざるをえないのである）ひとつのアイデアではあるだろう。かなり苦しいアイデアだ。一種の居直りともいえる。しかし嘘とまでは（心情的には）言いたくない。

本当のところを言って、年寄りはただ単に下ってゆけばいいだけなのである。登ってしまったのなら、下りるのは致し方のないことだ。人は、平らなところで（のみ）生きてゆくようにできている生きものである。登り下りは四つん這いにならなければできない。二足歩行こそはヒト固有の武器であり、それあればこそのヒトなのだ。だからヒトは、特に用もないのに山に登ったりはしない。それをするのはアングロサクソン族の若者ばかりである。

「生き方」という考えは、多分にそのアングロサクソン族の性癖に染まったものである。近代アルピニズムは十九世紀の英国に始まったといわれるが、現代人の若者の多くは精神的にはそのアルピニストに近い。アルピニストが「登り方」の追求に余念ないように、近代の若者は「生き方」を求めて東奔西走している。しかし、本当に「生き方」などというものが必要なのかどうか、そこのところはさして追求してはいないようだ。老人にそれが必要なようには（必要になってしまったのである）若者にはそのようなものは必要ないはずである。若者は、「生」という登りを、生まれながらにしてすでに登っている存在であり、それをどう登るかなど本人にどうなるというものではないはずでもある。なぜなら、登り方は山が決めるものであって、彼はそれに順うより道はないからである。順わなければ遭難するだけのこと。

5　得たもの、失ったもの

前節で「時間が足りない」とこぼす人のことにちょっと触れた。たしかに、そういう人はいる。それだけ〝なすべきこと〟を沢山抱え、それゆえそれが悩みのタネともなっている豊かな人、その逆である者にはうらやましいかぎりの人だ。とはいえ、そういう人であっても本当に「時間」は足りないのか、本当は足りているのに（なぜか）「足りない」と言いたがっているだけなのではないか。いささか意地悪な疑問ではあるが、自然のすがたを見ているとそのようにも言ってみたくなってしまうのである。自然は、たとえば夏の一日ひたすら鳴いて過ごすセミはどうか。足りるも、足りないもない、与えられた時間を精一杯生きているだけのように見える。「足りない」とわめいて鳴いているようにはとても見えない。そしてつまるところ、その時間を使い尽くして、過不足ない姿を路上にさらす。

人間は、時間をもて余すとロクなことは考えないものである。もちろん、時間をもて余すのは『人間』ばかりで、その同じ人間が一方ではいつも「足りない」とこぼしているのだ。それはきっとその方がラクだからにちがいない。しかしそのためには、いくら時間があっても足りないほどにもたくさんの〝なすべきこと〟をつくり出さなければならないのである。それが簡単ではない。大きな山をドーンと据えればいいのだが、それでは体力が心配になってとても取り組めない。どうしても、越え易い小さな山をいくつもということになる。その分、泉のごとくにアイデアが湧き出さなければならないわけだが、いくら心は万年青年でもその年になれば泉は涸渇しがちなのである。過去という、年とともに強固になってゆくしがらみもある。それでも〝なすべきこと〟はひねり出さなければならない。そして、「足りない」と言わなければならない。その結果（に相違ない）、「いい年をして」などと言われつつ妙なことに挑戦しだしたりすることになる。挑戦して、それなりに成果が得られればそれでもいいのだが、多くは所詮暇潰しということで終わる。〝気晴らし〟にでもなればよしとしなければならない。

さて、われわれ（現代人）の文化は今や、生命や自然から回されてきたツケの大きさに驚がくしている（していない人もいるようだが、第三人類を語るわれわれにはおめでたい人にしか見えない）。自然からのについては今さらいうまでもないだろう。東日本大震災を目のあたりにしたばかりでもあり。では、生命からのとはどのようなものか。そのもっとも深刻なものは、死ぬことができなくなった人々が巷にあふれるようになったことだろう。死に方を忘れてしまったのである。昔は、死もまたひとつの価値であったので、みながそれぞれに自分の死に方を研究し、社会もまたそれを支援する配慮をもっていたのだった。その死に方とは、いうまでもなく生き方にほかならないもので、生き方とは、要するにちゃんと死ぬように生きるということだったのである。その、ちゃんと死ぬ生き方とは人それぞれに己がなすべきことを心得て、それを過不足なくこなすということ以外ではなかった。その場合、そのなすべきことのうちにプライベートな欲求の充足というようなものの入る余地はなかっただろう。世は個人主義ではなかったし、そもそも私事など〝恥〟ともされていたのだからである。もちろん、わたくしごとがないはずはなかったのだが、誰もそれに価値を見出したりはしなかったのである。戦国時代の武将たちはわたくしごとで動いていたのか、というようなものだ。今日のわれわれの眼にはむしろ彼らの無私さこそが見えるのである。上杉謙信の「義」は有名だが、それに類するものは誰もがもっていた。「信」もあれば、「我」もあり、中には「愛」などいうのもあり、「厭離穢土《おんりえど》、欣求浄土《ごんぐじょうど》」というのもあった。それらは、単なる殺し合いの正当化のためだけのものだったのか。その前にあって「私」をこそ殺す為のものではなかったのか。今日われわれは、そのような己を殺すための大義名分を失って、それゆえにこそ死にも見放されてしまっているのではないか？

凡人のなすべきことは長生きすることであると言う人がいる。それももっともと言えなくはない。凡人が薄命に終わっていては立つ瀬がないではないか、と。しかしそういう考えには、凡人は長生きして非凡人に一矢を報いるのだとでもいった一種のひがみ根性が宿ってはいないか。長生きも立派な事業だということになれば別だが。今日では生、いや死なないことが重要価値とされているから、たしかにそれなら凡人にもできそうなこと、むしろ天才にはできないこととして尊重されるのはもっともである。凡人でも百歳を数えれば県知事が祝い金等を持って駆けつけるのである。人はだいたい二十代後半にもなれば、自分が非凡人（例のラスコーリニコフの言い草である）であるか、凡人にすぎない者であるかは察しがつく。その時になれば、次々に覚めていった夢ももうほとんど見なくなってしまうのがふつうである。赤ちゃん天才、中学生秀才、社会人希望の星、そしてとどのつまりはただの人。それは、社会の評価でもあり、自分自らの自覚でもあろう。それを「現実に目覚めた」などという。そこで白けてしまう者もいれば、そこから改めてスタートしようとする人もいる。現実を見据えて、そこに居を定める人は、自由な人ともいえる。その人は今や自由となったのである。少なくとも糸の切れた凧のような者ではないとはいえよう。現実に居を定めるとは、自らが背負っているものを知り、置かれている状況を知り、自分自身（の気持ち）を知って、それをゴマ化そうとしたり、それから逃げようとしたりしないということ、それらをまずは受け容れるということである。それは、「汝自身を知れ」と、古代ギリシャの昔から教訓とされてきたことでもあるだろう。しかし今日ではそれがはなはだしく難しいことになってしまっているのである。人は、口を開けば「自己実現」と言い、「夢をあきらめるな」などと言う。その「自己」とはしかし、よくみれば他人、「夢」とはその他人の夢にすぎないのがふつうなのだ。そうしたものが今日では巷に流通しているので、カネさえあればた易く手に入るのである。果たして世の中には、「カネで買えないものはない」などとうそぶく者さえでてきた。そうしてその金を追い求めて今は牢獄に繋がれている者もいる。一般的に言って、夢が人を自由にするなどいうのは間違いであろう――現実こそが人を自由にすると言うべきである。その自由とは、すでにわれわれが言ってきた自由のことであり、好き勝手という自由のことではない。自由に羽ばたいていると自ら思い、そのように人にも言う人の大半は、よく見ればその羽、いや手足にヒモがゆわえつけられていて、その末端は何者かによって握られているか、どこかに結びつけられている。つまりは自由に羽ばたかさせられているというにすぎないことになっているはずである。それでも自由でなかった昔よりはいいではないかと言う人もいはするのだが。

『人間』にこそ、なすべきことはある――いや、その『人間』こそは、われわれ（人類）のなすべきことにほかならない、誰もそのように明示的には言わなかったとしても、誰もがそう思い、信じてもきただろう。ほとんど無意識のうちに人はその結果、『人間』として行動してきたにちがいない。それは、人間の歴史にもっともよく現れている。そもそも「歴史」というものは人間固有のものであって、ヒトにそのようなものがあるわけでもないのである。なぜなら、ヒトのなすべきことというのは、誕生して以来ほとんど変わりはなく、それは他の全ての生きもののそれに等しいもののはずだからである。ただ、ヒトにはそのほかに『人間』になるという余計な仕事が付加されてしまっているところだけが異なる。そしてまさにこの一点がヒトを苦しめてきたのだった。なぜなら、その「人間になる」ということはヒトの自由になるというものではなく、むしろヒトの中に生まれた（または棲みついた）『人間』のもと（知性）が勝手に運動してヒトを『人間』に向かって走らしめてきたからである。そこに「歴史」なる奇態なものが生じることになった。『人間』は、ヒトビトそれぞれのものであり、一定の確たる存在ではなかったからである。その軌跡たる歴史はそれゆえ当然に迷走であり、堂々巡りであり、混沌であり、玉石混淆であって、何ひとつとして定まるところがなかった。脈絡も、一貫性もなく、行きあたりばったりにしか見えない。いかに歴史に学んでみても、そこからは何ひとつとして学ぶところがなかったのも当然なのである。昔あったことは今もあり、今あることは全てが昔にも一度や二度はあったことである。戦争や、その間のつかの間の平和や繁栄みな同じ。西にあったことは東にもあり、国家・社会にあったことは、家庭・個人にもあり、他人にあったことは自分にもあった。要するに、歴史を見るかぎり、人間（『人間』）は、有史以来何も変わっていない。そのうえ、もしその通りであるというならば、人間は有史以来何も考えてはこなかったということにならざるをえないだろう。何か学んで得たところがあったとしたら、それは技術といわれるものだけであろう――たとえば殺しのテクニック。アレキサンダー大王の戦いとジョージ・ブッシュの戦いの違いは、もしあるとすれば戦争の技術だけであるにちがいない。それなら大いに進歩した。今日では、一瞬のうちに何十万人もの人々を殺害することができるようになったのだから。しかし、戦争をしない技術となるとどうか。それは大いに退化したということになってはいないか。たしかに、核の戦争抑止力ということを言う人々はいる。それがもし本当なら、世界中に核を拡散させればよいではないか。誰もが、怖くて戦争などとてもできないことになろう。それに比べれば、地域紛争などは気楽なものだ。果たしてそのゆえかどうか定かではないが、今や世界中でその小規模戦争が頻発している。しかも、それによる犠牲者の数となると昔の比ではないのである。

人間の歴史、そこに見るべきはただこの戦争あるのみである。なぜなら、どのようなものであったにせよ戦争は徒党をなしての人間同士の殺し合いであり、そのようなことを行うのはただ人間ばかりだからである。それがいつまで経ってもやまないということになれば、まさにそれこそがわがなすべきことであると『人間』が考えているからと言わざるをえないだろう。平和の実現など、単なる口実にすぎないわけだ。平和の為ならば、単に戦争をしなければよいだけなのである。憲法で、戦争の放棄を世界に宣言したわが国は、おかげでその後七十年余を平和裡に過ごして来ることができたではないか。もっともその裏にはアメリカの〝核の傘〟というずるがあったわけだが。そのアメリカを盟主とするアングロサクソン族は、この戦争というものが性分的に大好きで「この世に戦争がないのならば作り出さなければならない」と考える類いの種族なのである。それもそのはず、彼らの信条、価値観は「戦って勝つ」というものだからである。近代が、戦争の時代となってしまったのは、彼らが優勢になったからと言うしかない。しかし古来、われわれの価値観はむしろ「百計逃げるに如かず」というものだったのである。常に弱い立場にある庶民にあっては当然の〝哲学〟だった。

科学技術の発達はたしかに今日めざましいものがある。それを人間の知力の成果として讃える人々は多い。技術のもとは知識であるから、それは人間の知的探究の成果でもある。人知は、この探究ということが大好きで、飽くことを知らないのが性である。今日ではそれが大別して宇宙と生命とに向かっている。かつては、神（の存在）や人間（自分自ら）が知の主要な関心事、したがって〝哲学〟や神学といったものが最高の知的営為だったのだが、そちらの方はやや低迷している。大多数の、学者ではない人々にはほとんど無視されていると言ってさえいいかも知れない。そのせいかあらぬか、定かではないが、今日では知的営為として倫理問題に取り組む人は少なくなっているようだ。また社会には、われわれがいうところの『悪』がはびこるようにもなった。嘘というものも白昼堂々まかり通っている。それを取り締る神・仏すでになく、〝お天道様〟は科学者の分析にさらされて昔日の権威を喪っているのである。

人知が今日もっぱら宇宙と生命に向かっているのには純粋な知的探究という以外に現実的な理由また事情があるだろう。知にはカネがかかることになったのである。そのカネを得る為に、学者は技術者を必要とし、技術者は学者をカネの成る木と考えるようになったのだ。その双方を、事業家や国家が抱え込むことにもなった。いわゆる産官学連携である。それが今や世界中の先進国共通となった。そこから何が生じた、いや生起しつつあるか――われわれ生活者に即して言えば際限のない便利快適追求という事態がである。そのうえ、人生の残り三分の二の途上にあるわれわれ熟年者にとって新技術の開発は希望の光である。いわゆる生老病死の〝苦〟は依然として健在なのだ。かつてはその前には宗教があった。ゴータマやイエスの教えもあった。しかし宗教は今や結婚式キリスト教となり、葬式仏教と化してそれには何の役にも立たないものとなった。ゴータマやイエスの教えに至っては現実離れしすぎていてとても実践などする気にはなれない。そこに、科学技術という、技術者たち以外には何らの努力も必要としない（しようとしてもできないのである）魅力的な舟が登場したのである。乗らないテはない。というより、座っていてもいろいろな提案が波のように寄せてくるのである。そしてカネをさらってゆくのだが、置きみやげが魅力的なのでなけなしのカネを持ってゆかれてしまっていてもそれと感ずることはないのだ。その魅力的な置きみやげは、今次大震災によってガレキの山（になるもの）としての実態をさらしたのだったが、それもものかは。人々は、かつて住んでいた家をイノシシに明け渡したのにふたたび原子炉に火を入れ、昔の栄光（科学技術立国を宣言していた）と便利快適のさらなる追求にまい進し始めたのである。〝生老病死〟さえもが今ではカネの成る木になった。健在であってもらわねば未来の為にならない（その未来に、もちろんわれわれ老人は居ないわけだが）。

結局、科学技術はわれわれに何をもたらしたのか、あるいはもたらそうとしているのか。端的に、また思いきって言えば「生きることは楽である」という新しい真理ということになるだろう。『苦』に対する『楽』。この『楽』は、ゴータマ・ブッダにあってはニルヴァーナ（涅槃）、イエス・キリストにあっては天国（父の国）のことであった。趣は少々異なるが、共にこの世のものではない。しかし科学技術は、この世そのものを極楽浄土や天国、いや楽園に変えようとするのである。それができると信じる。人知への限りなき信仰である。この信仰の唱えことばは、「人生万才、長生き万才、人間万才」とでもいうようなものであろう。いや、すでに多数の人々が少なくとも心の中ではそのように思っているはずである――退屈そうな平和の園には暮らせない、蓮の華しか咲いていない極楽浄土では生きられない、などとも。「水清ければ魚住まず」と昔から言うではないか。「泥の中にこそハスの花は咲く」（もちろん、このハスこそが「私」の気分なのである）ともいう。さらに多数の人は、園丁になるために神の国に行くなど御免だとも思っているだろう。聖人・福者にはなれないのだから、よくて園丁（かのアダムもそのように予定されていたのだったらしいが）といったところだが、この世に在っては今や誰しもが一国一城の主（あるじ）なのである。家来も執事も必要ない。必要はまもなくロボットが十分に満たしてくれるだろう。
しかしこうした楽観論は、根拠のほどはともかくとしても、「地獄の沙汰もカネ次第」というその地獄のすぐ上のところで思われたり、叫ばれたりしているのである。そのうえ、ラク（楽）こそは『苦』の筆頭、いや元凶なのだという知の無知の上にも立っている。それはこれまでに十分検討してきたところだが、そうでなくとも、ラクという苦がカネにあることなら周知のことではあるだろう。多くの人は、無用の三分の二の人生をローンの返済に縛られて苦吟していよう。一国一城の城に至っては、二世代、三世代住宅ローンなどという長期ローンの担保にとられてしまっているかも知れない。その城の中にあるものといえば、快適な日々の暮らしのために売りつけられた物品の数々なのである（いずれ、大津波などによってガレキの山と化すことだろう、ローンだけを無傷で遺して）。

根拠の乏しい楽観論と『悪』。そして混迷を深めるだけの人間の歴史、そしてそれら全てのさらなる大元である人間の知、これらが今日われわれの得たものの代表的なものである。この最後の知（近代科学の知恵のことである）は、芸術と共にわれわれ人間によって高く評価されているのだが、しかしそれは原子炉の中の燃料以上にコントロール不能なものであり、自分たちを含む全ての生命にとって危険なしろものというしかないものである。そして文化の精髄、いや文化そのものの代名詞である芸術に対してては家猫でさえもが何の関心も示さないのである。文化財にもイヌは遠慮なくションベンを引っかけている。縄文文化は、同じ文化といわれるものだが一万三千年間も続いた。われわれの文化、また近代文明はどうだろうか。そのように長く続くことを自然は果たして黙って許すだろうか？

6　一粒の麦

今日、多くの人は何ごとかをする前にまずはその結果を見ようとする。それが自分にとって有利・有益であるか、そうではないか。それをふつうには「計算」と言っている。万事計算ずくの人は「計算高い人」などと言われて嫌われたりもしている。そういう人なら、自らの人生に対してもその計算を適用しているだろう。それはこれもごくふつうに「人生設計」などと言われている。その際、もっとも重要なことはもちろん人生何十年と設定するかである。それによってほとんど全てのことが影響を受けることになる。

人生設計のルーツは孔子らしい。その孔子はしかし、現代人のように計算ずくというわけではなかっただろう。「四十而不惑」とか「七十而従心所欲、不踰矩」とかといった、いわば目標や願望の表明のようなものだった。そしてその目標に対しては一心不乱の研鑽があった。そこに死はおそらくなく、余分な生というものはさらになかったにちがいない。それはゴータマ・ブッダにあっても同じだった。「修行者たちよ、怠りなく修行に励め。努め励む者は不死の境地にある」と自らにも人にも教えた。しかし現代のわれわれは、何かをする以前にその死を見てしまい、それを遠くへ押しやってしまうのである。それがすなわち生をそうしているのだとは考えない。それは、死がことばだからである。ことばだから怖い。同様に現代人はかつてなく生をことば化している。それゆえ、実際の生、生の現実にはなるべく近寄らないようにしている。われわれがここでいう余った時間、余生というのはこうして作り出されたものだ。何ごとかをなし了えてできたというものではない。そうすると、その〝余生〟を埋めるのも自分の仕事ということになる。その際もちろん自然の手助けといったものは期待できない。それに近いのは死病に取り憑かれることとなのだが、それは歓迎できない。ガンが見つかってシメタと思う人はまずおらず、皆仕方なく闘病生活に入るだけのことだ。もっとも、その闘病生活が幸いする人もままいる。一時的にもせよ、その人は「時間が足りない」と言うことができることになるのである。その結果、世界観も人生観もすっかり変わってしまう人もいるらしい。それは、直面することとなった死のなせる業だろう。死が、ほんとうの姿を見せるのである。ほんとうの姿とは、生の友、いや生そのものという姿のことだ。それゆえ、病気によってであれ、何に依ってであれ、ほんとうの生を生きることとなった人にとって死が怖いもののはずはないのである。怖いのは生の方である。ゆえにこそ人は、その生を遠ざけたり、〝気晴らし〟（娯楽）を求めてやまないのだろう。それをこそ「生」と考えたいわけだが、それはバーチャル生である、死と隣り合わせの。というよりちゃんと死に帰結する生だけがほんとうの生と言うべきなのである。

そのほんとうの生を生きていなかった、したがって死の恐怖におびえていた貴族たちの気晴らしの為に、惜しみなく、また何ら悪びれることもなく音楽を送りつづけたモーツァルトは、三十五年の短い生涯を余すところなく生ききった。そこに、死の影など一切なかった。彼は、生死を生きていたので〝影〟などというものは憑きようがなかったのである。たしかに、演奏旅行を伴にしていた母を旅先のパリで亡くしはしたが、それによって「死」が彼の脅威となったわけではなかった。むしろ音楽を豊かにしたのだった。「ト短調」がその豊かさの代名詞である。のちには、より表現的な「ハ短調」また「ニ短調」がそれに加わり、音楽はさらに豊かなものになった。もっともそのせいで(と思われるが)気晴らしを求める貴族たちには不人気を買い、生活は段々に苦しくなっていった。そこに、自分自身と妻の浪費癖が加わり、ようやく彼の身にも死の影が忍び寄ってくることになったのだった。そしてそれは〝友〟ともなった。有名なあの父親へ書き送った手紙は、当時死の床にあった父親を慰めるためという以上に、彼の真情の吐露でもあった。彼自身の人生も、もう残り少なになっており、それを感じないわけにはいかなかったのだ。それがさらに音楽を豊かにすることになった。しかしその豊かさは、透明度の高いものでほとんど天国的とさえ言われるものになっていた。したがってそれを「豊か」と感じることもできないようなものだったのである。天国は透明なところなのだからそれで当然なわけであるが。

最後の作品となった「レクイエム」は、たしかに異様な作品である。その異様さは、ゴッホの最後の作品「カラスのいる麦畑」にも通じていよう。しかしどう通じているのか、それは残念ながらよくはわからない。わかるのは、それらが別れのことば（いや沈黙と言うべきか）にちがいないということだけだ。誰が誰に告げているそれはことばなのか、それもよくはわからない。その前に在ってはわれわれもまた沈黙せざるをえないだろう。脂汗が浸みでるのを感じつつ。

モーツァルトの六百二十曲を超える作品の過半は人々の〝気晴らし〟やパトロンの見栄の為に書かれた。たった一夜の食事の為の食卓音楽やダンスの為に書かれ、その夜のうちに消費されたのだった。残りの過半も同様に教会の礼拝や行事によって消費されてしまった。そのゆえかあらぬか、モーツァルトは彼の庇護者であった大司教や貴族たちから逃れるように生地ザルツブルクからウィーンへ移り住み、そこで最初の独立した音楽家となった。しかし初めのうちは良かったが、大都市の常ですぐに飽きられてしまった。音楽が深みを増すほどに人々の需要からは遠ざかっていったのである。結局、今日に至るまで、彼の墓所さえ定かでないほどまでに忘れられてしまったのだった。その意味で、モーツァルト自身が彼らに消費されてしまったのだといえるだろう。

今日では芸術家の地位はもっと向上していて、少なくとも粗略には扱われていないが、それでも基本的にはモーツァルトの時代とさして変わっているようには見えない。〝スター〟は、入れ替わり、立ち替わり現われ、量産されているが、モーツァルトのように実質三十年以上も生き延びる人はごく少ない。大成する前に食い潰されてしまうアーティストも多い。それは、完熟する前に摘み採られてしまう畑の作物にも似ている。現代の消費社会は〝芽むしり仔撃ち〟で成り立っているのだ。あらゆるものが、人までもが消費され、それゆえ傷ついている。そのうえ、消費の主体であるはずの人間までもがすでにその餌食となっている。消費はすなわち渇望のかたちだからである。

消費は、いうまでもなく定義的悪である。消費によって損われないというものはなく、また他者の為に（国家の為といえども）消費するなどという人はまずいないからである。政府が、国家繁栄の為いくら消費を奨励したところで、国民に渇望がないかぎり消費は伸びてゆかないはずである。それゆえ、政策は、何とかしてその渇望を惹起するような工夫（たくらみとしか言いようはないだろう）とともにある。

もし人が、ムダな時間（余生を愉しんでいる人には大変失礼な言い草になるが）を生き、生きんがために消費に精を出しているとすれば、その生は全て『悪』と言われざるをえないものである。思いきって一口に言うと、「長生きは悪である」ということになってしまう。

ゴータマ・ブッダによれば人間は無明の闇をさ迷っている存在である。別の言葉で言えば非我なる存在だ。非我とは、「我」に「非」ざるということで、この「我」は「われ」のこと、決して「我（が）を張る」など言うときのその「我」のことではない。ここにいう「われ」はまだしばしば「自己」ともいわれる。それはちょうど「我を張る」というときのその「我」が「私」を指しているのに対応している。この伝でいえば、「自己」と「私」とは異なるもの、まったくの別物（対立してさえいよう）ということになる。すると、「非我なる者」とは少なくとも「我《が》」の無い者のことなのではなく、より正確に言えば「私はあっても、自己ではない者」ということになる。さらに別の言い方をすれば、「非我」とは「自己」を知らざること、しかし「私」は知っていることを指すことになろう。ただし、この「私」は知っている（はず）、より正確に言うなら知っているつもりのものということになる。何か、思い込みや勘違いの類いでそのつもりは生じたのである。そうであればこそ人は自分のことを「私」と難なく言い、その「私」を信じる（実は盲信している）こともできるのである。

「非我」なる人は当然、自分のしていることの何たるかをも知らない。ゆえにこそ「我を張る」などということもできることになるのである。それは、別の角度からみれば人知のなせるわざ、というより人知というものの性質自体から来ている。人知は、自分自らをも、現在というものも知り得ない本質的欠陥を抱えた知なのである。それやこれやで、要するにわれわれの大半は、無明すなわち真の知（三明知といわれる）という灯りのない闇の中に居る。この闇は、いかにも深いのだが、しかしある種の光のもとではそれほど悲観する必要もないのである。その光は、たとえば「野の百合・空の鳥」の姿を闇の中に浮かび上がらせる。それはヒントであって、決して解決なのではないが、彼らに学びさえすればそれによって自分自身を知る手がかりが得られるのである。キリストはそれゆえ「に学べ」と教えたのであって、「になれ」と命じたわけではなかった。それを知らなかったり、故意に無視したりした人々は、キリストを嘲って自らが盲信する『人間』（すなわち「私」）にどっぷりと浸り、その命じるがままになした。その様子は、たとえばゴヤの版画集「ロス・カプリチョス」や「戦争の惨禍」に克明に見ることができる。近代のごく初期にあっても、ペーテル・ブリューゲル（父）やヒエロニムス・ボッスらが、同じような人々の姿を描いていた。自分のしていることの何であるかを知らない人々のそれは姿である。しかし彼らの、ゴヤとの違いは未だ彼らには自然性というものが保たれていて、そこに多少の救いもあったところである。ゴヤにはそれがまったく無い。〝黒い絵〟に至ってはまっ黒、どす黒である。それがゴヤの見た「人間」のすがただった。我に染まった非我のすがた。嘲笑しているのはもちろん画家であるが、同時にそこで絶望していたのでもあった。しかしそこがゴヤであって、そのどす黒絵は画家の食堂に掲げられたのである。だからこそ、彼は最晩年になって、あの「ボルドーのミルク売り」が描けたに違いない。ミルク売りの少女も、やはり非我ではあったが、彼女は柔らかな自然の光に包まれて愚者であることから救われていた。そのようにしてゴヤは自らを救ったのだと言えるかも知れない。

全ての木の実は熟せば落ちる。その刻《とき》を知らない木の実というのはまずない。とすると、それらの木の実は皆それぞれに「自己である」ということになろう。当然彼らには一切の迷いもない。そのように見える。同様に、シマウマの尻にかぶりつくライオンにも一点の曇りもない。彼（彼女）は、すでに己そのものであり、そうと知ればこそ哀れなシマウマの子を喰らうこともできるのである。それはおそらく、本来そうであるはずの知の晴れ晴れとした姿そのものである。しかし迷悟に曇らされ、無明（無知）の闇に沈むわれわれの眼にはそれが見えない。いわゆる迷悟というのは、単に己を忘れてしまっているだけのことにすぎないだろう。忘れてしまったと気づいては「迷」と言い、思い出したと言っては「悟」という。人知は忘れっぽいのでもある。自然の中に、自然全体と共に在る者たちにそのような現象は生じようがない。自然は常に「現在」そのものだからである。そうでなければ、生きものはたちまちその命を危機に曝してしまおう。自然は、忘れてしまってはならないものを忘れるはずもなく、思い出す必要のないものを思い出さなければならない理由はさらにないはずなのである。

何らかの原因で（たいていは気候の影響だが、時に人の手が触れたというだけのこともある）実はつけたが成熟しそこねて木に成ったまま腐っている果実を見ることがある。それでもついには地に落ちはするのだが（落ちないものもある）それはもう野ネズミさえ見向きもしないものである。肥やしにすらなるか、どうかだ。そういう果実は、トマトなど野菜ならなおのこと、栽培者には「成り腐れ」と言われて嫌われている。『人間』にもそういう現象はあり、それはしばしば「生ける屍」と化したとかと言われる。〝一粒の麦〟のようには、地に落ちて、多くの実を結ぶことのない存在のことである。

イエス・キリストは、自らをこの一粒の麦にたとえて、多くの実を結ぶために十字架に付けられる覚悟を人々に語った。そして人々に、もとより弟子たちにも、その後に続くよう命じた。それは、すべての人がそれによって「永遠の生命（とこしへのいのち）」を得んがためだった。（ヨハネ伝福音書、第十二章二十四節、第二十五節、第二十六節、マルコ伝福音書、第八章第三十四節、第三十五節）。キリストのこの〝一粒の麦〟は、それもイエスがかつて自然から学んだ理《ことわり》であったにちがいない。イエスは、開口一番、「悔悟せよ」と人々に迫ると同時に「野の百合、空の鳥に学べ」とも教えたのだった。学んで、己が生命を守ることに汲々とするな、と。「己が生命《いのち》を愛する者は、これを失い、この世にてその生命を憎む者は、之《これ》を保ちて永遠《とこしえ》の生命《いのち》に至るべし」なのである。

　ドストエフスキーは、最後の大作「カラマーゾフの兄弟」の妻への献辞のすぐ後に、イエス・キリストのこの一粒の麦の言葉を添えた。そして、小説のエピローグで彼の一粒の麦であるアリョーシャ・カラマーゾフを囲む多くの〝麦〟たちの姿を描いた。その〝麦〟たちのもととなった〝一粒の麦〟は、イリューシャという一人の少年だった。彼は、少年といってもわずか十一歳の小学生ですでに肺病に冒されていた。しかし身持ちのよくない退役大尉スネギリョフ一家に彼の病を治してやる力はとうになかった。母も姉たちもいたのだが、みな病気持ちで家の中はほとんどあのソーニャ・マルメラードヴァ一家さながらだった。それでもイリューシャは、父親が大好きで、父が辱めを受けた（カラマーゾフの長兄ミーチャの仕業だった）ことをわがこととして、父の代わりにアリョーシャにも、学校の同級生たちにも名誉の闘いを挑もうとするのだった。それはあたかも、彼がこの世に生まれてきたのは、まさにその為と知ってのことのようにさえ思われた。そして、名誉はアリョーシャによって回復され、少年たちは和解した。イリューシャの葬儀の日、彼らは〝イリューシャの石〟（その下に葬ってくれるよう、本人が望んだその石）の傍に集り、ひとつの固い誓いを交した――決して彼のことを、そしてお互いのことを忘れない、と。そしてアリョーシャは彼らに断言して言う、「もしかするとこのひとつの思い出が、人間を大きな悪から守ってくれ」るだろう、と。「ぼくが、こんなことを言うのは、ぼくらが、悪い人間になることを恐れるからです」……「まず第一に、善良であること、次に、正直であること、それから、けっしてお互いを忘れないこと。」

アリョーシャがここで言う「大きな悪」が何を意味するか、はこれまでのわれわれの議論で明らかだろう。小説ではそれは父親殺しであった。そして小説の直接の執筆動機とされているのは、当時実際に発生した皇帝殺し（暗殺未遂事件）だった。しかしその「大きな悪」の元はといえば、「大きな罪」だったのである。その罪は、次兄イワン・カラマーゾフが担っているものだった。そのイワンは今や、かつてのラスコーリニコフと同様、自分を見失い、信ずることができなくなって「死の床にある」。長兄ミーチャはといえば、アリョーシャたちの奔走も空しく、父親殺しの大罪人と判決され（誤審である）、シベリヤ送りとなるところだった。彼は、『ヒト』と『人間』との間に引き裂かれて右往左往するヒトそのものの存在だった。それゆえ、「この十字架を俺は引き受けなければならないのか」と悩むミーチャにアリョーシャは言う。その必要などない、と。「兄さんは苦しみを受けることで、もうひとりの別の人間を自分の中に甦らせようとしたんです。ぼくに言わせれば、一生どこへ逃げようとも、そのもうひとり別の人間のことをつねに忘れずにいるだけでいいんです……」。彼が指摘するミーチャの中の「もうひとり別の人間」というのは、イエスが教えた「天の父なる神の子」としての人間のことである。その神の子ミーチャが、取り調べの夜の夢の中に立ち、貧しい、焼け出された農民の母親の腕の中で泣き叫ぶ「餓鬼《がきんこ》」の為に問う――「教えてくれ、どうしてああやって、焼け出された母親たちが立ってるのか、どうしてみんな貧しいのか、どうして餓鬼はあわれなのか……どうして餓鬼に、乳を飲ませてやれないのか？」（第九篇、予審、八　証人尋問、餓鬼）（亀山郁夫訳）

その後、シベリヤで生まれかわったミーチャが幸いにしてロシヤ、彼が骨の髄から愛してやまないそのロシヤに帰還できるか、また熱病に冒されたイワンが回復して彼自身を克服できるか（彼こそは『人間』の典型である、より正確に言えば『人間』を目指して神に「反逆」するヒトの。しかしその彼にもミーチャ同様、一縷の望みはあったのである――「俺は、春先のみずみずしい若葉が好きだ」、と）

彼らが、人生に還って来られるかどうか、また、遠からず町を出て行くというアリョーシャにしても、少年たちが、この先どうなってゆくのかも、小説では全て分からない。それは、作者自身が、〝地に落ちて〟しまったからである。しかし作者も十分に完熟していたはずであるので、落ちた処が余程悪い土地でない限り、多くの実が結ばれているはずである。その芽は、今、どれくらい育っているだろうか？

生地の町を発ったアリョーシャは、生涯各地を経巡って、人々に和解をもたらし続けるだろう。師のゾシマ長老が彼に命じた「キリストをお守りせよ」また、「世の中に出でよ」とはそのようなことだったからである。キリストが、十字架上で犬死することのないように、その教えを実践すること。ひょっとしたら、今は〝社会主義者〟となったコーリャ・クラソートキンたちと（イリューシャの〝石〟の前で彼を忘れないと誓った少年たち）革命（という暴力）を巡って、のっぴきならない対立の事態に陥るかも知れないが、それでも昔の誓いを思い出して彼らは和解することができるだろう。その思い出が、彼らを『悪』から救うのである。彼らは、幼いながらすでに自分がこの世に生まれてきた使命を心得ており、各々がその使命に殉じてゆくだろう。イリューシャがそうであったように。彼らがイリューシャと和解できたのは、彼の姿に未来の自分の姿を見出していたからにほかならなかった。アリョーシャはただそのきっかけを作ったにすぎなかった。その意味で、人は全て何らかのきっかけであり、そういうものとしてそこにいる。一枚の木の葉、一個の木の実、一粒の麦も、ただそれだけのものとして生じているのではない。部分と全体のわれわれの議論もそのように解釈することができよう。それを社会性と呼ぶことも可能である——全て存在するものは社会的である、と。この意味では、ゴータマ・ブッダさえ例外ではありえない。「遠ざかり、離れておれ」という教えも社会性を否定するものなはずはない。そうであればこそ、ゴータマは全ての人と分けへだてなく接したのである。それらの人々が必要とするかぎり。しかし『人間』にかんしていわれる〝社会性〟とはそのようなものではなく、競い合ったり、奪い合ったり、支配を目指したり、時に殺し合ったりもし、それゆえに『悪』を免れ得ない性癖のことなのである。ゆえにこそ、そのような果実（結果）が地に落ちても、決して新しい芽を吹くことはないのである。

蛇足だが、すでに述べたようにアリョーシャはキリストが『山上の垂訓』の冒頭で祝福した「柔和なる人」の典型である。また、われわれが希求してきた「自由」のすがたそのものでもある。それはイリューシャの葬儀の日の〝ピローグ〟をめぐる少年たちとの会話によく表れているが、言わずもがなであろう。

（補記二）　日常と非日常について

現代人の生活は、表面的には超繁忙であり、その人生はまた波乱万丈である。日々是冒険、何をなすにも命懸けの観すら呈している。実際問題、飛行機に乗って旅に出るなどはもとより、ちょっと買物で街に出ただけでも、その波乱のもとは至る所に仕掛けられている。エレベーターとかエスカレーターとか、今日の建物には欠かせない設備も、予告もなく歯車が狂ったり、綱が切れたりするので、それによって不運な人の人生は一変するか終わってしまうかするのである。逆に幸運な人は、年末ジャンボ宝くじに当たって突如億万長者になってしまうなどということもある。特に大都市に暮らす人々の日々は、ワクワク・ドキドキの連続になっていよう。それに慣れっこになっているととんだ目に遭わされることになる。「目覚めてあれ」もそれならよくわかる。

しかし、田舎暮らしの人はもとより、都会暮らしであっても大部分のふつうの生活の裡にある人について見れば、実態はのっぺりとしていて、どこに山があるのか谷が控えているのか判然としないことになっていよう。右のような大いなる幸運や不運に出遭った人も、その直前まではそうした生活のうちにあっただろう。それは昔からそうだったにちがいない。戦争に明け暮れていた時代もあったが、平和な時代はそれ以上に長くあった。平安時代や江戸時代はその代表的な時代で、太平洋戦争後の現代に至る時代もそのうちに入るだろう。のっぺり時代。

ただ、昔は冠婚葬祭というものが個人生活にあっても社会においても今よりはるかにしっかりと根付いており、それが人々を規律していた。個人的にもそれが人生の節目となっており、ある意味人生というものをわかり易いものにしていたのである。誰もが、節目の来るたびに自分の立ち位置というものを簡単に把握できたのだった。それが今は、冠・祭が事実上喪われて、残る婚・葬も昔のような社会的意義が稀薄になり、限りなく〝私事〟なる事として必要以上に派手派手だったり、その逆であったりするように営まれている。それは今日の社会の共同体としての性質が変質していることを反映していよう。地域社会もカイシャ社会も、今や消滅して久しい。暮らしも、喜怒哀楽も、そこで人々に共有されるということがなくなった。そして、人はみな消費者、また労働エネルギーと化している。それゆえ、人がわれわれに返ることのできる唯一の場所が家庭ということになったのだが、しかしその家庭も今や崩壊状態にあると言われている。世の中で『絆』という一語がことさらに叫ばれるようになったのもその反映とされている。

一方で、われわれ（ふつうの人間）はしばしば「日常性の裡に埋没している」と言われる。非日常を喪い、のっぺりとした日常という生活の中で混迷しているというのだ。ならば、そのように言う人は、のっぺりしていない、波乱万丈の日々を求めているのだろう。その日々は何のためにあるのか。それはもちろん「埋没」しない為に、さらに言えば、「我（私）」が輝く為にということになっているだろう。「埋没」しているのは、この「私」だということに。しかしその「私」は、社会にあっても、会社にあっても、家庭にあっても〝生き残り〟をかけて必死なのである。

もしわれわれが本当に、いうところの日常性のうちに埋没してしまっているのなら、その日常性ということばの意味は右とは違ったものになっているだろう。そして埋没しているものも、「私」ではなく、「自己」というものであるだろう。すなわち「目覚めてい」ない状態にあるということに。それなら、むしろ、人の一般的状況というべきことで今に始まったわけではないのである。精神的に眠った状態。それが不都合だと感じるので、身体が起きていたり、眠っていたりするように、心の方も起きたり、眠ったりしようというのだ。その方が疲れないと期待される。それを身心の生活という、きわめて日常的な問題として考え出されたのが、いうところの「日常」と「非日常」というものだろう。その点で、「平和」（いかなる形のものであれ）と「戦争」（同様に、いかなる戦いであるにせよ）というのとは少々趣が異なるのである。

「非日常」とは、「日常」がそこへと向かって流れ込んでゆくところのそこのことである。「日常」が川であるならば、「非日常」は、その川が流れ込み、時に流れ出すところの湖沼や海ということになる。「日常」は、「非日常」によって始まり、また終わる。そして方向性を得て軽やかに、また時に激しく流れてゆくことができる。人生はよく川の流れにたとえられるが、それは川が紆余曲折を経て、また奔流となったりゆったりとした流れとなったりして流れゆくさまを人生に見立てたもので、その始めと終わりについては何も語っていない。ここでわれわれのいう「日常」と「非日常」というのは、その流れに結節点を与えるものである。と同時に、その究極として始まりと終わりをも与えようとする。川は、どこからともなく、また果てしもなく流れつづけるというものではなく、必ずや全体を見通せるものなのだから譬えとしてはやはり適当なのではある。

その「非日常」の典型は古来の祭りである。〝冠婚葬祭〟、いずれもがその祭りである。人々は、祭りから祭りのあいだ、日々の暮らしを迷うことなく続けた。日々の暮らしは、次の祭りの為に、それだけの為にでさえも営まれることができた。それは祭りというものが〝公〟であったからであり、それあればこそ〝私〟は難なく支えられ得たのである。逸脱は許されなかった。そうと知ればこそ、人は〝私〟に流される心配をしなくて済んでいたのである。しかし今日、その〝公〟はほとんど喪われ、少なくとものノミナルなものになってしまっている。それかあらぬか、古来の祭りのほとんどは「〇×大会」、イベントやパフォーマンスの類いとなってしまった。〝私〟物化したのだとも言える。その意味では、今日では国家も神様もその〝私物〟である。かつては国家的行事であった天皇の祭りも、今では天皇家の私的行事となっているようなものだ。こうした中で人は、二枚舌を使って生きることを余儀なくされている。しかし公・私は不即不離のもので、どちらがどちらを支える、支えなければならないというようなものではない。われわれの「日常」と「非日常」の関係もこれとよく似ている。それをいうなら、生と死もまた右に同じである。どちらが欠けても、他の一方が成り立ってゆくというものではない。生まれは、川の流れ始めであり、死は大海への流入であるといえる。しかし、究極的には死は「非日常」であり、そうであるなら生はそれ事態「日常」である。

人は全て、生まれたその時から、生・死を同時に生きる。ただ、時の流れにしたがい、その比率が変化してゆくだけである。生まれた瞬間を生百パーセント、死んだ瞬間を死百パーセントとして。その間に人が人生とよぶところの生の営みがあるわけだが、その営みの結節点に生・死が同時に露出するのである。昔なら祭りというものにそれが現れた。すると人々は、祭りと祭りとの間に、生まれては死に、死んでは生まれていたことになろう。祭りが多いほど、たくさんの人生を生きられた。人生は、今日人がいうような「一回きり」のものではなかったのである。言ってみれば仕切り直しが可能なものだった。ならばその分、死は怖いものではなかったであろう。むしろ馴染み深いものだったにちがいない。

プロ野球選手の夜毎の試合（ゲーム）は、たとえそれが毎夜のことといえども全て非日常である。そして日常とは、その試合から試合の間の全ての営みということになろう。同様に、俳優にとって舞台はすべて非日常、その間の日々の営みが日常となっているはずである。この「日常」は、日常生活とふつうにわれわれが言っているものと、生活とはやや趣の異なる営みとから成っているだろう。典型的には日々の修練など。この日々の修練なくして試合は成り立たず、舞台は見るに耐えうるものとはならないはずである。もし一夜のゲームや舞台に人が命がけで挑むなら、その人はそのたびに生まれては死んでいるのだと考えられよう。しかし、夜毎のゲームや舞台を〝生活の為に〟行っているような人にこれらのことはほとんど適合しないだろう。むしろ真逆になっているにちがいない。するとそうした人々（いるとしてのことではあるが）にとっての非日常とはどういうもののことになるのか？　大多数の、今日ふつうにいる人々のそれとさして変わらぬものとなっていよう。ごくたまに、ナイターを観戦しに行ったり、芝居を観に出かけたりすることがそれ、と。

では登山はどうか——登山する人次第ということになっていよう。それはその人が〝登山家〟であるか〝一般登山者〟であるかによるのではなく、登山を「非日常」として行うのか否かにかかっている。登山を「非日常」と心得てそれに取り組む人は、その登山を成功させるために日々トレーニングに励んだり、三度の食事に気を付けたり、睡眠にも十分な配慮をしつつ暮らしているだろう。それがその人の「日常」（日常生活）ということになる。登ろうとする山への思いが強いほど、また山登りという行為を愛する気持ちが強いほど、その人の日常は登山と共にあることになっているはずである。登山家といわれるような人は、それが高じて人生全体に及んでいるような人のことになっているだろうが（登山家の五十パーセント以上は、結局山で死んでいるといわれている）、そうでない登山愛好者でもふつうには登山は「非日常」である。したがって登山者的「日常」というものが必ず営まれている。

ところが、登山は非日常であると言うと「当たり前ではないか」と言う人がいる。われわれは、別に登山の為に生きているわけではない、と。たしかに。登山は、たいていの人にとっては観光旅行や観劇といった〝日常生活〟を中断して行われるもので、多くは息抜きや娯楽の一部である。多少のトレーニングを必要とするくらいのことは誰でも知っており、実際にも日々心掛けている人も少なくはない。しかし息抜きは息抜き、楽しみは楽しみである。そうではないのが〝日常〟というものだと心得ている。主体はあくまで日常。非日常は添えものということになってもいるはずだ。その、主体である〝日常〟が、のっぺりしていたり、苦しすぎたりしていては困るというので（たしかに困る）ほとんどの人は冒険や娯楽といった〝気晴らし〟を求めるのである。登山も最近では「観光登山」とごていねいにもよばれるものとなった。「これは観光デス」と断るところがそのごていねいなゆえんである。ということは、登山はそもそもは「非日常」であると心得られていることになろう。気晴らしの類いではないものだ、と。もっともそれは深読みしすぎというもので、単なる業者の営業上の配慮にすぎないのかも知れないのではある。

観光登山は、要するに名実ともに観光であり、それは娯楽の一種、したがって「日常」の一部であるものである。いかにしても「非日常」ではありえないものだ。なぜなら、観光（娯楽）のために日々を生きる人はまずいないからである。それは、日常生活を一時、中断しはするが、それでも日常そのものであることにかわりはないものだ。つまり「日常」の枠組の内。たとえそれが三年に一回のことであったとしても、やはり同じことである。日常はどこまでいっても日常。そしてたいていはやはりのっぺりしている。ほんの少しだけ波打つ程度のこと。それはたとえば上高地へ行って観光客の人々の中に混じり、耳を澄ませていればすぐにそうとわかる――その人々が（たいていは観光登山の仕度をしている）ひっきりなしにしゃべっているのは〝下界〟のことばかりである。仕事の話、同僚の誰彼のこと、週刊誌のゴシップ記事……。下界の喫茶店で聞かれることと何らかわるところはない。穂高岳近辺の山小屋に行ってもこれとほとんどかわりはない、ただ口数が少々減るだけで。それは登高の疲れのためにちがいない。

人生はしばしば登山にたとえられる。登山ではないが、徳川家康はそれを長く苦しい坂道にたとえた。山をひとつ登り、坂道をひとつ越えることは「非日常」である。最後の山をひとつ登り、最後の坂をついに越えると人生は終わる。すると、人生とは死（という究極の非日常）を目指しての長い、または短い登り（登高）ということになる。それを人はふつう「生（生きる）」と言っている。ただし、そのことをこれまたふつうに「死を目指して（の）」などとは言わない――「生を目指して」とこそ言うのである。しかしその文句の通りに〝生を目指して〟登る人は、多くは墜死の運命にある、またはすでに半ば死んでいるだろう。「死んだ気になって」、非日常の為に日常を捧げる人がよく生きることになる。

（補記二）　夢と現実について――現実が人を自由にする

現実世界で生きているのと、夢の中で生きているのとではどう違う（または同じな）のか。それは、用語に多少問題があるかも知れないが、一方を客観的（な生き方）とし、他方を主観的（な生き方）と言ってみれば一応はっきりするだろう。

人はたいてい、現実生活においては絶えず自らを自分以外の視点から見直し、それによって自分を全体の中に位置づけ、さらにその位置を意識して生きているはずである。その方法は多種多様だが、「疑う」「考える」という心的作用がそこでは活発に働いていよう。現実生活はそうして、自分と他者との関係性とその認識のうちに営まれており、夢の中（の生活）ではそれが稀薄、というよりほとんど欠落していよう。いわゆる夢中である。そこでは何よりまず自分自身との関係が欠落しているはずだ。夢の中では、人は関心のおもむくままに、また自分の関心を喚起しているもの以外には何の関心も抱くことなく、一途に行動している。夢の中でも人はもちろん考えたり感じたりしているが、それを立ち止まって反省したり、検討を加えたりといったことはあまりしない。しかし現実生活にあっては、これらのことは際限なくつづけられているのである。その挙句には、己の存在までもが疑われたりする。その極端なまでの営みは（知の営みである）たとえばこのように言い表わされた――「人は、夢に蝶となるのか、蝶が夢に人となるのか」。しかし、両者の区別はそれほど神秘的なものではないだろう。夢と現実の区別がつかないような人はごく稀である。完全な主観のうちに生きている人はたいていは病気（認知症など）とされている。われわれ人間の脳は、幸不幸はともかく、それを許さないようにできている。夢は、したがって必ずや醒めるものである。醒めた時、人はしばしば自分の膚をつねってみたりする。確認することはとまれ必要なことだ。

人が、その夢から醒めるということは、夢を見続けることの不可能性に直面することであるとも言える。夢中で、崖から足を踏み外したとして、このまま転落すればどうなるかとは夢の中でも考える、しかも必死で。すると直ちに「ああ、落ちてゆくな」などというのん気なことではいられなくなり、落ちゆく自分を掬い取る大きな網を探そうとする。しかしその為に必要な状況の観察などもうできはしない。絶望のあまり、助けを求めて叫ぶとともに眼が覚めるより仕方がないことになっている。そのとき、背中にはべっとりと脂汗が滲んでいよう。

これとは逆に、現実生活の困難に直面した人は、夢を見るために眠りにつくだろう。そして大方はそうせざるをえない。なぜなら、百二十パーセントにまで己が認知力が発揮されていれば（日々そのように要求されているだろう）その人は、自分が他の全てのものに拘束されていて、もはや身動きもままならないと感じないわけにはいかないだろうからである。何をしようにも、事前・事後の様々なやっかいごとが即座に思い浮かんでしまうので、大抵のことは実行不能と結論せざるをえないことになるのである。それが夢の中では、自分が感ずるままに、思う通りに行うことができる、ような気がする。いやそういう気すらしない程にも、人はその人である。しかしそれは、いわば自分に囚われているのである。

夢の中にいる自分は、囚人と同じ存在なのだが、それはすっかり忘れられている。いや、はじめからそのようには思っていない。この囚人の思考・感受・行動はほぼ完全に主観的なものだ。反省もすることはあるが、それも主観のうちでのことにすぎないだろう。外界の情報は、その方面での脳活動の睡眠による休止でほぼ完全に閉ざされている。わずかに、眠らない感覚器官からの情報がもたらされているだけなのである。夢は、それをいいことにして勝手に駆け巡る。それを人は、夢によって解放されたと勘違いするのである。

夢という言葉が常に虹色を帯びて語られ、現実というそれがその反対の、たとえば灰色染みた色あいをもって発音されるのは、その結果、一方が輝いて他方が暗く沈むのは、とんだ錯覚というほかないことである。夢に憬れを抱くのは囚人がそうするのと大差ない。囚人も獄舎の中でさまざまな夢を見るだろうが、それによって現実に飛翔できるというわけではない。わずかに、夢の中で自由になった夢を見るといったことがあるかも知れないだけだろう。獄舎にあっても人は自由でありうるというのはこれとは異なる話である。そのような人は、すでに自由であるので決して自由の夢などは見ないはずなのである。自由であるという現実をそのような人は生きているのだ。錯覚で自由なわけではない。

夢の中に自由はなく（ありうるものでもない）、それは現実においてこそある。ただし、自由であるためには多大な勇気が必要である――息苦しいまでに自分が位置付け（または関係付け）られているその世界を壊すという勇気が。現実にそれを破壊することなどしかし必要ではない。ただ、いつでも壊すことができるという確信さえあればよい。その力はどこから来るのか。それこそが知の力である。そのように働いたときの「知」がもたらす力。「知」は、一方では束縛をもたらすのだが、他方では解放をもたらしもするのである。「知」の二重性のゆえに。自分との関係性が十分には把握できていない外的事物の存在を知ることは人を不安にし、その不安が人を束縛する。知らずしてそれと戦えば百戦全て危うい。

もし人が、認知症に罹ることも、記憶を失ってしまうこともなく、十分に老いるまで生き抜くことができたなら、その人は間違いなく十分な自由のうちに死ぬことができるようにもなっているだろう。そのような人にはまた、十分な生きゆく知恵が備わっており、ならばむやみに空を翔ぶことなどは考えないだろう。むしろ平々凡々、何もせずブラブラしているだけかも知れない。全ては可能と知って、それゆえ何かをする必要性を感じないかも知れない。そうした人のことは古来〝仙人〟と呼ばれてきた。何でも知っているが何もせずブラブラしているだけの老人。

今日、自由を希求してやまない人々は、この〝仙人〟とはもっとも遠いところにいるだろう。どうにもならない〝現実〟という不可解なもの（幽霊に似ている）に包囲されて息が詰まりそうになっている。しかしその〝現実〟というのは実はバーチャル現実のはずである。人間の姑息な知恵が生み出している現実のまがいもの。別の言い方で言えば、情報化した現実だ。情報は今日、通信機器の発達で異常に発生し、拡散しているから、人はそれから自由であることが極めて困難なことになっている。津波のように押し寄せてくる情報は現実の世界を呑み込んで、かわりに人の心に架空の世界をのこしてゆく。「フェイクニュースだ」と叫んで、それらひとつひとつを検証しようにも、今日ではそれがさらに難しいことになっている。まず、その数膨大、そして何よりそれにはカネがかかる。個人はもとより、小規模なボランティアに手の出るようなものではない。情報は万物万象にわたり、全世界を駆け巡っているものだからである。一番困るのは、「それは私には関係ない、私の知るところではない」などと言って拒否することが難しいところにある。そうはさせないぞといった風にそれは常に振る舞うものだからである。一種強迫的なのだ。そこが、単なるデータや知識と異なる。それなら、人はいつでも自分が主人でありうる。必要なものを、必要なだけとり出して、必要を満たすように使えばよい。活動の広がりに応じて世界も広がってゆこうというものだ。そのようにしてつくられた世界には、もちろん未知も既知もあるが、しかし疑念はない。したがって不安もない。恐怖はさらにない。あるのは「知」に対する強い意志ということになっているだろう。ただそれが、「知りたい」という欲求に凝り固まれば、コトは逆方向になるのである。「知」は欲望と深い関係にあるものだからである。この関係から、情報というものも今日ある。それは、世界を〝わがもの〟としようという欲念の渦巻きとともにあるものだ。その不遜は、人間の「知」(自分の知力)に対する盲信から生じているにちがいない。

ゴータマ・ブッダは、「遠ざかり、離れておれ」と教えるとともに、「よく見よ」（正見）とも教えていた。そして夢を見るな（「何も希うな、何も望むな」）とも。ということは、ゴータマは〝現実主義者〟であったということになろう。「見る」ことは「知る」ことにほかならない。そして「知る」ことは「見る」ことでもあるのである。そしてこの「見る」・「知る」ところに「私」なる者は存在しない。「私」は見られるものだからである。バーチャル存在。もし存在したとしても、それは必ずや看破されるだろう、そのように見よというのであるから。夢の中では、人は決してそのようには見ない。「見れど見ず」式に見るのである。それゆえ見た（と思ったはずの）ものは、覚めると直ちに忘れられてしまう。見たはずのものは、現実の体験がそうであるようには、記憶として脳のシワに刻みつけられることなく、それがたとえ余程の悪夢であったにしても現実と切り結び、新たな体験を生むことにはならないのが常である。それは脳が（いかなる考えのもとにか）バーチャルなものは保存するに足らずと判断しているからにちがいない。自らを規律しているからとも考えられる。なぜなら、人脳といえども自然の一部であることにかわりはなく、自然とは自ら規律する存在のことをいうのだからである。

人が、〝現実〟に直面して〝夢〟に逃げこもうとするのは、その〝現実〟がすでに〝夢〟、いや妄念という悪夢類似のものと化しているからである。もっと端的に言えば「私」であるからだ。なぜならその「私」というものがそもそも妄念の類いだからである。いわば、夢の中で夢を見るようなことになっているのである。ゴータマの教えというのは、結局その夢から醒めよ、「私」を去れということに帰するものであろう。「私」を去りさえすればものはよく見えるようになる。ありのままの世界、ありのままの自分、そして何よりその「ある（在る）」ということそれ自体が。それが「現実」といわれるものだ。世のしがらみではない、万物万象の関係性。この関係性のことを、われわれはこれまで「一如」という言葉で言ってきたのだった。ゴータマの教えに順って、「遠ざかり、離れて」いる者は、したがって決して孤独なのではない。その逆である。

同じ幽霊に、同じ所、同じ状況で何度も出会えば、やっぱり怖いということはあっても、決して初めてのようにパニックに陥ることはないだろう。「おっ、あれだ」というので、このたびは握手してやろうとさえ思うかも知れない。「幽霊の正体見たり（枯れ尾花）」ではつまらない。正体など、別に見なくともよい。見なくとも友達になるに支障はない。

「おわりに」に代えて

個人問題と社会問題

1　人が社会を変えてゆく

ひと口に「自由」と言っても、その言葉の意味するところは言葉一般の例にもれず人それぞれである。それを大雑把に「精神的自由」と「政治的自由」と言い分けるのはひとつの便宜というものだ。ほかにも「絶対自由」だとかいうのもある（「相対自由」というのもあるはずだが、こちらの方はあまり耳にしない）。しかしいずれにしても、「自由」は自由感とでもいうべき一種の感覚を人にもたらしていなければ有難味のあるものとはいえない。それはまた「解放感」と言われることがあり、それによると自由感は解放感を得た時に最大であるらしいと考えられる。またひと口に言えば、「自由」は「解放」と共にあるものということになろう。この点では、その自由が、政治上のものであろうと、精神上のものであろうとほとんど変わりはないはずである。ゆえかあらぬか、人は大体において政治的解放を求めて奔走してきた。精神的解放というものも求められてこなかったわけではないが、大々的に叫ばれるというようなことはルネサンス時代くらいのものだったのではないか。

精神的、あるいは絶対的自由（感）というのは、われわれの間では古くは「悟り」とか、時に「解脱」

とかという言葉でも語られてきた。それは、解放感といった感覚の類いではなく、境地、心のありよう（「心境」）をいうので、感覚などはむしろ無いにひとしいのだった。それを、自由に関連して言うなら「自由である」心境とでもいうことになる。したがって、そうした自由であるような人は、「自由」を語ることも、もちろんそれを希求するなどということもないのである。すでに自由であるわけだから。するとそのような人は、どのようにしてその自由である人になったのか。

人が、真に目指すところの自由というものが、どのようなものであるにしても、それが幸福をもたらすものでなければ意味はないだろう。〝自由の重荷〟というものもあるといわれていることだし。それゆえ、大審問官（『カラマーゾフの兄弟』の劇中劇に登場するローマカトリック教の異端審問官の老人）は、それを人々から取り上げて、かわりに彼の信者たちにその幸福を与えようとするのである。しかしその「幸福」というのもまた、「自由」と同じで、いやそれ以上に人さまざまなのである。そして、幸福感という感覚を伴うこころの状態というべきものでもある。荒野で、人々に顕われる前のイエスをテストした悪魔のいう幸福だけが幸福なわけではなく、イエスにとってはそれはむしろ不幸だった、いや人を不幸に導く元凶だったのである。もっとも、今日の大多数の人々にとっては、まさに悪魔の提案こそが人々を幸福に導く本当の道（ほとんど唯一と化していよう）と信じられているらしいのであるが。

幸福な人というのも、自由な人同様、決して幸福を求めて奔走する人なわけではない。その必要がないのである。そういう人は、全く別のことを考え、それに奔走しているので、「幸福」（また「自由」）という言葉にこころを汚染させることがない。そのヒマがない。忙しい人が風邪をひくヒマがないのと同じであろう。ことばはウイルスのような感染性（流行性というべきか）をもつので、ちょっとした油断が禁物なのである。しかしほとんどの人はむしろ、そのウイルスに感染することによって問題の解決を図っているように見える――たとえば、若大将がいつも言う決めゼリフ、「ボカァ、シアワセダナァ」といったことば。そのように、自分にも人にも言えないような幸せを人は幸福とはみなしていない。黙して、しみじみと己が幸福をかみしめるというスタイルもあるにはあるが、それとて中味にさしたる変わりはないのである。そこでかみしめられているのは「幸福」という言葉、スルメのようなものだ。どこかで誰かが（スルメなら漁師と分かっているが）作ったものである。しかし、幸福はそのようにはかみしめられ得ないものと言うしかないものだ。それができるのは、過去となったそれだけのはずである。スルメは干されて味が出てくるものだ。しかし、ただ今現在幸福でなければ、それをいかに干しても干からびた物ができるだけであろう。その肝心のただ今現在の幸福というものを人はほとんど知ることができない。幸福は、スイカのように外側を叩いてみて、中の熟れ具合を知るというわけにはいかないものだ。

人が、何をもって一番の幸せとするかは人それぞれとはいえ、古来自由こそがそれであるとはよく語られてきたことである。何はなくとも、自由でさえあれば、と。では、どのようにしてその自由を手に入れるかとなると誰もがそこから迷走し始めてしまう。そして大抵はそれを社会に帰してしまう。幸福もそれと大差なく、自分が不運なのは社会（が悪い）せいだとして納得する。それは、その方がわかり易く、ラクだからにちがいない。たとえば人が使役されているのは、他人によってというよりはむしろ自分自らの心によってであるが、誰にとってもその自分の心というものほど不可解で、扱いにくいものはないのである。その心は、煩悩に満たされ、欲望に支配されている。それが人を幸福（自由）にも不幸（不自由）にもするのである。

そもそも、他人・他者によってであれ、自分自らの心によってであれ、それに使役されている（走らされている）と思うことは個々人固有の問題なのであるが（まったく同じ状態にあっても全然そうは思わない人もいる）、それを社会の問題としてしまうところに問題があろう。分裂した自己を社会に持ち込むことになるからである。戦場と化している心の持ち主が社会に出てゆけば、心の主《ヌシ》を争う双方が味方を求めてまた争うことにならざるをえない。しかし自由といい、幸福というも、そうした闘争によって獲得されるものではないのだから、単にムダなだけのことである。

あらゆる社会問題は、人がことさらに生きようとするところに生じているものである。なぜなら、人（々）が希求する幸福や自由は、ほかならぬこの私の幸福であり、自由だからである。「社会」を大義名分に掲げていたとしても、つまるところは「私」に帰することになるものだ。今日の個人主義社会をまつまでもなく、昔からそうだったはずである。「私」が生じたそのときからすでに社会問題も不可避的に発生していたはずだ。「私」が生きる為であるなら『悪』までもが正当化されうると信じていたはずである。人は、「生きる」という、ほとんど強迫観念化した思いにとらわれて、「生きない」という道を選択できない。

社会問題の多くは、個人問題の解決によってほぼ解決してしまう性質のものである。しかしこの逆はまず無理であろう。社会をいかに変えてみても、それだけによって個人が変わることはまずない。それはすでに二十世紀の歴史が証明した。たとえば、二十世紀の共産主義社会が一世紀ももたずに崩壊したのは、社会が変われば個人も変わると（いや変えてみせるとさえ）信じた為であろう。しかし、現実には誰も変わらなかった。庶民は単に長いものに巻かれただけだったし、〝指導者〟たちは自分を忘れていたのだったから。指導的立場を得たとき、誰もがそれを思い出したのだ（一方の自分だけだったのであるが）。

われわれが導きの灯としてきたイエス・キリストやゴータマ・ブッダは、ほとんど社会問題には触れることがなかった。その必要がないと知るからであっただろう——人が変われば、当然に社会も変わる、変わらざるをえない、と。彼らが人々に説いたのは、自由や幸福を希求する道ではなく、まさに幸福である、自由であるという道（というよりその事実）だった。それが、人自らによって妨げられている、だからその妨げを取り除けと教えたのである。「変わる」というのはそのようなことであって、要するに元通りになるということにほかならない。

しかしこのように、社会問題を個人問題のうちに解消するようなもの言いは多くの人に反感を買うことになろう。真面目な社会運動家の活動を軽視してはならない、と。それはその通りであって、別に軽視も無視もしはしない。現にある社会の問題を解決しようと努力することは必要なことだ。それに取り組むことは尊い。ただ、それは真の解決になりうるものとは限らないし、それへの早道というわけでもないに違いないというのである。

すでに今自由である人、また幸福である人というのは、それらを希求するというわなにはまらなかった人である。同じことだが、「私」であることに囚われなかった人。そのような人の多くは天性とでもいうしかない、いわゆる性格の持ち主だろうが（アリョーシャ・カラマーゾフを作家はそのような人物として設定した(註1)）、そうした天性に恵まれなかった大多数の人々にも道は開かれた。イエス・キリストの「祈り」の道、そしてゴータマ・ブッダの「修行」の道。イエスによればそれは、ただひたすら神の栄光（のみ）を讃え、その国がこの世のものとなることを希うことである。そして、ただ天なる父（神）に祈ることだけ。天なる父の存在しないゴータマにあっては、全ての人が幸福であれかしと祈念するだけである。ゴータマの「修行」が自分（のみ）を救う道と考えるのは明らかな誤りで（〝小さな乗物〟と貶める方こそがそのようだ）、それはゴータマが自ら実践して示した。それゆえ、今日に至るまで、多数の人々が救われ続けている。

（註1）『カラマーゾフの兄弟』第一部第一編四 三男アリョーシャ

2 トルストイとドストエフスキー――入口はふたつ、出口はひとつ

レフ・トルストイは晩年、貧困や差別、世界平和や人類福祉といった典型的な社会問題に取り組んだ。最後の大作、小説『復活』もそうした中から生まれたので生粋の社会派かと思いきや、デビュー作『幼年時代』をはじめ、代表作とされる『戦争と平和』や『アンナ・カレーニナ』にみられるように、個人の内面の問題（すなわち生・死、自由、人生の意義といった）を生涯にわたって追求しつづけたのだった。作家自身、自らの内面を深く見つめ、身体と精神のギャップに苦しみ、ついには求道者の風貌を呈するに至った。その挙句、ついにイエス・キリストに辿りつき、教会を批判して破門の憂き目に遭い、最期は自ら〝人類の子〟たらんと欲し、家を捨て、家族を捨て、シベリヤ鉄道の寒駅でひとり了《お》えることになった。

ドストエフスキーは、デビュー作『貧しき人々』や、その後の『虐げられし人々』といった作品名が示すように、社会問題を自らの問題として出発した。そして、ペトラシェフスキー事件なる社会主義者

の集会に連座したかどで、シベリヤ送りの憂き目に遭ったのだった。強制収容所で、九死に一生を得て帰還したのちは、一転、人間の内面にひそむ問題に深く切り込む作品群を産み出した。『罪と罰』、『白痴』がその代表作とされているが、しかしそれらのうちにも社会の不条理を告発する作家生涯の姿勢は健在だった。『悪霊』はその代表だが、最後の大作『カラマーゾフの兄弟』も結局は社会問題を扱ったものと言ってもよかった。『罪』の問題（純粋に個人問題である）というよりは『悪』の問題（社会問題のほぼ全てはここに帰する）を扱っている。

こうした点（その他多くの点でも）よく比較されるこの両者は、たしかに正反対、扱う問題だけではなく、その歩みの方向性がまさしく逆になっている。そして一方は、その歩みの末に社会の不条理に、他方は自らの内なる不条理（『カラマーゾフの兄弟』の動機と背景をなす〝父殺し〟を思えばよい）に直面して絶句したのだった。しかしその挙句、奇しくも両者共に、そこにイエス・キリストを見出すことになった。それは共に「赦し」という一語だった。しかしこれまた奇しくも、二人揃って厳しい社会の批判を浴びることになった。曰く、非現実的、非人間的、血が通っていない。要するに、「人間的でない」。それは現在でもかわることなく、『復活』のネフリュードフに至っては芸術的価値も否定され、酷評されている。その点では『カラマーゾフの兄弟』のアリョーシャも同様で、西欧近代の権化たるイワンに同情が集り、作家生涯の総決算（アリョーシャ）も台無しにされている。

両者の『罪』と『悪』、個人問題と社会問題のあいだには、ひとつの共通のことばが横切っている。「神が存在しないのなら、すべては許されている」。『罪』は、神の定めにもとづくものであるからそれは当然として（したがってその場合罰もありえないのである）、『悪』についてはなにゆえにか。思うに、良心というものが神（またはお天道様）の監理下にあるものだからであろう。『悪』は、ひとりその良心というものによってのみ排除されうるものだからである。果たして、神（またはお天道様）が少なくとも留守している今日にあっては、『悪』は大手を振って白昼堂々まかり通っている。良心はマヒ状況にある。事実上、現代社会では「すべてが許されている」のである。そうでなかったらどうして、（テロで）三千人が殺されたからといって、何十万人もの市民が報復殺りくを受けるような事態が生じるだろうか？

しかし二人の知の巨人は、問題の解決を（図らずも）ただイエス・キリストにおいてのみ見出したのだった。イエスとは、完全無防備・完全無抵抗の権化であり、ゆえにその十字架はキリストの、いや神の赦しの証しである。ならば誰が、その前に在って自分をも他人をも赦さずにおられようか。こうしてネフリュードフは、全てを赦し自らも赦しを乞いつつシベリヤの監獄へと去って行くカチューシャを見送る。その凍てつく空の下で、復活してゆく自分自身をたしかに感じながら。

今日にあっても、人生や社会のあらゆる問題は結局、ただひとつの問題に帰しよう――神を信ずるか、否か。個人問題から入ろうと、社会問題から入ろうと、問題をごまかさない限り、一方は必ずや他方に遭遇し、ともにひとつの出口に向かうことになる。観点が異なっていただけで、問題はただひとつだけなのだ。われわれの好きな言葉で言えば「一如である」から。

著者紹介

松本　新（まつもと しん・本名 川崎　勝美）

1944年茨城県生まれ
早稲田大学卒。金融機関勤務後定年退職
2003年より、新潟県湯沢町在住
日本証券アナリスト協会検定会員
（現住所 〒949-6103 新潟県南魚沼郡湯沢町大字土樽字川原6159番地 1 ホワイトプラザ湯沢フォーレ518）

著書

『やはらかに柳《やなぎ》あをめる』2019年、新潟日報事業社。

自然《しぜん》・人間《にんげん》・ミニマム ——テクノロジーを超《こ》えて　下巻《げかん》

2024（令和６）年７月17日　初版　第１刷発行

著　書　　　松本　新

発　売　　　新潟日報メディアネット　出版グループ
〒950-1125
新潟市西区流通3-1-1
TEL 025-383-8020　FAX 025-383-8028

印刷・製本　　有限会社　めぐみ工房

定価はカバーに表示してあります。
落丁・乱丁本はお取り替えします。
ISBN978-4-86132-862-6